Sophie Oliver

Der blaue Pomander

Ein viktorianischer Krimi
mit den Ermittlern
des Sebastian Club

DRYAS

Sophie Oliver, Der blaue Pomander.
Ein viktorianischer Krimi mit den Ermittlern des Sebastian Club.
Dryas Verlag 2020

1. Auflage
ISBN 978-3-948483-01-2

Dieses Buch ist auch als E-Book erhältlich und
kann über den Handel oder den Verlag bezogen werden.
E-Book ISBN 978-3-948483-04-3

Dieses Buch wurde vermittelt
durch die Agentur Ashera, Gottenau

Herstellung: Dryas Verlag, Hamburg
Lektorat: Andreas Barth, Oldenburg
Korrektorat: Birgit Rentz, Itzehoe
Umschlaggestaltung: © Guter Punkt, München
(www.guter-punkt.de) unter Verwendung von Motiven
von iStock und Alamy
Grafiken: Silhouette of a gentleman in a tuxedo
© dervish15 – Adobe Stock / Gentleman © Лариса Марченко –
Adobe Stock
Satz: Dryas Verlag, Hamburg
Gesetzt aus der Palatino Linotype
Druck: CPI books GmbH, Ulm

Bibliografische Information der Deutschen Nationalbibliothek: Die Deutsche Nationalbibliothek verzeichnet diese Publikation in der Deutschen Nationalbibliografie; detaillierte bibliografische Daten sind im Internet über http://dnb.d-nb.de abrufbar.

Der Dryas Verlag ist ein Imprint der
Bedey Media GmbH,
Hermannstal 119k, 22119 Hamburg.

---

http://www.dryas.de
Gedruckt in Deutschland

Pomander

Das Wort Pomander stammt
vom französischen pomme d'ambre,
also Ambra-Apfel, zu Deutsch Bisamapfel.
Es handelt sich dabei um ein Schmuckgefäß,
meist in Ball- oder Kugelform (Apfel),
in das Duftstoffe eingebracht werden.
Ihre Blütezeit erlebten die Pomander
während des Mittelalters und der Renaissance.
Man trug sie zum Beispiel an einer Kette um den Hals
oder hielt sie an einem Stab in der Hand wie eine Blume,
um daran zu schnuppern.
Beliebte Parfumstoffe damals waren
Amber, Moschus (Bisam) oder Zibet.

Eingesetzt wurden die wohlriechenden Schmuckstücke
gegen üble Gerüche. In Zeiten der Pestilenz glaubte
man – irrtümlicherweise – sogar, sich damit vor
Infektionen schützen zu können.

Moderne Pomander bestehen heute zumeist
aus einer kunstvoll mit Nelken gespickten Orange,
die Wohlgeruch verbreitet.

Verzeichnis der handelnden Personen

Professor Aristotle Brown, 63, Vorsitzender des Sebastian Club

Lord Philip Dabinott, 34, Ermittler im Sebastian Club

Freddie Westbrook, 22, Ermittler im Sebastian Club, gleichzeitig The Honourable Frederique Westbrook, Lord Philips Nichte

Doktor Wallace Pebsworth, 57, Ermittler im Sebastian Club

Crispin Fox, 26, Ermittler im Sebastian Club

Annabel Arnholtz, 38

Freda, 47, Mrs Arnholtz' Hausangestellte

Chief Inspector Alwin Woodard, 49

Lord Ernest Fitzroy, 50

Viola Fitzroy, 45, seine Frau

Bernard Spilsbury, 19, Student

Professor Martin Edwards, 40

Sr. Benita, 33, eine Nonne

Ignatius (Iggy) Hegan, 14, ein Straßenjunge

Nigel Thompkins, 50, Nachbar von Amelia Dyer

Amelia Dyer, 60, Massenmörderin

Mary Ann (Polly) Palmer, 23, Mrs Dyers Tochter

Albert, 57, ein chinesischer Arzt und Pebsworths Freund

Clifford Fowl, 43, Journalist

PROLOG

Kalter Novemberregen prasselte auf das Dach des Hansom Cabs, während sein pitschnasser Kutscher eine Lücke im Verkehr auf der Old Bailey Street nutzte und geschickt an einem überfüllten Wagen der London Central Omnibus Company vorbeimanövrierte.

Der Tag war derart düster, dass die Öllampe des Cabs brannte, obwohl es noch nicht einmal drei Uhr war. Chief Inspector Alwin Woodard hielt sich links und rechts am Sitz fest, wurde aber nichtsdestotrotz ordentlich durchgerüttelt, als sein Fahrer auf dem rutschigen Kopfsteinpflaster einer entgegenkommenden Kutsche auswich.

Vor ihm schälte sich Stück für Stück die roh behauene Steinfassade des Newgate-Gefängnisses aus dem Nachmittagsgrau. Normalerweise ragte dahinter die Kuppel der St. Paul's Cathedral in den Himmel, was den Anblick etwas erträglicher machte, heute war sie jedoch wegen des Wetters nicht zu sehen. Die wuchtige und durchweg unansehnliche Optik des Zuchthauses sollte der Abschreckung dienen. Woodard war allerdings davon überzeugt, dass sich kein einziger Verbrecher jemals von einer Untat hatte abhalten lassen, bloß weil das Gebäude, in dem er deswegen eingesperrt wurde, unschön war. Wahrscheinlich hatte Justitia aus ebendiesem Grund zugelassen, dass sich Newgate zu einem Ort entwickelt hatte, der an Elend und Grauen nur von wenigen Einrichtungen im Königreich übertroffen wurde. Bedlam mochte noch schlimmer sein, Newgate lag dicht dahinter.

Ein Wächter begrüßte den Inspektor höflich und ließ ihn durch die schwer gesicherte Tür ins Innere der Haftanstalt.

Sie durchquerten die sogenannte Galerie, einen lang gezogenen, dreistöckigen Trakt voller Tristesse, der aus Treppen und Stahl bestand. Licht fiel durch ein spitz zulaufendes Glasdach ein, dessen scheibentragende Metallstreben ein Spiegelbild der umlaufenden Geländer waren. Unzählige Türen lagen auf den einzelnen Etagen nebeneinander, sie führten zu den Zellen der Gefangenen. Seit der Gebäuderenovierung vor etwa vierzig Jahren war man dazu übergegangen, die Insassen in Einzelzellen unterzubringen, um Krankheiten und Ungeziefer besser kontrollieren zu können. Und natürlich, um die Haftbedingungen zu verbessern. Aber Woodard kannte die Arrestzellen, sie waren nach wie vor armselig. Er zog die Nase kraus. Es stank. Ein vornehmeres Wort für die Mischung aus ungewaschenen Menschen, schlechtem Essen und Verzweiflung fiel ihm nicht ein. Wenigstens ist es hier drin trocken, dachte er. Allerdings änderte sich das gleich darauf wieder, nämlich als der Wächter eine weitere Tür mit Metallbeschlägen aufschloss und ihm bedeutete, auf den Frauen-Gefängnishof hinauszutreten, ein ödes gepflastertes Rechteck, das mittels einer hohen Mauer vom Hof der Männer abgetrennt wurde. Messerscharfe Eisenspitzen saßen in dichtem Abstand obenauf wie Bajonette einer Armee.

Schwere Tropfen prasselten auf Woodard hernieder, drangen durch Hut und Mantel und ließen ihn erschaudern. Sein Ziel war die Visiting Box, ein kleines Kabuff, in dem die weiblichen Gefangenen Besucher empfangen konnten.

»Box« war der korrekte Ausdruck für den Verschlag, eine an die Hauswand gesetzte Metallstangenzelle mit Dach. Durch die offenen Wände trieb der Wind schonungslos Regen herein, der Kommissar fröstelte noch mehr und versicherte sich, dass sein Tweedmantel auch wirklich bis obenhin geschlossen war.

Nachdem der Wärter die Tür zum Hof verriegelt hatte, wurde der zweite Zugang an der Granitwand geöffnet, und heraus trat ein weiterer Gefängnismitarbeiter, zusammen mit einer grauhaarigen Frau in Handschellen. Ihre verkniffenen, zu Strichen ausgedünnten Lippen waren umrahmt von Falten, die senkrecht zu einer dominanten Nase liefen. Tief liegende Augen mit Tränensäcken darunter vervollständigten den verbitterten Eindruck. Chief Inspector Woodard hatte in seiner langen Karriere abscheuliche Verbrechen gesehen und war Tätern begegnet, deren Grausamkeit manchem Polizisten Albträume beschert hätte. Das alles steckte er gut weg, wohl auch wegen der häuslichen Fürsorge von Mrs Woodard. Amelia Dyer hingegen, die kleine Frau um die sechzig, die mehr wie ein verhärmtes Mütterchen als eine Massenmörderin wirkte, erweckte in ihm nie gekanntes Grauen. Nur widerstrebend war er der Anordnung seines Vorgesetzten gefolgt, Mrs Dyer in Newgate aufzusuchen, denn anscheinend wollte die Alte noch etwas loswerden, bevor man sie am Galgen aufknüpfte.

»Sie ist überführt und zum Tode verurteilt. Weshalb ihr überhaupt weiteres Gehör schenken?«, hatte sich Woodard bei den Kollegen beschwert. Er kannte die Antwort. Dyer war eine Kindsmörderin, hatte Baby Farming in großem Stil betrieben, unzählige Pflegekinder aufgenommen, sie auf grausamste Weise getötet und entsorgt wie Abfall. Die Metropolitan Police wollte konkret wissen, wie viele. Nachweisen konnte man ihr nur wenige Morde, doch das reichte für den Galgen. In Woodards Augen war Dyer Abschaum, und je rascher man sie hängte, desto besser. Wem sollte es nützen, ein paar weitere Opfernamen aus ihr herauszukitzeln? Frauen hatten ihre ungewollten Babys bei ihr abgegeben, anstatt ihnen Mütter zu sein. Sie hatten das Recht verwirkt, sich über deren Schicksal zu entrüsten. Angemessener wäre es, der Mörderin keinerlei Aufmerksamkeit zu schenken, sondern sie schnellstmöglich zu exekutieren. Wobei der Galgen für sie noch zu milde war.

Woodard musste sich zur Räson rufen. Er wollte einen souveränen Eindruck vermitteln. Langsam zählte er im Geiste bis zehn, räusperte sich und nickte der Gefangenen knapp zu, um sie zum Sprechen aufzufordern.

Sie musterte ihn mit gerunzelter Stirn, die dunklen Augen

stechend, dann spuckte sie vor Woodard aus, drehte sich zu ihrem Wärter um und herrschte ihn an: »Das ist nicht der Richtige! Warum schicken Sie mir einen Copper? Danach habe ich nicht verlangt, mit dem rede ich nicht.«

»Mein Name ist Chief Inspector Woodard. Meine Anwesenheit wird wohl für einen alten Galgenvogel wie dich reichen«, polterte er.

Ein meckerndes Lachen war die Antwort. »Geh nach Hause, du Schreibtischhengst, das hier is 'ne Nummer zu groß für dich.«

Sie stammte aus Bristol und redete mit starkem Akzent. Bisher hatte er jene Sprechweise mit den rollenden »r«s, runden »o«s und verschluckten Endungen gemocht, erinnerte sie ihn stets an angenehme Aufenthalte im West Country mit Mrs Woodard, doch von nun an würde sie für ihn einen schalen Beigeschmack haben.

»Soll mir recht sein.« Er gab dem Wärter einen Wink. »Sperren Sie sie wieder weg.« Den Kragen hochschlagend wandte er sich zum Gehen. Auch ohne hinzusehen verriet ihm das Rasseln der Handschellenkette, dass Dyer abgeführt wurde.

»Es waren ganz schön viele«, hörte er ihre für eine Frau reichlich tiefe Stimme hinter sich.

Langsam drehte er sich um und begegnete erneut dem mitleidslosen Blick, der sich jahrelang am Leid Unschuldiger ergötzt hatte. »Es waren ganz schön viele armselige Bälger, die ich in Engel verwandelt habe und die es nun besser haben als bei ihren Hurenmüttern, die sie nicht behalten wollten. Deshalb bist du doch hier, oder? Weil du rausfinden musst, wie viele genau? Aber ich werde dir Anzahl und Namen nicht sagen, Bursche.«

»Möchtest du nicht dein Gewissen erleichtern, bevor du vor deinen Schöpfer trittst?« Er spulte die abgedroschene Phrase ab, von der er wusste, dass sie bei ihr auf taube Ohren stoßen würde. Weil er nicht mit ihr diskutieren wollte, sondern fort aus ihrer bedrückenden Gegenwart. Tatsächlich würdigte sie die Banalität keines Kommentars.

»Ich will Brown.«

»Wie bitte?«

»Professor Aristotle Brown vom Sebastian Club. Ihm werde ich erzählen, wie viele Kinder ich getötet habe und wie sie hießen. Ihm und niemandem sonst. Unser Gespräch ist beendet.«

Auf ein Nicken von Woodard hin wurde die Tür zum Gebäude geöffnet und Amelia Dyer abgeführt. Erst als von innen hörbar verriegelt worden war, durfte er die Visiting Box verlassen und ebenso Newgate auf schnellstem Wege, einen bitteren Geschmack auf der Zunge, als hätte er Gestank mit offenem Mund eingeatmet.

Er musste nicht mit seinen Oberen Rücksprache halten, die Anweisung war eindeutig gewesen. Finden Sie heraus, wie viele arme Seelchen auf das Konto der Kindsmörderin gehen, die Öffentlichkeit hat ein Recht darauf, es zu erfahren. Das sind wir den Bürgern unseres Landes schuldig. Nun ja, wenn es dafür des Sebastian Club bedurfte und er selbst dieser widerlichen Irren nie wieder unter die Augen treten musste, sollte das für ihn in Ordnung sein.

Durch den strömenden Regen ging es zurück ins Zentrum von London, an den Berkeley Square. Als die Kutsche vor dem vornehmen Stadthaus mit der schwarz lackierten Tür und dem dezenten Messingschild hielt, fiel Woodard ein, dass er zwar schon oft am Sebastian Club vorbeigegangen war, jedoch noch nie geklingelt hatte. Es war ja auch eigentlich peinlich, als Inspektor ein paar Privatschnüffler um Hilfe bitten zu müssen, aber dieser Fall stellte eine Ausnahme dar. Je zügiger er zu den Akten gelegt werden konnte, desto besser. Woodard schluckte seinen Stolz hinunter und betätigte den Türklopfer.

»Der Herr wünschen?« Ein fast zwei Meter großer Hüne mit unverkennbar schottisch gefärbter Aussprache öffnete ihm und blickte freundlich, aber distanziert auf ihn herunter.

»Guten Tag. Mein Name ist Chief Inspector Woodard von Scotland Yard. Ich würde gerne Professor Brown sprechen.«

»Haben Sie einen Termin?«

»Ist schon gut, Archie, der Inspektor braucht keine Voranmeldung, bitten Sie ihn ruhig herein.«

Es war mehr als angenehm, aus der nassen Kälte in die wohltemperierte Eingangshalle treten zu dürfen. Hocherfreut schüttelte Woodard die Hand von Professor Brown, der eilig hinzugekommen war, seine Brille von der Nase nahm und sie in die Brusttasche des Jacketts steckte.

»Vielen Dank, dass Sie mich empfangen.«

Der Vorsitzende des Sebastian Club zwinkerte ihm unter buschigen weißen Brauen amüsiert zu. »Gerne, ich bitte Sie. Es kommt nicht alle Tage vor, dass die Polizei uns aufsucht, und ich nehme an, Sie haben ein dringliches Anliegen, mein Guter? Kommen Sie mit in den Besuchersalon, dann können Sie mir davon erzählen.«

Brown klang gut gelaunt, Woodard entdeckte darin keinen Hinweis auf Schadenfreude, daher folgte er dem älteren Herrn und sah sich dabei unauffällig um. Die Lobby des Clubs war ein großer, quadratischer Raum mit hoher Stuckdecke und Marmorboden. Die dominierenden Farben, Weiß und ein neutraler mittlerer Grauton, wirkten frisch. Eine breite Treppe führte ins Obergeschoss. Der Professor wendete sich nach links, und Woodard folgte ihm tiefer hinein ins Haus. Durch einen fensterlosen Flur mit gelb gestrichenen Wänden, an denen Stillleben hingen, zumeist Obst oder Gemüse, gelangten sie an eine weitere Tür.

»Wie Sie wissen, sind wir ein Mitgliederclub. Besucher haben bei uns in der Regel lediglich Zutritt zu den öffentlichen Bereichen wie diesem Empfangsraum hier.« Damit traten sie in ein großes Zimmer, in dem ein offener Kamin mollige Wärme verbreitete. Außer ihnen war niemand anwesend, Woodard atmete erleichtert durch. Auf dem alten Parkett lagen Teppiche, die Vorhänge in dunklem Grün mit safranfarbenem Paisleymuster und die Stühle und Sessel mit farblich passender Polsterung wirkten gemütlich. Hier ließ es sich aushalten. Woodard konnte sich durchaus vorstellen, entspannt eine Zigarre zu rauchen, während er in der Times schmökerte und einen Whisky dazu trank. Aber deswegen war er nicht hier. Dies war die Spielwiese der reichen Herren, eine Welt, zu der er für gewöhnlich keinen Zugang hatte. Und auch nicht wünschte. Der schottische Butler nahm ihm den tropfnassen Hut und den Mantel ab und fragte ihn nach seinen Getränkewünschen. Der Inspektor lehnte höflich ab.

»Nehmen Sie doch Platz.« Brown wies auf eine Sitzgruppe bestehend aus zwei schlanken Sesseln und einem runden Holztischchen und setzte sich ebenfalls. »Wie kann ich Ihnen helfen?«

Im Club

Professor Aristotle Brown hatte lange über das Gespräch mit Chief Inspector Woodard nachgedacht und dann beschlossen, die Sache vor seine Ermittler zu bringen. Am liebsten hätte er rundheraus abgelehnt, doch das stand ihm nicht zu, die anderen mussten mitentscheiden.

Neben sämtlichen Annehmlichkeiten eines typisch englischen Herrenclubs war der Sebastian Club nämlich für seine Handvoll cleverer Detektive bekannt. Obwohl sie stets diskret ermittelten und sich aus den Klatschblättern heraushielten, hatte sich ihr Ruf herumgesprochen. Normalerweise lösten sie Fälle, an denen Scotland Yard scheiterte, zum Verdruss der Metropolitan Police, die den Club als lästige Konkurrenz betrachtete. Noch nie war es vorgekommen, dass die Polizei sie konkret um Hilfe bat. Allein deswegen durfte Brown nicht einfach Nein zu Woodard sagen, sondern musste die Kollegen um ihre Meinung bitten. Diese hatten sich auf seine Nachricht hin vollzählig eingefunden und saßen im kreisrunden Besprechungszimmer um den ebenso dimensionierten Tisch. Von den Wänden blickten Browns Vorgänger sowie einige verdiente Clubmitglieder wohlwollend, wie er sich gerne vorstellte, von ihren Porträts auf sie herab.

Lord Philip Dabinott, ein junger Adeliger Anfang dreißig mit messerscharfem Verstand und einer bisweilen arrogant anmutenden Jovialität, die über seine tiefgründige Seele hinwegtäuschen sollte, verschränkte die langen Finger ineinander und blickte ihn aufmerksam aus blauen Augen an. Neben ihm saß Freddie Westbrook, Lord Philips Neffe, von dem die Detektive wussten, dass er eigentlich seine Nichte war, gekleidet in einen modernen dreiteiligen Straßenanzug mit Bügelfalten auf der Hose und einer Kurzhaarperücke auf dem Kopf. Obwohl erst zweiundzwanzig Jahre alt, verfügte Freddie über eine hervorragende Kombinationsgabe, welche die Tiefschläge des Lebens noch nicht durch Unsicherheit verwässert hatten. Als geschätztes Mitglied der Detektivriege musste sie über ihr großes Manko, das weibliche Geschlecht, mittels maskuliner Verkleidung hinwegtäuschen, sonst hätte sie freilich keinen Zugang zum Club oder jedweden Ermittlungen. Irgendwann, so hoffte der Professor, würde es lediglich darauf ankommen, was in den Köpfen der Menschen steckte und nicht unter ihren Kleidern. Gleichzeitig wusste er allerdings, dass Freddie die Gesellschaft bis dahin mit grotesken Kostümierungen austricksen musste, wenn sie als Frau mehr im Leben wollte als das, was ihr die Männer freiwillig zugestanden.

Crispin Fox, ebenfalls ein junges Mitglied der Sebastian-Club-Detektive und seines Zeichens Anwalt, hochbegabt und mit natürlichem Charme ausgestattet, klappte den mitgebrachten Notizblock auf. Der letzte Fall lag einige Monate zurück, und der Eifer stand Crispin ins Gesicht geschrieben. Er würde sich freuen, der väterlichen Kanzlei für eine Weile zu entfliehen, um sich in Ermittlungsaufgaben zu stürzen, wusste Brown. Allein, ob es dazu kommen würde, war noch unsicher.

Vervollständigt wurde die Riege von Doktor Wallace Pebsworth, einem altgedienten Clubmitglied. Mitte fünfzig, untersetzt und mit walrossartigem Bart machte er einen gemütlichen Eindruck, wodurch er schon von so manchem Kriminellen unterschätzt worden war. Der Doktor kannte Gott und die Welt, seine verzweigten Beziehungen durchwucherten alle Gesellschaftsschichten wie Pilzmyzel, und er konnte durchaus agil sein, wenn es darauf ankam.

Professor Brown war stolz auf seine Detektive. Sie leisteten einen wertvollen Beitrag für die Gesellschaft, für die Sicherheit der Menschen und für die Gerechtigkeit an sich.

Daher war es nur recht und billig, ihnen Woodards Bitte vorzutragen.

»Gentlemen«, begann er, »ich habe Sie heute hierhergebeten, weil Scotland Yard konkret auf uns zugekommen ist und uns um Hilfe ansucht.«

»Hört, hört! So etwas gab es noch nie.«

»Ganz richtig, Doktor. Es handelt sich auch um ein Anliegen, das, wie soll ich sagen, Fingerspitzengefühl verlangt. Zudem ist Eile geboten. Wir müssen heute entscheiden, ob wir einspringen wollen. In wenigen Tagen findet im Newgate-Gefängnis die Hinrichtung von Amelia Dyer statt.«

»Und das ist gut so«, sagte Lord Philip bestimmt.

»Gewiss. Jedoch will die Metropolitan Police keine Chance ungenutzt lassen, um herauszufinden, wie viele Morde Mrs Dyer begangen hat.«

»Ist die überwältigende Anzahl an Kinderkleidung, die in ihrer Wohnung gefunden wurde, nicht ein Anhaltspunkt? Für eine Hochrechnung wenigstens?«

»So ist es, Mister Fox. Und gerade aus diesem Grund, weil die geschätzte Zahl derart erschreckend hoch liegt, soll die Verurteilte vor ihrer Hinrichtung dazu gebracht werden, eine verbindliche Opferzahl zu nennen.«

»Und wir sollen die aus ihr herauskitzeln?«

»Genau genommen verlangt Mrs Dyer, mich persönlich zu sprechen. Es stellt sich nun die Frage, ob wir ihrem Wunsch nachgeben und ich sie im Gefängnis besuche, oder ob wir ablehnen.«

Stille legte sich über die Gruppe. Bis Crispin Fox seinen Notizblock vernehmlich zuklappte. »Ich bin dagegen, dieser Person Gehör zu schenken«, verkündete er. »Damit würden wir ihr gewissermaßen eine Lobby geben, um sich vor ihrem Tod wichtig zu machen. Wer weiß, womöglich möchte sie Zeit herausschlagen, die Hinrichtung verschieben lassen. Worum sonst sollte es ihr gehen? Jahrzehntelang hat sie sich nicht um ihre Opfer geschert. Wieso jetzt? Und weshalb will sie mit Ihnen reden? Kennen Sie Mrs Dyer?«

Brown schüttelte den Kopf. »Persönlich nicht, aber sie hat wohl vom Sebastian Club gehört.«

Nun entbrannte eine lebhafte Debatte, in der Befürworter und Gegner eines derartigen Treffens ihre Ansichten diskutierten, Meinungen vehement vertraten, sich vom Gegenteil überzeugen ließen, und nach einer Weile wurde es erneut still im Raum.

»Im Sinne der unschuldigen Opfer sollten wir nichts unversucht lassen, darin sind wir uns also einig«, fasste Doktor Pebsworth zusammen. »Aber der Professor wird nicht allein gehen, ich begleite ihn. Gibt es Gegenstimmen?«

Die anderen schüttelten die Köpfe, auch Crispin Fox, und Brown blickte mit gemischten Gefühlen in die Runde. »So sei es.«

Das Wetter war noch immer denkbar unwirtlich, als er tags drauf mit seinem Kollegen in derselben Box stand wie zuvor der Inspektor, und ebenso unangenehm empfand er die Begegnung mit der Mörderin.

»Sie sind also der schlaue Professor von diesem Club«, stellte sie fest.

»Aristotle Brown. Sie wünschen mich zu sprechen, um mir die Anzahl Ihrer Opfer mitzuteilen? Ich bin ganz Ohr.«

»Mal langsam. Wer ist er?«

»Gestatten, Doktor Pebsworth, ebenfalls Mitglied im Sebastian Club.«

»Er soll verschwinden, ich will nur mit Ihnen reden.«

Die beiden Detektive sahen einander an, dann nickte Brown unmerklich, und der Doktor trat hinaus auf den Gefängnishof und entfernte sich ein paar Meter.

»Sprechen Sie. Ich werde meinen Kollegen nicht länger als nötig draußen im Regen stehen lassen.«

Ein kaltes Lächeln verzog die Lippen der Alten zu einem bleistiftdünnen Strich, während ihr Blick ernst und forschend blieb. Sie zog sich in die hinterste Ecke der Besucherzelle zurück, möglichst weit weg von den Wächtern, und begann zu flüstern. Der Professor trat näher an sie heran, er hatte keine andere Wahl, wenn er verstehen wollte, was sie von sich gab.

»Hören Sie mir genau zu, und unterbrechen Sie mich nicht. Am Ende werde ich Ihnen verraten, was Sie wissen möchten, aber zuerst lassen Sie mich reden.« Sie sah klein aus in der viel zu großen Gefängniskluft, die sie beinahe verschluckte. Ihre Haut war schmutzig, die meisten Zähne ausgefallen.

Er nickte.

»Diese Frauen, die mir ihre Kinder brachten – die wollten, dass ich sie loswerde. Das sind die eigentlichen Mörderinnen, die mich zu ihrem Instrument gemacht haben. Jede einzelne von ihnen wusste, was ich mit den Blagen tue. Die Mütter sollten am Galgen baumeln, nicht ich. Ich habe ihnen lediglich einen Dienst erwiesen.«

Innerlich schrie Brown auf. Er wollte widersprechen oder wenigstens nicht länger zuhören müssen, doch dann traf ihn der aufmunternde Blick von Doktor Pebsworth aus der Ferne, und er nahm sich zusammen und schwieg.

»Sie und Ihre einflussreichen Freunde vom Sebastian Club werden verhindern, dass man mich hängt. Ich weiß, dass Sie das können. Dafür gebe ich Ihnen etwas, was mehr wert ist als ein paar tote Kinder, viel mehr wert.« Sie lachte auf, bekam einen Hustenanfall und spuckte gelben Schleim durch die Gitterstäbe nach draußen, nachdem sie sich wieder beruhigt hatte.

»Sobald ich begnadigt wurde, verrate ich Ihnen, wo Sie den blauen Pomander finden.« Mit weit aufgerissenen Augen, in denen Wahnsinn stand, starrte sie ihn erwartungsvoll an. »Sie wissen doch, was das ist? Der blaue Pomander?«, setzte sie ungeduldig hinzu.

Er nickte wiederum stumm.

»Und damit Sie nicht meinen, ich will Sie austricksen, nenne ich Ihnen schon mal einen Ort, an dem Sie einen Hinweis auf das Versteck finden. Sehen Sie dort nach und kommen Sie dann wieder – mit einer königlichen Begnadigung –, und ich sage Ihnen, wo er ist.« Mit dürren Fingern winkte sie ihn zu sich.

Es widerstrebte Professor Brown, sich der Frau zu nähern. Sie roch nach Erbrochenem, und auf ihrer Haut lag ein abstoßender Schmierfilm. Der Gedanke, dass dieses erbarmungslos kalte Gesicht das letzte gewesen war, das unzählige Kinder gesehen hatten, bevor sie unter Schmerzen die Augen für immer geschlossen hatten, wühlte ihn zutiefst auf. Er hatte die Berichterstattung über Amelia Dyer verfolgt, wusste, dass sie dem Alkohol verfallen war, versucht hatte, sich mit Laudanum das Leben zu nehmen, aber aufgrund ihrer Abhängigkeit von Rauschmitteln sogar eine hohe Dosis überlebt hatte. Sie war in einer Irrenanstalt gewesen. Zu Recht oder nicht? War sie geisteskrank? Oder einfach nur ein grausames Biest, durchtrieben und böse, das sich am Leid Hilfloser ergötzte und bereicherte?

»Meine Opfer erkennen Sie am Band um den Hals«, hatte sie der Polizei stolz mitgeteilt, als diese zahlreiche tote Babys aus der Themse gefischt hatte. Sie war es überdrüssig geworden, ihr überlassene Kinder durch Hunger oder Krankheit sterben zu lassen. Durch Erwürgen konnte sie sich ihrer lästigen Pflicht viel rascher entledigen. Dazu verwendete sie Nahtband, um den Hals geschlungen und zweimal verknotet, jedoch nicht so fest, als dass die Erlösung hätte schnell eintreten können. Sie sah ihren Opfern gern beim Todeskampf zu, das hatte sie der Polizei erzählt. Ein grausiges Detail, das die Zeitungen nicht herausgefunden, Woodard aber Brown mitgeteilt hatte und an das er nun dachte, als die Kindsmörderin ihm mit stinkendem Atem zuflüsterte: »Suchen Sie dort, wo vormals der Teufel das Land beackerte, unter der schwarzen Erde, hinter dem Zeichen der Acht.«

Der Professor wich einen Schritt zurück. »Ich denke nicht, dass Sie in Ihrer Situation Zeit für Rätsel haben.«

Sie runzelte die Stirn, kniff die Augen zusammen und gab ein Grunzen von sich. »Und ich dachte, Sie und Ihre Kumpane sind bekannt dafür, schlauer zu sein als die Polizei.«

Langsam entfernte er sich ein weiteres Stück von ihr. »Verstehe«, sagte er. »Hoch gepokert, Mrs Dyer, zieht man in Betracht, dass Sie gerne den Eindruck einer Irren erwecken – geschickt überlegt. Sie wissen nicht mehr darüber, nicht wahr? Sonst hätten Sie sich den Hinweis längst selbst geholt. Wahrscheinlich haben Sie irgendwo eine alte Legende aufgeschnappt, aber keine Ahnung, was sie bedeutet, und nun, als letzten Akt der Verzweiflung, soll Sie ein Ammenmärchen vor dem Galgen retten. Ein vager Tipp bezüglich etwas, von dem wir nicht einmal mit Sicherheit wissen, dass es überhaupt existiert. Sie dachten, wenn Sie es mir sagen, wäre meine Neugier geweckt. Bedauerlicherweise täuschen Sie sich. Das Einzige, was ich von Ihnen erfahren möchte, ist: Wie viele Kinder haben Sie ermordet?«

»Woher soll ich das wissen? Ich habe sie nicht gezählt!«

Er gab dem Wärter einen Wink, und dieser trat zur Gefangenen, kettete sie an eine der Eisenstangen, die den Besucherkäfig bildeten, und öffnete dann die Tür für den Professor. Doktor Pebsworth kam herbei, nahm ihn auf dem Hof in Empfang, dessen triste Beschränktheit Brown mit einem Schlag viel weitläufiger vorkam als vorhin. Froh, der Gegenwart Amelia Dyers entkommen zu sein, atmete er erst einmal tief durch und hielt sein Gesicht in den Regen. Die prasselnden Tropfen auf seiner Haut brachten ihn zurück zu sich.

»Was ist nun?«, keifte sie und rüttelte an der Kette. »Brennen Sie nicht darauf, den blauen Pomander zu finden? Näher als durch mich werden Sie ihm nie kommen. Sie brauchen mich!« Nach einem letzten Blick auf die verabscheuungswürdige Person und ohne ein weiteres Wort drehte er sich um und ging weg. »Sie dürfen nicht zulassen, dass man mich hängt! Sie brauchen mich!« Ihre schrillen Schreie hallten noch lange in seinen Ohren, aber Professor Brown und der Doktor hielten nicht an. Zügig schritten sie zurück zum Hauptgebäude und bestiegen draußen auf der Straße ihre wartende Kutsche. Inspektor Woodard würde enttäuscht sein. Amelia

Dyer hatte niemals vorgehabt, ihnen die genaue Zahl ihrer abscheulichen Verbrechen zu nennen. Alles, was sie wollte, war, um ihren Hals zu pokern, an dem ihr bald ebenso die Luft abgeschnürt werden würde, wie sie es bei ihren Opfern getan hatte. Und der Sebastian Club würde keinen Finger rühren, um dies zu verhindern.

Zurück am Berkeley Square warteten Lord Philip, Freddie und Crispin Fox auf die beiden und ließen sich Bericht erstatten.

»Das hatte ich befürchtet«, meinte Crispin kopfschüttelnd, »dass alles nur ein Vorwand ist. Die meisten Mörder, selbst wenn sie noch so viel auf dem Kerbholz haben, mutieren zu Feiglingen, die ihre eigene Mutter an den Teufel verhökern würden, sobald es ans Sterben geht.«

»Was ist ein blauer Pomander?«, fragte Freddie.

Ein Lächeln stahl sich auf Professor Browns Züge. Er konnte nicht verhindern, ein wenig ins Schwärmen zu geraten, wie immer, wenn es um historische Artefakte ging.

»Dabei handelt es sich um ein Behältnis für Duftstoffe. Der blaue Pomander hat die Form einer Kugel, etwa so groß wie ein kleiner Apfel. Er besteht aus Gold, wird an einer Kette um den Hals getragen und ist über und über mit Saphiren besetzt. Der Legende nach befindet sich eine besondere Duftpaste in ihm, die der berühmte Paracelsus höchstpersönlich zusammengestellt hat und die seinen Träger von jeglicher Krankheit heilen kann.«

»Unsinn«, brummte der Doktor. »So etwas gibt es nicht. Absoluter Humbug.«

»Darüber gehen die Meinungen auseinander. Paracelsus war ein Arzt und Alchemist, ein brillanter Gelehrter, der um 1500 lebte, und angeblich ist es ihm gelungen, durch seine Duftkomposition sämtliche Übel und Pestilenz abzuwenden. Leider ging das Rezept verloren, lediglich im blauen Pomander soll sich ein letzter Rest der Salbe befinden. Würde man diesen analysieren, könnte man seine Mischung reproduzieren. Und damit einen Beweis der Heilkraft antreten.«

»Das glauben Sie doch selber nicht!«

Professor Brown grinste in die Runde. »Ziemlich unwahrscheinlich, einem fast vierhundert Jahre alten eingetrockneten Salbenbröckchen seine Geheimnisse entlocken zu können. Zumal nicht sicher ist, dass ihm überhaupt irgendeine gesundheitsförderliche Wirkung innewohnt.«

»Hingegen das Schmuckstück an sich …«

»Genau, geschätzter Lord Philip. Sie treffen den Nagel auf den Kopf. Das Juwel wäre ein Vermögen wert, welches sich durch die damit verbundene Legende bestimmt noch erhöhen ließe. Stellen Sie sich nur einmal vor, was geschehen würde, wenn Detektive des Sebastian Club den blauen Pomander fänden? Es würde das Ansehen unseres Hauses international steigern, und wir könnten durch seine anschließende Veräußerung eine große Summe für einen wohltätigen Zweck spenden, was dann wiederum nochmals unserer Reputation zugutekäme.«

Freddie rümpfte die Nase. »Wir sind aber keine Schatzjäger, Gentlemen.«

»Absolut korrekt, Mr Westbrook. Daher schlage ich vor, wir vergessen das Ganze und lassen die Gerechtigkeit ihren Lauf nehmen.« Crispin Fox verschränkte die Arme vor der Brust und blickte abwartend in die Runde.

Es gab keinerlei Widerspruch, auch wenn Professor Brown deswegen ein wenig enttäuscht aussah.

Mayfair

Ende November lud Sir James MacWill, der Viscount of Ucksfird, zum alljährlichen St. Andrew's Ball in sein Palais in der Nähe der Bond Street.

Der Viscount war Mitglied im Sebastian Club und die Feier der Andreasnacht für jeden Schotten der Londoner Upperclass ein beliebter Pflichttermin. Freddie und ihre Kollegen konnten zwar nur auf den ein oder anderen schottischen Vorfahren zurückblicken, nahmen aber trotzdem gerne an der geselligen Veranstaltung teil.

Es gab deftiges Essen, recht kartoffellastig, dazu viel Fleisch. Allenthalben hörte Freddie, wie über die Kindsmörderin getuschelt wurde. Amelia Dyers Hinrichtung vor zwei Tagen war nach wie vor Tagesgespräch in London.

»Ein viel zu barmherziger Tod für diese verabscheuungswürdige Person!«, schimpfte Lady Fitzroy, die warmen braunen Augen, die denselben Farbton hatten wie ihr Haar, weit aufgerissen.

Ihr Gatte legte besänftigend eine Hand auf ihren Arm. Ganz offensichtlich war dem etwas steif wirkenden Lord Ernest Fitzroy der emotionale Ausbruch seiner Gattin unangenehm. Die beiden waren Bekannte des Professors, Freddie hatte sie erst an diesem Abend kennengelernt und Viola Fitzroy auf Anhieb sympathisch gefunden. Die kleine, zarte Person mit Apfelbäckchen und geschwungenen Lippen wirkte mädchenhaft, obwohl sie die vierzig sicherlich überschritten hatte. Ihr Mann sah neben ihr schlaksig, groß und ungelenk aus und erinnerte Freddie in seiner gesamten Körperhaltung an einen Reiher, der über eine Wiese stakste. Rotbraunes

Haar und Sommersprossen hätten auch ihn ansprechend erscheinen lassen können, wäre da nicht der kleine verkniffene Mund gewesen, dem ein orangefarbener Bart Strenge verlieh, welche sein Träger gewiss ausstrahlen wollte. Seitdem Freddie für den Sebastian Club tätig war, hatte sie es sich zur Angewohnheit gemacht, Menschen, denen sie begegnete, mit zwei Schlagworten in ihrem Gedächtnis zu verankern. Bei Viola Fitzroy waren dies »warm« und »lebhaft« und bei Lord Fitzroy »verkrampft« und »kühl«.

»Ich stimme Ihnen zu, Mylady«, sagte Crispin nachdrücklich, woraufhin er ein Stirnrunzeln ihres Gatten erntete. Unbeirrt fuhr er fort. »Es mag in der Tat unverhältnismäßig erscheinen, dass jemand, der so vielen Unschuldigen Leid zugefügt hat, einen raschen Tod erhält. Doch wir vertrauen auf unser Rechtssystem, das eine Mörderin ihrer Strafe zugeführt hat.«

»Haben Sie sie nicht kurz vorher noch besucht, Brown?« Lord Fitzroy blickte den Professor an.

»Das stimmt. Woher wissen Sie davon?«

Ein dünnes Lächeln schenkte dem kleinen Mund vorübergehend ein wenig Breite. Leider nicht dauerhaft. Bevor er weitersprach, presste er die Lippen kurz aufeinander. »Ich bin mit dem Commissioner befreundet. Er meinte, Sie wären nicht erfolgreich damit gewesen, der Alten Informationen zu entlocken.«

»Nicht die von ihm gewünschten, leider. Stattdessen wollte sie mir die Legende vom blauen Pomander als bare Münze andrehen. Angeblich wusste sie, wo er zu finden ist – und hätte es mir verraten im Gegenzug für eine Begnadigung.«

»Wie absurd! Der blaue Pomander existiert ebenso wenig wie der Heilige Gral oder die Quelle der ewigen Jugend.«

»Und dennoch gibt es auf der ganzen Welt Menschen, die danach suchen.«

»Professor Brown, Sie wollen nicht wirklich behaupten, dass Sie an die Existenz eines duftenden Allheilmittels gegen sämtliche Unbill glauben?«

»Nein, Lord Fitzroy, meiner Meinung nach gibt es so etwas nicht. Aber ich denke, Amelia Dyer sah das anders.«

»Dann war sie irrer als angenommen.«

Brown zuckte die Schultern. »War sie das? Irre? Oder eine eiskalt kalkulierende Person? Das werden wir nie erfahren. In ihren Augen stand jedenfalls keinerlei Reue. Es wäre faszinierend gewesen zu wissen, was tatsächlich in ihrem Kopf vorging.«

»Dazu müsste man ihr Gehirn sezieren«, ertönte eine Stimme neben ihnen. Ein junger Mann hatte offenbar der Unterhaltung der Gruppe gelauscht und leistete nun einen gewissermaßen abstrusen Beitrag.

»Wie bitte?«, entfuhr es Lady Fitzroy entsetzt. Doktor Pebsworth aber rief begeistert aus: »Mister Spilsbury! Ich hatte gehört, Sie wären ebenfalls heute eingeladen. Wie schön, dass wir uns treffen. Darf ich vorstellen«, er blickte in die Runde, »Bernard Spilsbury, Absolvent des Magdalen College in Oxford und derzeit Medizinstudent an der University of London. Sein Vater und ich sind gute Freunde, und ich habe es mir zur Angewohnheit gemacht, Mister Spilsburys akademische Karriere zu verfolgen.«

»Sie meinen wohl, Papa hat Sie darum gebeten, ein Auge auf mich zu haben.« Der junge Mann grinste.

»Aus Ihnen wird einmal ein hervorragender Mediziner werden. Ein Arzt der neuen Generation.«

»Nicht wenn er die Gehirne von toten Verbrechern zu zerpflücken gedenkt. Das ist gegen jede Sitte«, bemerkte Lord Fitzroy spitz.

Pebsworth tätschelte seinem Freund väterlich den Rücken. »Gestatten Sie, dass ich widerspreche, Mylord. Gerade die Leichenschau kann uns vieles verraten, obwohl diese Wissenschaft noch immer in den Kinderschuhen steckt. Ich bin selbst leider schon zu alt dafür, als dass sie jemals mehr als ein Steckenpferd für mich werden könnte, doch Mister Spilsbury hier stehen alle Türen offen.«

Während die Fitzroys weiter über Amelia Dyer und das

sagenhafte Juwel diskutierten, setzte nebenan im Tanzsaal die Musik ein.

Freddie sah Crispin auf sich zukommen. »Darf ich bitten, Miss Westbrook?«, fragte er.

»Mister Fox wirkte überaus angetan von dir. Wie immer. Ich musste euch praktisch von der Tanzfläche zerren, sonst wärt ihr bis zur Erschöpfung zu dieser schottischen Musik herumgehüpft. Es wundert mich, dass du nicht in Ohnmacht gefallen bist, immerhin beschwerst du dich allenthalben über dein Korsett. Oder hat dich Mister Fox' Gegenwart jegliche Kurzatmigkeit vergessen lassen?«, stichelte Lord Philip auf der Heimfahrt.

»Wir verstehen uns eben gut.« Freddie war trotz frostiger Temperaturen immer noch erhitzt und froh darüber, in der kalten Kutsche zu sitzen. Die Fahrt zum heimischen Stadthaus am Wilton Crescent war ohnehin kurz.

»Ein Glas Port in meinem Zimmer vor dem Zubettgehen?«, fragte Lord Philip, und Freddie stimmte gerne zu.

Seitdem sie Mitglied im Sebastian Club war, hatte sich das Verhältnis zu ihrem Onkel grundlegend verändert – oder vielmehr seine Einstellung ihr gegenüber. In der Anfangsphase hatte er erst lernen müssen, damit umzugehen, dass seine Nichte sich in Männerkleidung auf Verbrecherjagd begab und nicht länger nur zu Hause herumsaß und Tee trank. Doch mittlerweile betrachtete er sie weder als seine kleine Verwandte noch als sittsame Lady, sondern als gleichwertigen Menschen, was Freddie in Momenten wie diesem mit Freude erfüllte. Niemals hätte er sie früher auf einen Drink und ein Gespräch in sein gemütliches Arbeitszimmer gebeten.

Sie saßen einander gegenüber in Ledersesseln vor dem Kamin und wärmten sich die Füße am Feuer. Ansonsten gab es im Raum nur noch einen Schreibtisch und zahllose Bücher in Regalen an allen Wänden sowie eine doppelflügelige Glastür, die auf die Veranda führte. Einem Betrachter wäre auf Anhieb die Ähnlichkeit der beiden aufgefallen, blondes Haar, leuchtend blaue Augen, und Onkel wie Nichte waren auffallend groß. Freddie musste schmunzeln, als sie bemerkte, dass sie sogar die gleiche Sitzposition eingenommen hatten.

»Du weißt, dass er sich nicht ewig von einem Antrag abhalten lassen wird, und was dann? Dann must du ihm eine Antwort geben.«

Es war ihr unangenehm, dass Philip das Thema nicht fallen ließ. Hauptsächlich deswegen, weil sie sich ohnehin selbst ständig den Kopf darüber zerbrach und noch zu keinem Ergebnis gekommen war. »Ich weiß.«

»Crispin Fox ist bis über beide Ohren in dich verliebt. Und wenn ich meine Nichte kenne, dann sind die Gefühle auf ihrer Seite nicht gleichwertig stark ausgeprägt.«

Freddie seufzte. »Ist es nicht immer so, dass einer mehr liebt als der andere? Ich mag Crispin, sehr sogar. Aber ich werde mich in absehbarer Zeit nicht an einen Mann binden.«

»Wegen des Clubs?«

Sie nickte. »Eine Ehe würde das Ende meiner Ermittlertätigkeit bedeuten.«

»Nicht, wenn du Crispin heiratest. Sicherlich wäre er der einzige Ehemann auf der Welt, der dir eine Fortsetzung deiner Mitarbeit gestatten würde.«

»Ich werde mich nicht sehenden Auges in eine Situation begeben, in der ich mir erlauben oder verbieten lassen muss, was ich tun darf.«

»Frederique, wie aufbrausend! Und wie sinnlos, sich darüber aufzuregen, denn so stehen nun einmal die Dinge in unserer Gesellschaft.«

Sie knallte das leere Glas zurück auf den kleinen Holztisch, der zwischen ihren Stühlen stand, und rang um Fassung. Aufschreien hätte sie mögen, dass es ungerecht war. Dass sie ebenso schlau und fähig war wie jeder Mann. Und dass sie sich nun, wo sie beide Seiten des Lebens gesehen hatte, niemals wieder mit dem beschränken würde, was sich schickte, sondern machen würde, was sie wollte.

Stattdessen biss sie sich auf die Lippe und wechselte das Thema, während er ihr nachschenkte.

»Da wir von der Liebe sprechen, Onkel, und davon, dass sie manche mehr und manche weniger trifft – was ist mit Mabel? Schuldest du ihr nicht langsam eine Erklärung? Die Ärmste macht sich noch immer Hoffnungen auf dich. Sinnloserweise, wie wir beide wissen.«

Er lächelte sie an. »Touché. Dir wird sicher nicht entgangen sein, dass Miss Shrewsbury heute Abend nicht anwesend war, genauso wenig wie ihre Eltern.«

Mabel Shrewsbury war Freddies Freundin. Die ebenso reizende wie gut situierte junge Dame hatte es sich in den Kopf gesetzt, Lord Philip zu ehelichen, doch hatte Freddie ein deutliches Abkühlen seiner Gefühle beobachtet. Mabel ebenfalls, sie hatte der Freundin gegenüber mehrfach verlauten lassen, sich demnächst einen anderen potenziellen Ehemann zu suchen, immerhin war sie bereits Mitte zwanzig und konnte nicht noch mehr Zeit verlieren. Ein komisches Gefühl breitete sich in Freddie aus, und sie bereute es, Mabel erwähnt zu haben, denn nun musste sie sich anhören, was Philip zu sagen hatte. Er drehte sein Glas in den langen Fingern. Der Flammenschein des Kaminfeuers ließ die Flüssigkeit darin schimmern wie einen blutroten Edelstein.

»Als ich heute Morgen unterwegs war, habe ich Miss Shrewsbury besucht. Ich wollte ihr mitteilen, dass es für uns keine gemeinsame Zukunft geben kann.«

»Das hast du nicht getan!« Sie schnappte nach Luft.

»Korrekt. Dazu kam es nämlich nicht. Sie teilte mir knapp mit, dass es sich nicht schicken würde, wenn ich sie weiterhin aufsuche, da sie in wenigen Tagen ihre Verlobung mit einem Mister Carlson bekannt geben würde.«

»Bitte?« Das saß. Freddie stand auf, stemmte die Hände in die Hüften, schüttelte den Kopf und ließ sich dann ganz undamenhaft wieder in den Sessel plumpsen. »Hat sie sonst noch etwas gesagt?«

»Nur dass sie bedauert, es dir nicht persönlich erzählt zu haben, doch sie baut auf dein Verständnis und wird dir bei eurem nächsten Treffen alles berichten.«

Ob es überhaupt dazu kommen würde, ob sich die Freundschaft nicht ohnehin erledigt hatte, nun, da ihr Onkel nicht mehr Mabels erklärter Heiratskandidat war, stellte Freddie infrage. Außerdem betrachtete sie die Freundin, für deren vermeintlich gebrochenes Herz sie eben noch hatte Mitleid empfinden wollen, schlagartig mit wachsender Distanz. Dieser ekelerregende Heiratsmarkt, auf dem sich junge Frauen ihres Alters und Kalibers zu tummeln hatten, stieß sie zusehends ab. Und bestätigte sie in ihrem Bestreben, ungebunden zu bleiben.

Aus zusammengekniffenen Augen betrachtete sie Philip. »Du bist erleichtert, fein raus zu sein, nicht wahr? Aber du hättest sie ohnehin verlassen – für Annabel Arnholtz.«

Ein gequälter Ausdruck stahl sich auf sein hübsches Antlitz. »Ist das derart offensichtlich?«

»Keine Sorge, lieber Onkel. Ich bin davon überzeugt, dass niemand etwas ahnt. Außer mir und unseren Kollegen, und das auch nur, weil wir dich mittlerweile einfach zu gut kennen. Seitdem Mrs Arnholtz ihre anrüchigen Etablissements im East End abgestoßen hat, ist sie eine gemachte Frau, und du könntest dich um sie bemühen.« Im Geiste fügte sie hinzu: Wenn man die Tatsachen außer Acht lässt, dass sie mit einem zwielichtigen Verbrecher verheiratet war, der ein gewaltsames Ende gefunden hat, höchstpersönlich als Geschäftsführerin zahlreicher Halbweltkaschemmen fungiert hat und eine geheimnisvolle Vergangenheit besitzt, von der niemand etwas Genaues weiß, was zumeist kein gutes Zeichen ist.

»Annabels sozialer Status war mir schon immer einerlei«, sagte er dumpf. »Sie macht sich darüber mehr Sorgen als ich.«

Freddie dachte an ihre erste Begegnung mit Mrs Arnholtz. Im Rahmen ihrer Ermittlungen hatte sie die damals noch mit Cassius Arnholtz verheiratete Dame im Familienbetrieb, einem Bordell im East End, aufgesucht. Sie war eine schöne Frau, ein paar Jahre älter als Lord Philip, mit Alabasterhaut, schwarzem Haar und veilchenfarbenen Augen. Mehr noch als ihr Aussehen hatte Freddie allerdings ihre ungewöhnliche Anmut und Würde beeindruckt. Eine Haltung, die in der Welt, in der Annabel Arnholtz lebte, extrem außergewöhnlich war. Sie verstand, weshalb ihr Onkel sie faszinierend fand. Doch auch wenn sie ihn eben ermutigt hatte, den nächsten Schritt zu gehen, stand fest, dass eine Ehe mit einer solchen Frau für Lord Philip Dabinott indiskutabel wäre.

Ein paar Minuten lang versanken sie in ihren Gedanken, starrten stumm in die Flammen des Kaminfeuers und lauschten dem Knistern brennenden Holzes.

»Was denkst du über die Konversation mit den Fitzroys heute Abend?«, fragte er schließlich leise.

Freddie blickte auf. »Lady Fitzroy scheint mir eine nette Dame zu sein, sehr elegant. Bei ihrem Gatten tue ich mich ein wenig schwer. Er ist bemüht, einen konservativen Eindruck zu vermitteln, gibt sich steif und beherrscht. Aber irgendetwas an ihm passt nicht dazu.«

»Der Professor kennt ihn seit Jahren, allerdings nur oberflächlich. Damals wollte Fitzroy in den Sebastian Club eintreten, wurde jedoch abgelehnt. Trotzdem versuchte er bei jeder Gelegenheit, sich bei Brown lieb Kind zu machen, lud ihn zum Essen ein und dergleichen. Es dauerte eine Weile, bis sein Enthusiasmus verebbte. Wenn sie sich heute auf Veranstaltungen treffen, ist es aber noch immer so, dass Lord Fitzroy ihm nicht von der Seite weicht.«

»Weshalb?«

Philip zuckte die Schultern. »Er bewundert ihn eben.«

»Den Eindruck hatte ich nicht gerade.«

»Als du mit Mister Fox tanzen warst, konnte er nicht aufhören, den Professor nach Amelia Dyer auszufragen. Was hältst du von der Pomander-Geschichte?«

Darüber wollte Freddie gerne reden. »Crispin und ich haben uns in der Bibliothek schlaugemacht, weil uns die Sache nichts sagte. Abgesehen von dem Märchen über die wundersamen Heilkräfte ist der Pomander wahnsinnig wertvoll. Und ein richtiges Prachtstück. Es gibt ein Gemälde aus dem siebzehnten Jahrhundert, auf dem er dargestellt ist. Zuletzt tauchte er im österreichischen Kaiserreich auf, wo sich seine Spur leider verliert. Ich persönlich bin der Meinung, es würde sich durchaus lohnen, sich auf die Suche zu machen.«

»Wir waren doch alle dagegen.«

Sie verdrehte die Augen. »Dann haben wir unsere Meinung eben geändert. Wir müssen es dem Professor auch nicht gleich auf die Nase binden. Crispin, du und ich könnten einfach kurz an dem Ort nachsehen, den Amelia Dyer genannt hat. Nur kontrollieren, ob es diesen ominösen halben Hinweis gibt. Falls wir ihn finden, ist es immer noch früh genug, die Sache vor die anderen zu bringen, und wenn nicht, haben wir nicht unnötig die Pferde scheu gemacht.«

»Das entspricht weder unserer Etikette noch unserem Stil. Außerdem haben wir keine Ahnung, wo vormals der Teufel das Land beackerte, unter der schwarzen Erde, hinter dem Zeichen der Acht …« Die letzten Worte hatte er mit geisterhafter Stimme gesprochen.

Freddie kicherte. Sie verspürte keinerlei Spur von Müdigkeit, hätte noch stundenlang mit Philip plauschen können. Irgendetwas an der Pomander-Legende weckte ihren Spürsinn. Die kleinen Härchen in ihrem Nacken stellten sich auf, wenn sie nur daran dachte. Es wäre herrlich, das Teil zu finden und es im Club auszustellen.

»Dieses Rätsel, lieber Onkel, haben Crispin und ich längst gelöst. Ich könnte es dir erklären. Doch falls du es nicht hören willst …«

Westminster

Der nächtliche Nebel drängte aus dem Boden empor wie eine Armee Friedhofsgespenster, dazu gesellte sich brackiger Gestank, der Freddie den Atem verschlug.

»Themse?«, fragte sie durch ihre behandschuhte Hand, die sie schützend vor den Mund hielt.

Lord Philip schüttelte den Kopf. »Tyburn. Ein unterirdischer Fluss, der weiter vorne in die Themse fließt. Stinkt gewaltig, wenn das Wetter umschlägt. Früher muss es viel schlimmer gewesen sein, als die Armenbehausungen hier standen. Was heißt früher, es ist kaum fünfzig Jahre her, dass diese Gegend«, er suchte nach dem richtigen Wort, »aufgewertet wurde.«

Big Ben schlug elf Uhr, so laut, dass es in Freddies Ohren widerhallte. Sie befanden sich im Schatten von Westminster Abbey, konnten aber wegen des Nebels nicht einmal den großen Turm sehen. Zu Fuß bogen sie in die Old Pyne Street ein, die auch bei guter Witterung nur spärlich beleuchtet war. Heute vermochten die wenigen Laternen kaum etwas gegen Dunkelheit und Dunst auszurichten.

»Warum können wir derartige Aktionen eigentlich nie bei Tageslicht durchführen?«, schimpfte Crispin leise, nachdem er in einen Haufen Pferdeäpfel getreten war.

»Weil wir tunlichst unentdeckt bleiben möchten«, mahnte ihn Freddie.

»Hier ist es.« Lord Philip hielt vor einem fünfstöckigen Ziegelbau, dessen uniforme Fassade an eine Anstalt erinnerte. Er zog eine Karte aus der Tasche und faltete sie auseinander, steckte sie jedoch kopfschüttelnd wieder weg, da er nichts darauf erkennen konnte. »Der Peabody Trust hat diesen Wohnblock vor fast fünfzehn Jahren erbaut. Früher befand sich hier eines der elendsten Viertel Londons.«

»Devil's Acre«, flüsterte Freddie.

»Korrekt. Noch immer staune ich über euer beider Kombinationsgabe«, lobte Lord Philip. »Alles ergibt einen Sinn. Wo vormals der Teufel das Land beackerte – Devil's Acre. Die Gegend wurde von Charles Dickens so bezeichnet, und ich kann mir keinen treffenderen Ausdruck vorstellen. Ein Sumpf von Gewalt, Not, Typhus und Gestank mit unzähligen Menschen, die zusammengepfercht in Armenquartieren hausten. Hauptsächlich Iren, die sich in London ein besseres Leben erhofft hatten.«

»Aber jetzt sieht es ganz gut aus.«

»Natürlich, Mister Fox. Der Peabody Trust hat eine beeindruckende Fassade errichten lassen. Dahinter liegen um Innenhöfe arrangierte Wohntrakte, es gibt Bäder und fließend Wasser, ein großer Schritt hinaus aus der Misere. In den Gassen ein Stück weiter hinten allerdings findet sich noch das ein oder andere windschiefe, geduckte und überaus dreckige Gebäude. Das Elend hat sich nicht vollständig von hier verabschiedet.«

Freddie sah nervös über ihre Schulter. »Wir sollten uns nicht zu lange aufhalten. Hier: hinter dem Zeichen der Acht – Hausnummer acht. Und ›unter der schwarzen Erde‹ muss der Kohlenkeller sein.«

Sie durchquerten eine schmale Gasse und gelangten zur Hinterseite des Blocks. Lord Philip zog ein schlankes Metallinstrument aus der Tasche und nestelte am Schloss der Kohlenschütte. Es klickte, und er entfernte es, schlüpfte in seine mitgebrachten Handschuhe und hob die Klappe hoch.

»Ich kann nicht fassen, dass der Professor diesen abenteuerlichen Einsatz abgesegnet hat«, flüsterte er den Kollegen zu und machte eine einladende Handbewegung, woraufhin sich Crispin Fox tapfer als Erster hinunter in den Keller zwängte. Freddie folgte ihm, und Philip bildete das Schlusslicht.

Natürlich hatten sie ihre Aktion mit dem Clubvorsitzenden besprochen, der nicht im Mindesten abgeneigt gewesen war. Im Gegenteil. Es schien, als wäre Brown ganz glücklich darüber, dass sie wenigstens nachsehen wollten, was es mit dem Pomander auf sich hatte.

»Können wir jetzt vielleicht ein wenig Licht haben?«

Freddie entzündete die mitgebrachte Kerze und reichte den anderen auch eine. »Ziemlich viele Kohlen hier«, raunte sie. In der Tat beanspruchte das Heizmittel einen Großteil des Raums. Nur eine Wand war frei. »Wenn das, was wir suchen, irgendwo darunter ist, müssen wir unser Vorhaben begraben, im wahrsten Sinn des Wortes. Daher fange ich am besten hier an.« Sie näherte sich der Ziegelwand, vor der keine Kohlen lagen, und leuchtete mit der Kerze gewissenhaft Reihe um Reihe der Steine ab, beginnend links unten, während die Herren von der rechten Seite anfingen. Nach einer Weile tat ihr der Rücken weh. Es war stickig und stank auch hier, und Freddie merkte, wie sie zu schwitzen begann. Ächzend richtete sie sich auf und wollte sich gerade beschweren, da fiel ihr Blick auf etwas, was schräg über ihr auf einen der Ziegel geritzt war.

»Hinter dem Zeichen der Acht«, zitierte sie den Hinweis. »Wir befinden uns in Haus Nummer acht, und hier hat jemand ein Unendlichkeitssymbol eingekratzt, das ist auch nichts anderes als eine liegende Acht. Wenn die Herren sich das einmal ansehen wollen?«

Eifrig machte sich Philip daran, mit der Rückseite des Instruments, mit dem er vorhin das Schloss geknackt hatte, den Mörtel aus den Fugen zu kratzen. »Das ist Sand. Seht nur, ich kann ihn mühelos entfernen, und der Stein bewegt sich schon.«

Mit seinen langen schlanken Fingern zog er den Ziegel aus dem Mauerwerk und leuchtete mit der Kerze in den entstandenen Hohlraum. Freddie musste sich auf die Zehenspitzen stellen, um hineinsehen zu können.

»Ein Eisenring?«

»Wahrscheinlich eine Art Hebel.«

»Ziehen Sie daran, Lord Philip.«

»In Ordnung, Mister Fox. Am besten, Sie treten ein Stück zurück.«

»Kommen Sie, Mister Westbrook.« Mit einem Augenzwinkern zog Crispin Freddie mit sich.

Anfangs tat sich nichts. Philip musste kräftig an dem Ring zerren, plötzlich knirschte der Boden vor seinen Füßen, und direkt neben der Wand tat sich eine kleine Falltür auf.

»Ein unterirdischer Gang!« Er hielt die Kerze hinein, deren Flamme ruhig und ohne zu flackern weiterbrannte. »Dann wollen wir mal. Vielleicht sollte einer von uns hierbleiben.«

»Ich gehe mit«, sagte Freddie schnell, und Crispin verzog das Gesicht.

»Wir gehen alle. Zur Sicherheit lasse ich meinen Mantel hier. In der Tasche stecken Visitenkarten. Falls uns etwas passiert, wird man wissen, dass jemand unten im Tunnel ist.«

»Und wer holt Hilfe?«

»Freddie, es wird nichts geschehen.«

»Nein, Sie bleiben hier, Mister Fox«, bestimmte Lord Philip nachdrücklich, er hatte sich bereits halb in den schmalen Schacht gezwängt und war gleich darauf verschwunden.

»Der üble Geruch nimmt zu, und es wird zusehends stickiger«, stellte Freddie fest, als sie ihm einen Gang entlang folgte, in dem sie gebückt gehen mussten. Er bestand aus roh behauenem Stein, der Boden war feucht. Als er endete, fanden sie sich in einer niedrigen Kammer wieder. Philips Kopf berührte die Decke, wenn er sich vollständig aufrichtete. Ein offener Durchgang führte in einen weiteren Raum. Überall auf dem Boden standen Pfützen mit schlammigem Wasser, und Freddie hörte stetes Tropfen. »Wo sind wir?«

»Ich vermute, der Tunnel hat uns unter der Great Peter Street hindurchgeführt. Über uns befinden sich wahrscheinlich die Behausungen der Ärmsten, die noch nicht Neubauten gewichen sind, und wir stehen mitten im alten Herzen von Devil's Acre.«

Eine Gänsehaut lief über Freddies Rücken. Sie liebte die Aufregung, und gerade jetzt fühlte sie sich wie ein Schatzsucher in einer versunkenen Stadt.

»Rasch, sehen wir uns um, bevor uns die Luft ausgeht.« Philip begann zu suchen, und Freddie ging zurück zur Einmündung des Gangs. Wiederum leuchtete sie mit ihrer Kerze über die Wände, deren bröckelndes Mauerwerk von schimmelnden Holzbalken durchzogen war.

Falls die Decke über ihnen tatsächlich der Boden war, auf dem Häuser standen, befanden sich deren Bewohner in einer Todesfalle, die jederzeit zuschnappen konnte. Es war höchste Zeit, die maroden Bauwerke abzureißen, bevor sie in sich zusammenfielen wie ein Kartenhaus und die Menschen unter sich begruben.

»Hier«, hörte sie Philips Stimme gedämpft. »Ich glaube, ich habe etwas entdeckt.«

Auf dem Weg zu ihm fiel ein Brocken von der Decke direkt neben Freddie herunter, sodass Schlamm aufspritzte. Eile war geboten.

Ihr Onkel kauerte in einer Ecke auf dem Boden und hatte die Hand hinter einen Stützbalken gesteckt.

»Irgendetwas klemmt zwischen Holz und Mauer, glücklicherweise knapp über dem Brackwasser. Ich habe es gleich.«

»Das wäre schön, wir sollten nämlich umgehend von hier verschwinden. Ich wäre beinahe von einem Stück Decke erschlagen worden.«

Die hellen Augen weiteten sich im Schein der Kerze, dann kniff Philip sie zusammen, und mit einem Ruck zog er die Hand heraus. »Es ist ein kleines Kästchen. Komm, wir untersuchen es später gemeinsam. Sehen wir zu, dass wir wegkommen.«

So schnell wie möglich krochen sie zurück durch den Tunnel und kletterten nach oben in den Kohlenkeller.

»Du lieber Gott!« Mit einem Aufschrei stürzte Freddie zu der rücklings auf dem Boden liegenden Gestalt von Crispin

Fox. Quer über seinen Beinen war der tote Körper eines Mannes niedergestreckt, in dessen Rücken ein Messer steckte. Die Angst, die von Freddie Besitz ergriff, erschütterte sie vollkommen, es war ein Gefühl absoluter Hilflosigkeit. Glücklicherweise flatterten in diesem Moment Crispins Augenlider, und er kam zu sich.

»Was ist geschehen?«, murmelte er und griff sich an den Kopf. Er versuchte sich aufzusetzen, da entdeckte er den Toten. Erschrocken wollte er abrücken, konnte sich aber nicht bewegen, da das Gewicht des Mannes ihn daran hinderte.

»Nehmt ihn weg!«

Philip und Freddie zogen den Körper von Crispins Beinen und leuchteten in sein Gesicht.

»Wer ist das?«

»Wenn Sie das nicht wissen, Mister Fox?«

»Ich? Ich habe keine Ahnung. Ist er tot? Nachdem Sie und Ihre Nichte verschwunden waren, sah ich Ihnen nach, den Gang hinunter, da wurde ich von hinten niedergeschlagen.« Erneut griff er sich an seinen Kopf. »Hier, sehen Sie?« Er hielt Philip die Hand hin, an seinen Fingern klebte Blut.

Während Freddie noch immer vor Entsetzen zitterte, bewahrte ihr Onkel die Fassung. Er kniete sich neben die Leiche und durchsuchte die Kleidung. Aus der Innentasche des Mantels zog er eine Kennkarte. »Thomas Bartley. Beamter im Newgate-Gefängnis.«

Plötzlich wurde der Kohlenkeller von mehreren Laternen erhellt und eine barsche Stimme rief: »Metropolitan Police!«

»Wie wunderbar«, raunte Lord Philip seinen Kollegen zu. »Der Professor wird begeistert sein.«

Am nächsten Morgen platzte das Büro von Inspektor Woodard praktisch aus den Nähten, da sich darin die gesamte Ermittlerriege des Sebastian Club versammelt hatte. Die Gentlemen standen um den Schreibtisch gedrängt, der Inspektor dahinter, zwischen den Fingern eines seiner stinkenden Zigarillos, was die Luft in dem kleinen Raum nicht gerade besser machte.

»Sehr freundlich von Ihnen, dass Sie nicht noch gestern Nacht auf ein Verhör bestanden haben, Chief Inspector«, bedankte sich Lord Philip mit einem Lächeln im Gesicht aus der zweiten Reihe. Er sprach über Doktor Pebsworths Schulter nach vorne. Freddie stand neben ihm und spürte, dass seine gute Miene nur aufgesetzt war. Bestimmt war er innerlich ebenso angespannt wie sie.

»Nie wieder im Leben werde ich Sie um einen Gefallen bitten!« Woodard ignorierte Philips Einwurf und wandte sich direkt an Professor Brown. »Ich hatte lediglich darum angesucht, dass Sie Amelia Dyer vor ihrer Hinrichtung befragen. Und was machen Sie? Statt mir die Anzahl ihrer Opfer zu nennen, erhalten wir einen anonymen Hinweis, dass Ihre Detektive einen Gefängnisbeamten ermordet haben! Wie erklären Sie das?«

Anstelle von Brown antwortete Crispin. Er drängte sich am Doktor vorbei näher an den Schreibtisch. »Wir haben niemanden ermordet, das müssen Sie uns glauben. Es gibt nur eine mögliche Erklärung. Die Person, die mir auf den Kopf geschlagen hat«, er lüftete kurz den Hut und wies auf den Verband, den er trug, »hat Thomas Bartley erstochen. Wir haben mit diesem Verbrechen nichts zu tun.«

»Das weiß der Inspektor«, beruhigte Brown seinen jungen Kollegen. »Falls er Sie im Verdacht gehabt hätte, wären Sie gestern an Ort und Stelle verhaftet worden, Mister Fox.«

»Warum waren Sie zu nachtschlafender Zeit in einem Kohlenkeller in Westminster?«

»Wir haben ermittelt.«

Woodard schnaubte genervt und sah von Crispin zu Lord Philip. »Was haben Sie dort gesucht?«

»Hinweise auf den blauen Pomander.«

»Sie belieben zu scherzen? Nehmen Sie etwa für bare Münze, was die alte Dyer dem Professor im Schatten des Galgens vorgelogen hat? Sie hätte alles behauptet, um ihren

Hals zu retten. Soweit ich weiß, hat sie sogar auf dem Weg zum Schafott noch laut schreiend verlangt, dass man den Sebastian Club ruft. Es existiert kein blauer Pomander, das sind alles Ammenmärchen.«

»Warum dann der tote Gefängnisbeamte? Anscheinend glaubt noch jemand außer uns, dass etwas an der Geschichte dran sein könnte.« Bisher hatte Doktor Pebsworth geschwiegen, aber seine knappe Logik veranlasste den Inspektor zu einem Brummen.

»Mmmmmm. Sie drei«, er deutete auf Freddie, Crispin und Lord Philip, »gehen mit dem Constable und machen Ihre Aussage. Gilespie!«, brüllte er. Die Tür flog auf, und ein uniformierter Polizist steckte den Kopf herein. »Nehmen Sie die Herren mit und bringen Sie ihre Angaben zu Protokoll.« Er winkte unwirsch, drückte seinen Glimmstängel in einen übervollen Aschenbecher und massierte sich mit Daumen und Zeigefinger die Nasenwurzel.

Freddie war sich sicher, dass der Kommissar Dinge mit dem Professor und Doktor Pebsworth zu besprechen hatte, von denen er nicht wollte, dass alle sie hörten. Nur widerstrebend folgte sie dem Beamten, war allerdings erleichtert, als sie in einen Büroraum traten, in dem gerade nicht geraucht worden war. Sie hatte nämlich bereits leichte Kopfschmerzen.

Haarklein berichteten sie von den Ereignissen der letzten Nacht, ließen aber den Fund des Kästchens geflissentlich aus, wie sie es im Vorfeld vereinbart hatten. Constable Gilespie notierte mit. Er stellte Fragen in einem abgehackten, kommandoartigen Ton, was Freddie zu der Ansicht brachte, dass der Gute die Detektive nicht sonderlich leiden konnte. Möglicherweise sollte sie die Sache aber auch nicht zu persönlich nehmen. Vielleicht litt der untersetzte Beamte nur an Sodbrennen, denn etwa drei Mal in der Minute presste er die Faust vor den Mund, um ein Aufstoßen zu unterdrücken, und zwischen diesen Intervallen rieb er sich den Bauch, als würde er schmerzen.

Gegen Mittag durften sie endlich mit Gilespies Erlaubnis gehen, und Crispin schlug vor, einen gemeinsamen Lunch im Club einzunehmen. Alle außer Lord Philip stimmten erfreut zu. Nach der langen Zeit bei Scotland Yard hatten sie sich eine angenehme Mahlzeit verdient. Sie standen auf dem Bürgersteig und knöpften die Mäntel zu.

»Ich habe noch etwas zu erledigen.« Freddie beobachtete ihren Onkel, wie er eine Droschke aufhielt. Sie ahnte, wohin er wollte. Zu ihr natürlich. Solange die Sache mit Mabel nicht offiziell erledigt gewesen war, hatte er davon abgesehen, sie aufzusuchen, doch nun hielt ihn nichts mehr. Er würde zu Annabel gehen und, wenn Freddie sich nicht völlig täuschte, ihr seine Gefühle gestehen.

»Gentlemen«, sagte der Professor, bevor sie in die Kutsche stiegen, »wir sind uns hoffentlich darin einig, diesen Rüffel von Scotland Yard nicht auf uns sitzen zu lassen. Pomander hin oder her, wir werden herausfinden, wer den Beamten ermordet hat und uns das Ganze anlasten wollte. So springt man nicht mit dem Sebastian Club um!«

Greenwich

Es war nicht weit von Scotland Yard hinunter zur Waterloo Bridge, daher ging Lord Philip zu Fuß. Die Anlegestelle für die Dampfschiffe befand sich unmittelbar neben dem ersten der steinernen Brückenbögen, welche die Themse überspannten.

Lord Philip setzte sich aufs Oberdeck der Verity und schlug den Kragen seines Mantels hoch. Der Tag war frisch und sonnig, viel zu schade, um die Fahrt unter Deck zu verbringen, wo die meisten der Passagiere sich eingefunden hatten.

Mit dem Schaufelraddampfer fuhr er stromabwärts, nach Westen. An den Ufern zogen Docks und Werften vorbei, die Luft wurde zusehends klarer, und der Himmel zeigte sich in blassem, aber freundlichem Blau. Sein Ziel war Greenwich, ein Ort, der für seinen maritimen Charakter, das Observatorium und natürlich den berühmten Nullmeridian bekannt war.

Je weiter sich der Dampfer aus der Stadt entfernte und je augenfälliger die Landschaft wurde, desto mehr entspannte sich Philip. Er erwischte sich dabei, wie er tief durchatmete und die angespannten Schultern sinken ließ. Vorfreude machte sich in ihm breit, was ihn überraschend traf, hatte er doch die letzten Monate in einem Zustand unzufriedener Ratlosigkeit verbracht. Während die frühwinterliche Sonne auf ihn schien, beobachtete er, wie die Verity am Greenwich Pier anlegte. Zahlreiche weitere Schiffe befanden sich auf dem Fluss, hauptsächlich Segler und Lastkähne, aber auch Passagierdampfer. Der spektakuläre Bau des Royal Naval

College unmittelbar am Ufer versicherte allen vorbeifahrenden Wasserfahrzeugen, dass Greenwich ein nautisches Zentrum war und nicht irgendein Städtchen an der Themse. Die strenge Symmetrie seiner Trakte, Säulen und Kuppeln bildete einen beeindruckenden Rahmen für das Schloss Queen's House in ihrer Mitte und das Observatorium auf dem Hügel dahinter. Dem Betrachter musste ohne jeden Zweifel klar sein, dass er im Begriff war, einen bedeutsamen Ort zu betreten.

Ein Hansom Cab brachte Philip von der Anlegestelle in eine Straße namens Crooms Hill, die parallel zum beliebten Greenwich Park sanft eine Anhöhe hinauflief. Es hielt vor einem dreistöckigen Backsteinhaus mit weißen Sprossenfenstern, die im Erdgeschoss und im ersten Stock rechteckig und im Obergeschoß liegende Halbkreise waren. Ein schmiedeeiserner Zaun lief um das Grundstück, und der gekieste Vorplatz wurde von hohen Bäumen umrahmt, die bereits ihr gesamtes Laub abgeworfen hatten.

Annabel Arnholtz öffnete ihm persönlich. Sie sah hübsch aus in einem hellgrauen Kleid, das ihre blasse Haut ebenso vorteilhaft betonte wie die eigentümlich lilafarbenen Augen.

»Wie freundlich, dass Sie den weiten Weg auf sich genommen haben, um mich zu besuchen, Philip.«

»Ich muss sagen, es war eine durchaus angenehme Anreise auf dem Wasser, an diesem schönen Tag.«

»Sie sind mit dem Schaufelraddampfer gekommen?« Mit einer eleganten Handbewegung bat sie ihn ins Haus und direkt in einen Empfangssalon auf der rechten Seite, dessen rückwärtige Wand sich als Halbkreis erkerartig auf eine Terrasse wölbte. Durch die Glastüren fiel reichlich Licht ein, die Atmosphäre wirkte hell und sonnig, was wohl auch an den safranfarbenen Sofas, Kissen und Vorhängen lag.

»Ich sehe, Sie haben einen hübschen Garten.« Er deutete hinaus.

»Ja. Allerdings gibt es darin momentan kaum etwas zu

tun. Ich freue mich auf den Frühling. Ich bin sehr zufrieden, dieses Haus gefunden zu haben, es ist genau das, was ich mir vorgestellt hatte.«

»Ein friedliches Domizil, möglichst weit weg vom East End?«

Sie standen nebeneinander an der Glastür. Die rückwärtige Grenze des Grundstücks wurde von einer hohen Mauer begrenzt. Ruhig war es hier auf jeden Fall. Und uneinsehbar privat.

»Es freut mich, dass Sie seit unserem letzten Treffen nichts von Ihrer Spitzfindigkeit verloren haben.«

»Ich wusste nicht, dass Sie mich für spitzfindig halten, Annabel.« Mit hochgezogener Augenbraue verschränkte er die Hände auf dem Rücken und folgte ihr hinüber zur Sitzgruppe.

»Aber natürlich. Das macht einen Großteil Ihres Charmes aus.«

Sie zog an der Klingelschnur, und eine ältliche Hausangestellte erschien mit einem Tablett, auf dem Tee und Gebäck standen. Etwas ungelenk verteilte die Frau das Geschirr und goss ein, dann knickste sie schief und verschwand wieder. Philip starrte ihr nachdenklich hinterher.

»Ganz richtig, Sie haben Freda schon einmal gesehen. Sie hat in meinem Etablissement gearbeitet, ist aber ein wenig in die Jahre gekommen, und es scheint unwahrscheinlich, dass sie in ihrem alten Beruf noch recht lang ein Auskommen haben wird. Und bevor Sie fragen: Mein Ruf ist mir vorausgeeilt, es ist mir praktisch unmöglich, hier Personal zu finden. Als ob ich der Leibhaftige in Person wäre. Die Doppelmoral in diesem Land widert mich an. Einerseits blühen Prostitution und Glücksspiel, die Syphilis wird langsam zur Volksseuche – andererseits meint jedes Zimmermädchen, sein Seelenheil stünde auf dem Spiel, wenn es für jemanden wie mich arbeitet. Daher schätze ich mich glücklich, dass Freda eine berufliche Veränderung begrüßt hat.« Annabel hatte sich in Rage geredet. Wütend nippte sie an ihrem Tee, stellte klirrend die Tasse zurück. »Hätten Sie vielleicht lieber etwas anderes, einen Sherry?«

»Gerne.«

Sie stand auf, holte zwei Gläser und eine Bleikristallkaraffe, ohne die Angestellte erneut zu bemühen, und goss für sie beide ein. Auf Philip machte Annabel einen fahrigen Eindruck. Lag es daran, dass sie sich in ihrem neuen Haus noch nicht eingelebt hatte? Dass es schwieriger war, ein Leben als respektable Frau zu beginnen, als sie erwartet hatte? Oder war am Ende sein Besuch für ihre Nervosität verantwortlich? Er wünschte es sich.

Über den Tisch hinweg griff er nach ihrer Hand. »Annabel …«

Sie unterbrach ihn rasch. »Wie geht es den werten Gentlemen aus dem Sebastian Club? Ermitteln Sie gerade wieder in einem spannenden Fall?«

Philip lächelte, war sich nun sicher, dass ihr Beisammensein sie ebenso aufwühlte wie ihn.

»Ja und nein. Genau genommen haben wir uns in etwas hineinmanövriert, von dem wir nicht genau wissen, wohin es uns führen wird.«

»Das trifft auf so manches zu. Bitte erzählen Sie mir davon.«

Es gab keinen Grund, ihr nicht von dem Treffen mit der Kindsmörderin und ihrer Geschichte vom blauen Pomander zu berichten. Annabel hörte gebannt zu.

»Ich kannte Amelia Dyer«, gestand sie, nachdem er geendet hatte. »Nicht persönlich, aber einige meiner Angestellten haben ihre Dienste in Anspruch genommen, und ich weiß mit absoluter Sicherheit, die Frauen dachten, ihre Babys in gute Hände abzugeben. Mrs Dyer machte einen mütterlichen Eindruck. Sie versprach Kost und Logis, bis die Kinder alt genug waren, um für sich selbst zu sorgen. Sie adoptierte sie sogar, gegen ein substanzielles Entgelt, versteht sich. Ich erinnere mich daran, dass eine der Bardamen meinte, Mrs Dyer würde ihre eigene Tochter anlernen, damit die Versorgung ihrer Schützlinge auch auf lange Sicht gewahrt blieb, da sie ja nun ein wenig in die Jahre käme.« Annabels Blick ging in die Ferne, Schmerz lag darin und gleichzeitig Wut. »Wie abscheulich kann ein Mensch sein, Philip? Welch abgrundtief schwarze Seele muss er haben, um schutzlose Wesen zu ermorden? Sie müssen den Pomander finden!«

»Wie bitte?« Er blinzelte, konnte ihr Entsetzen nachfühlen, verstand aber nicht, was das Ganze mit dem Schmuckstück zu tun haben sollte.

»Als Wiedergutmachung. Ich flehe Sie an, suchen Sie ihn, verkaufen Sie ihn und gründen Sie mit dem Erlös eine Anstalt, in der arme Kinder aufwachsen können, ohne von den Grausamkeiten der Welt gequält zu werden. Einen sicheren Hafen, der ihnen wenigstens ein paar Jahre Kindheit schenkt, bevor sie mit dem harten Leben konfrontiert werden, das draußen auf sie wartet.« Sie sprach so leidenschaftlich, dass er förmlich an ihren Lippen hing. Es wäre in der Tat eine hervorragende Gelegenheit, Gutes zu schaffen. Und warum nicht? Abbitte für Dyers Verbrechen konnte nicht geleistet werden, dennoch wäre es möglich, ihre Information in etwas Positives zu verwandeln. Je länger er darüber nachdachte, desto dringlicher erschien ihm Annabels Vorschlag. Zudem könnten die Ermittler im Zuge dessen herausfinden, wer den bedauernswerten Gefängnisbeamten getötet hatte, wie Professor Brown es wünschte. Woodards herablassendes Getue war Philip peinlich gewesen, der Name des Clubs sollte vor Scotland Yard reingewaschen werden. Er verstand durchaus, dass der Clubvorsitzende es nicht bei der Polizeischelte belassen wollte, und darin waren sich sicherlich alle Detektive einig.

»Ich denke, das ist eine gute Idee, die ich gerne bereit bin, mit meinen Kollegen zu diskutieren.«

Nun war sie es, die über den Tisch nach seiner Hand griff. »Bitte, tun Sie das. Ich kann helfen, kenne viele Leute, die wiederum Menschen aus Mrs Dyers Umfeld kennen, also falls Sie Fragen haben ...«

Die hätte er in der Tat, doch stellen würde er sie niemandem. Weder der Polizei noch Annabel hatte Philip nämlich erzählt, was sich in dem Kästchen befunden hatte. Lediglich eine vage Andeutung hatte er gemacht, darauf hatten sich die Gentlemen geeinigt. Während er hier in Greenwich Sherry mit einer schönen Frau trank, konnte er sich gewiss sein, dass Crispin, Freddie und der Doktor sich unmittelbar nach dem Mittagessen mit dem Holzkästchen in die Tiefen des Clubs zurückziehen würden, um seinen Inhalt zu analysieren.

»Ich habe den Eindruck, die Sache interessiert Sie aus persönlichen Gründen?«

Ihre Augen weiteten sich, und sie atmete schneller. »Wie kommen Sie auf diese Idee?«

»Sie wissen, dass Sie mir alles erzählen können, Annabel. Ich würde Ihr Vertrauen niemals missbrauchen.«

Draußen war das angenehme Wetter vorüber. Dunkle Wolken schoben sich übereinander, und Regen setzte ein. Schlagartig überfiel den Raum Düsterkeit, die Farbakzente in Safran verwandelten sich in Ocker und verschluckten das Licht. Zu Philips großer Überraschung sagte Annabel leise: »Wahrscheinlich bin ich Ihnen eine Erklärung schuldig, nach all der Zeit, die wir uns nun schon kennen und in der ich nie etwas über mich verraten habe.«

»Sie sind mir überhaupt nichts schuldig. Ich würde niemals Dinge von Ihnen verlangen, die Sie nicht geben wollen.«

»Das weiß ich. Deswegen werde ich es Ihnen erzählen. Sicher haben Sie sich gefragt, wie es dazu kommen konnte, dass ich mit einem Mann wie Cassius Arnholtz im East End lebte.«

Unzählige Male. Immer wenn er an ihre kultivierte Art, ihr feines Wesen, ihre geheimnisvolle Aura dachte, zermürbte ihn dieser Gedanke. Was war geschehen, dass Annabel freiwillig ein Leben als Bordellbesitzerin an der Seite eines gewalttätigen Schlägers fristete, wenn sie genauso gut die Frau eines Gentleman hätte sein können? Der Umstand, dass sie sich ihm nun öffnete, ihn in ihre Vergangenheit einweihen wollte, bewegte ihn.

»Mein Vater war Vikar in der Nähe von Twickenham. Ich galt schon immer als unpassendes Kind in einer Familie gottesfürchtiger Christen, zu wild, zu unangepasst, zu lebensfroh. Als ich fünfzehn war, verliebte ich mich in den Sohn des örtlichen Esquire. Der war natürlich ein ganzes Stück älter als ich und wusste meine Begeisterung für ihn gut zu nutzen.« Sie machte eine Pause. Philip ahnte, was kommen würde, wollte es eigentlich nicht hören.

»Kurz nach meinem sechzehnten Geburtstag brachte ich ein Kind zur Welt, einen Jungen. Nicht daheim in Twickenham, meine Eltern hatten mich dafür wohlweislich zu Verwandten geschickt, als mein Zustand unübersehbar zu werden drohte.

Die Geburt war schrecklich, ich wäre beinahe verblutet. Das Baby wurde mir sofort weggenommen, ich durfte es nur einmal kurz sehen. Währenddessen zitierte meine Tante irgendetwas aus der Bibel, was mich davon abhalten sollte, künftig durch meine Verderbtheit weiterhin Schande über die Familie zu bringen. Sie hätte sich mit ihren Bibelversen nicht verausgaben müssen, denn sobald ich wieder in Twickenham war, wurde ich auf ausdrücklichen Wunsch meiner Eltern mit Cassius verheiratet. Der hatte Gelegenheitsarbeiten für die Leute im Dorf verrichtet und Vater versichert, bei Übereignung einer entsprechenden Mitgift umgehend mit mir in die Stadt zu ziehen, damit ich sein kirchliches Wirken nicht noch länger durch meine sündhafte Anwesenheit besudeln würde. Cassius war zehn Jahre älter als ich und schon damals ein Tunichtgut. Aber er war nicht dumm, erkannte sofort, dass ich mehr im Kopf hatte als er und dass wir es zusammen zu etwas bringen könnten. Die Bordelle im East End, die Kaschemmen und Dirnen, waren für ihn ein Aufstieg und das Ziel all seiner Träume, er fand es großartig. Ich regelte die Geschäfte im Hintergrund, er trat nach außen hin als Unterweltgröße Cunning Cass auf. Den Rest kennen Sie. Cassius überschätzte sich, wurde gierig und bezahlte dafür mit seinem Leben. Ich erlangte dadurch meine Freiheit, verkaufte alles und bemühe ich mich seither redlich um einen Neuanfang hier im beschaulichen Greenwich.«

»Was ist mit dem Vater Ihres Kindes?«

Annabels Augenlider flatterten. »Was denken Sie? Eine Zukunft als Lady of the Manor an seiner Seite stand für mich außer Frage, nachdem er sich mit mir vergnügt hatte. Ich war gebrauchte Ware, sozusagen. Er heiratete eine Jungfrau aus gutem Hause, beerbte seinen Vater und sitzt wahrscheinlich noch immer in seinem Herrenhaus. Und wenn ich mich nicht irre, beglückt er weiterhin fleißig die Mädchen der Gegend.«

Philip empfand Mitleid mit ihr. »Wissen Sie, was aus Ihrem Sohn wurde?«

Sie schüttelte den Kopf.

»Möchten Sie, dass ich es herausfinde?«

»Nein, auf keinen Fall!« Erregt sprang sie auf und lief im Zimmer auf und ab. »Deshalb habe ich es nicht erzählt. Für mich ist es zu spät. Aber verstehen Sie nun, weshalb es so wichtig wäre, einen sicheren Hafen für elternlose Kinder zu schaffen? Warum mir daran gelegen ist, die Informationen dieser Mörderin zu etwas Gutem zu machen? Sie müssen den blauen Pomander finden, Philip, versprechen Sie es mir!«

Er hatte sich ebenfalls erhoben, und sie trat auf ihn zu, packte ihn an den Schultern. »Versprechen Sie es!«

Er nickte stumm, rang um Fassung. Am liebsten hätte er sie in seine Arme gerissen und sie endlich geküsst, ihr seine Gefühle gestanden, die beinahe elektrische Spannung zwischen ihnen zum Entladen gebracht. Stattdessen stieß er hervor: »Ich muss jetzt gehen. Ihr Anliegen werde ich mit meinen Kollegen besprechen.«

Sie blinzelte, als würde sie aus einem Traum erwachen. Das leidenschaftliche Funkeln in ihren Augen erstarb augenblicklich und machte Beherrschtheit Platz, die Philip beinahe körperlich schmerzte. Der Moment war vorüber, er hatte ihn nicht genutzt.

»Gewiss.« Sie wich einen Schritt zurück, strich sich über

ihren ohnehin glatten Rock und wies dann auf die Tür. »Ich bringe Sie hinaus. Vielen Dank für Ihren Besuch.«

»Es würde mich freuen, Sie bald wieder aufsuchen zu dürfen. Ich werde Sie auf jeden Fall auf dem Laufenden halten.«

Beim Verabschieden reichten sie einander die Hand. Als er hinaustrat, peitschte ihm der Wind den Regen ins Gesicht wie eine Ohrfeige.

»Philip«, sagte sie hinter ihm. »Sie sollten Mrs Dyers Tochter befragen. Sie war ihre Vertraute. Wenn sie irgendjemandem etwas über den Pomander erzählt hat, dann ihr.«

Er beeilte sich auf dem Weg hinunter zum Kai. Ein Dampfer würde in Kürze ablegen, und er schaffte es gerade noch, an Bord zu gehen. Frierend zog er sich auf eine freie Bank unter Deck zurück und verschränkte die Arme vor der Brust. Die Idee, Amelia Dyers Tochter aufzusuchen, war nicht schlecht. In den Zeitungen hatte er gelesen, dass das Verhältnis der beiden Frauen zueinander von Konflikten geprägt war. Obwohl sie eine entsetzliche Mutter gewesen war und ihre eigenen Kinder misshandelt hatte, war die Tochter willens gewesen, in ihre Fußstapfen zu treten und ebenfalls Pflegekinder aufzunehmen. Ob dies über kurz oder lang auch das Ermorden der Kleinen beinhaltet hätte, konnte nicht geklärt werden.

Im Club

Nach einem leichten Luncheon, bestehend aus Sandwiches und einer klaren Suppe, zogen sich Crispin Fox, Freddie Westbrook und Doktor Pebsworth in den Besprechungsraum zurück. Sie blickten auf die Holzschachtel, die auf dem Tisch stand. Ein einfaches Behältnis, schmucklos und funktional mit einem rostigen Schnappverschluss an der Vorderseite, war es etwa sieben Zentimeter lang, fünf Zentimeter breit und zwei Zentimeter hoch.

»Das Holz ist schimmelig«, konstatierte Freddie.

Der Doktor setzte seinen Kneifer auf und beugte sich über die kleine Kiste. Er klappte den Deckel hoch und nahm mit einer Pinzette einen grauen Klumpen heraus. »Hm hm, das ist das Problem. Feuchtigkeit. Ich vermute, dass es sich hierbei um ein Stück Papier handelt, dem Nässe und Alter ordentlich zugesetzt haben. Wenn wir wissen wollen, was darauf geschrieben steht …«

»Deshalb sind wir hier, Doktor Pebsworth!«, rief Crispin. »Lassen Sie uns ans Werk gehen. Vielleicht haben wir schon etwas vorzuweisen, bis die anderen zurück sind. Lord Philip hatte den Kollegen nicht erklärt, wohin er verschwunden war, aber Professor Brown stattete den Fitzroys einen Besuch ab. Anscheinend hatte Lord Fitzroy nach der Andreasnacht seine Vorliebe für den Sebastian Club wiederentdeckt, worüber sich Brown wenig begeistert gezeigt hatte, doch bedauerlicherweise gab es keinen Grund, eine Einladung zum Tee auszuschlagen. Freddie stellte sich vor, dass er lieber mit ihnen zusammen den geheimnisvollen Fund erforschen würde. Sie war jedenfalls mächtig aufgeregt und gespannt auf das, was auf dem Papier stand. Ihr Enthusiasmus ebbte merklich ab, als sich auch nach zwei Stunden noch nicht recht viel getan hatte. Pebsworth zupfte zart an dem Gebilde herum, ohne es entknittern zu können, Freddie und Crispin starteten ebenfalls einen Versuch, es erging ihnen nicht besser.

»Es hatte Zeit, über Nacht zu trocknen, und heute den ganzen Tag, aber ich habe den Eindruck, dass uns das nicht weiterbringt.«

»Da stimme ich vollkommen zu, Mister Westbrook. Je trockener das Ding wird, desto mehr verhält es sich wie Pappmaschee. Unmöglich, es auseinanderzufalten. Ich bin dafür, dass wir unsere Taktik ändern. Was halten Sie von einem Besuch im Dampfbad? Damit meine ich natürlich nicht Sie, sondern Mister Fox.« Der Doktor grinste seine Kollegen schelmisch an. »Die feuchten Schwaden werden uns guttun und geradezu entspannend auf den Papierklumpen wirken.«

Vor einem Jahr wäre er bei einem derartigen verbalen Fauxpas noch errötet, wusste Freddie. Es wäre ihm schrecklich peinlich gewesen, ihr vorzuschlagen, das Dampfbad des Sebastian Club aufzusuchen. Nun aber konnte auch er es mit Humor nehmen, dass sie als junge Dame das altehrwürdige Gefüge des Herrenclubs gelegentlich durcheinanderbrachte. Zumindest für diejenigen, die ihr Geheimnis kannten. Die Vertrautheit, die zwischen ihr und den Kollegen entstanden war, nahm sie als Kompliment.

Während die Idee des Doktors in die Tat umgesetzt wurde, holte sie sich ein Buch aus der Bibliothek und vertrieb sich damit die Zeit, bis er mit Crispin, geröteten Wangen und feucht herabhängenden Schnurrbartenden zurückkehrte. Es würde einer ordentlichen Portion Bartwichse bedürfen, um das wieder in Ordnung zu bringen.

»Waren Sie erfolgreich?« Neugierig reckte sie den Hals, um zu sehen, was mit dem Papier geschehen war. Und tatsächlich, Pebsworth hatte es auf einem Serviertablett ausgebreitet, das er sich offenbar in der Clubküche geholt hatte. Allein der Gedanke, gleich ein Geheimnis zu lüften, ließ Freddies Herz schneller pochen.

Gemeinsam besahen sich die Herren den schmutzigen Zettel, auf dem in verblasster Tinte und altertümlich krakeliger Schrift zu lesen war: JOB C. 19.

Und ein Stück darunter: AC BONA SUA IN PAUPERES DISTRIBUENDA COLLOC… an dieser Stelle endete das Papier. Es war offensichtlich, dass es sich dabei ohnehin lediglich um einen Schnipsel handelte, denn am oberen und unteren Ende war es unregelmäßig abgerissen worden.

»Es sieht klein aus.«

»Jemand hatte es in ein größeres Blatt gewickelt und beides zusammen zerknüllt«, erklärte Crispin. »Wir haben den äußeren Zettel aufgehoben, aber leider steht nichts darauf. Das hier ist alles.«

»Ich nehme an, Sie sind beide Lateiner?«, fragte Freddie hoffnungsvoll. »Im Gegensatz zu mir, wie ich gestehen muss.«

Der Doktor nickte und übersetzte. »Der Satz bedeutet in etwa: … und der seinen Besitz an die Armen verteilte … Das letzte Wort ist unvollständig.«

Crispin stimmte ihm zu. »So würde ich es ebenfalls übersetzen. Von wem meinen Sie, ist die Rede? Es gibt viele Leute, die wohltätig waren. Jesus? Robin Hood?« Seufzend verschränkte er die Hände hinter dem Rücken.

In der Tat konnte das Satzfragment auf unzählige Personen zutreffen.

»Was ist mit JOB C. 19?«

»Das, Mister Westbrook, ist meiner Ansicht nach eine Bibelstelle. Als alter Klosterschüler würde ich auf das Buch Hiob, Kapitel 19 tippen, aber fragen Sie mich um Himmels willen nicht nach dem Inhalt, zitieren könnte ich daraus unmöglich.«

Flugs lief Freddie in die Bibliothek und kam mit einer Ausgabe der Heiligen Schrift zurück. Etwas außer Atem las sie die betreffende Stelle vor und klappte anschließend die Bibel zu. »Der lateinische Satz kommt in diesem Kapitel nicht vor.«

»Ich erinnere mich an Hiob aus der Sonntagsschule«, sagte Doktor Pebsworth. »Das ist zwar schon eine Weile her, aber mir blieb er im Gedächtnis, seine Geschichte beeindruckte mich. Hiob war ein Mann, dessen Frömmigkeit von Gott geprüft wurde, indem er ihm schwere Schicksalsschläge aufbürdete. Die Sätze 25 und 26 aus Kapitel 19 sind besonders wichtig, weil sie mit der Auferstehung zu tun haben. Unser Vikar hatte damals verfügt, dass sie später einmal auf seinem Grabstein stehen sollen. Das weiß ich noch ganz genau, da mir das als Junge geradezu grotesk morbide vorkam.«

»Ich weiß, dass mein Erlöser lebt. Am Jüngsten Tag werde ich auferstehen aus der Erde, ich werde wieder umgeben werden mit meiner Haut und werde meinen Gott schauen in meinem Fleisch«, las Freddie die betreffende Stelle nochmals laut vor. »Das hört sich für mich wie eine klassische Grabinschrift an.«

»Wie sie wahrscheinlich auf unzähligen Grabsteinen steht«, fügte Crispin hinzu. »Wir müssen herausfinden, welcher gemeint ist. Das wäre einfacher, wenn wir die abgerissenen Stücke des Papiers hätten.« Er grinste. »Aber spannender wird es natürlich so – und einfach war ohnehin noch nie unser Stil, nicht wahr, meine Herren?«

Nachdem der Professor vom Tee bei Lord Fitzroy zurückgekehrt war und sich über den Stand der Dinge hatte informieren lassen, schlug er eine Exkursion vor.

»Ihr Onkel rief mich auf unserem neu installierten Telefonapparat an, Mister Westbrook. Er meinte, wir sollten Mrs Dyers Tochter einen Besuch abstatten, und ich halte die Idee für äußerst sinnvoll.«

Da die Detektive bezüglich der Inschrift nicht weitergekommen waren, gingen sie gerne auf diesen Vorschlag ein.

Ein wenig Abwechslung konnte nicht schaden. Zu viert bestiegen sie eine Droschke nach Charing Cross und von dort die Metropolitan Railway bis Willesden Green, wo Mary Ann Palmer zusammen mit ihrem Mann Arthur wohnte, seitdem sie die gemeinsame Unterkunft in Caversham nach Verhaftung der Mutter verlassen hatten.

Die Einwohnerzahl von Willesden war in den letzten beiden Jahrzehnten derart explosionsartig angestiegen, dass sich der vormals ländlich verschlafene Ort in eine von Menschen überquellende Stadt am Rande von London verwandelt hatte. Alles Gediegene und Schöne wurde erstickt von der unaufhaltsam zufließenden unteren Mittelschicht, die in der Folge in Armut abglitt. Längst gab es nur noch für einen Bruchteil der Leute Arbeit. Grünflächen wichen eilig hochgezogenen Häusern, in deren Räumen sich zu viele Familien drängten. Kanalisation und Abfallbeseitigung waren überfordert und kamen nicht hinterher, dafür waren die Mieten billig.

Mary Ann, genannt Polly, und ihr Gatte bewohnten eine Erdgeschosswohnung in einem schäbigen Mehrparteienhaus am Ende einer belebten Straße. Sie zeigte sich nicht begeistert vom unangemeldeten Besuch.

»Was wollen Sie alle hier? Von einem Sebastian Club habe ich noch nie gehört. Was ich weiß, habe ich bei der Polizei zu Protokoll gegeben, ich kann Ihnen nicht mehr erzählen. Lassen Sie meine Mutter endlich in Frieden ruhen.« Mit verschränkten Armen stand sie in der Tür. Anfangs hatte sie sich erkundigt, ob die Herren von der Presse wären und was sie für eine Auskunft zu investieren gedächten, doch nun gab sie die betroffene Tochter. Sie war eine junge Frau mit ältlichem Aussehen. Eine Hakennase bog sich über schmale Lippen, von denen die untere weiter vorstand und die obere bereits senkrechte Fältchen wie einen umlaufenden Fächer aufwies. Auf ihren braunen Locken saß eine schmutzige Haube. Wahrscheinlich war ihr Kleid einmal schwarz gewesen, doch häufiges Waschen hatte dem billigen Stoff einen gräulichen

Ton verliehen. Auf ihrer Schürze prangten Flecken. Der Ausschnitt der Wohnung, den Freddie hinter Polly durch den Türspalt erahnen konnte, machte ebenfalls einen schmuddeligen Eindruck. Im Halbdunkel meinte sie, einen mageren Mann mit Backenbart sitzen zu sehen.

Professor Brown zog eine Münze aus seiner Tasche und hielt sie der Frau hin. »Wir zeigen uns gerne erkenntlich für Auskünfte.«

Das änderte die Sache. Sie trat heraus, schloss die Tür hinter sich und steckte hastig das Geldstück ein. »Drinnen ist kein Platz für so viele feine Herren«, erklärte sie barsch. Freddie vermutete vielmehr, dass sie den Lohn für ihre Mühen nicht zu teilen gedachte. »Also, worum geht es? Ich habe nicht den ganzen Tag Zeit.«

»Mein Name ist Professor Aristotle Brown. Ihre Mutter bat mich kurz vor ihrer Hinrichtung zu sich nach Newgate, weil sie mir vom Verbleib des blauen Pomanders berichten wollte.«

Bei der Erwähnung des Schmuckstücks zeigte Pollys Gesicht keinerlei Regung. Freddies Zuversicht sank. Mrs Dyers Tochter hatte keine Ahnung, wovon der Professor sprach. Dennoch fuhr der ungerührt fort. »Wir sind den Hinweisen nachgegangen und möchten nun bei Ihnen nachfragen, ob Sie uns weiterhelfen können.«

»Was ist ein blauer Pomander? Etwas Wertvolles?«

Crispin warf Freddie einen Blick zu, in dem Resignation stand. Sie fühlte sich ähnlich. Es war wenig sinnvoll, weiter nachzufragen.

»Gewiss. Es ist ein antikes Duftbehältnis. Wenn Sie uns dabei unterstützen, es zu finden, soll es Ihr Nachteil nicht sein.« Bedeutungsvoll klimperte er mit den Münzen in seiner Tasche und zog eine weitere daraus hervor, die er ihr jedoch nicht überreichte. Ihre dunklen Augenbrauen zogen sich zusammen, bis sie einander in der Mitte beinahe berührten. »Wollen Sie mich auf den Arm nehmen? Falls Mutter Ihnen im Gefängnis tatsächlich von so einem Ding erzählt hat, muss es sich dabei um 'nen Haufen Geld gedreht haben. Immerhin stand sie kurz vor ihrem Tod und – das kann ich Ihnen versichern – sie war schon in ihren besten Zeiten ein gieriges Stück. Also schieben Sie Ihr Kleingeld mal ein und kommen Sie wieder, wenn Sie mehr ausgeben wollen.« Damit langte sie hinter sich nach dem Türgriff. Mit einer raschen Geste zog der Professor eine Pfundnote hervor. Pollys raubvogelartige Augen weiteten sich. Mit zitternden Fingern griff sie danach. Branntwein, vermutete Freddie. Oder irgendein anderer billiger Fusel, der die Sinne zuverlässig vernebelte, das Herz hart und das Leben erträglicher machte. Wenigstens vorübergehend, bevor die dumpfe Realität noch kräftiger zuschlug.

»Dafür muss aber jetzt was kommen«, bestimmte sie mit ihrer männlichsten Stimme.

Polly verstaute den Geldschein in der Rocktasche, ehe sie antwortete. »Kurz vor ihrer Verhaftung war Mutter besonders speziell mit Schwester Benita vom Reedham Waisenhaus. Die beiden machten gemeinsame Geschäfte. In der letzten Zeit steckten sie ständig die Köpfe zusammen, öfter noch als sonst, als würden sie was aushecken, von dem niemand wissen durfte, nicht einmal ich. Wenn Sie also mit jemandem reden sollten, dann sicherlich mit der heiligen Himmelsbraut.« Sie lachte kalt auf. »Obgleich die eher in die Hölle passen täte.«

Bevor einer der Herren etwas darauf erwidern konnte, schlüpfte sie ins Haus zurück und knallte die Tür zu.

»Oje, das war eine teure Auskunft. Von einer durch und durch unsympathischen Person«, stellte Freddie auf der Heimfahrt fest.

Crispin nickte grimmig. »Diese Charakterisierung halte ich sogar noch für untertrieben. Wussten Sie, dass sie das Lehrmädchen ihrer Mutter war?«

»Wie bitte?«

»Ja, Amelia Dyer war im Begriff, ihre Tochter ins Geschäft einzuweisen, als sie verhaftet wurde. Polly und ihr Mann hatten bereits ein oder zwei Kinder adoptiert, die glücklicherweise mit dem Leben davonkamen. Ich frage mich, was nun aus den armen Würmern wird. Sicherlich wurden sie ihnen behördlicherseits weggenommen und in ein Waisenhaus gesteckt. Das Baby Farming ging gerade in die zweite Generation, als das Morden aufflog und die Einnahmequelle abrupt versiegte. Und wenn Sie meine Meinung wissen wollen, die saubere Tochter wusste bestimmt die ganze Zeit Bescheid, was ihre Frau Mama trieb. So etwas lässt sich nicht verheimlichen, wenn man unter einem Dach lebt. Polly hätte ebenfalls verurteilt werden müssen, aber es gab keine rechtliche Handhabe gegen sie, weil sie vor Gericht gegen ihre Mutter aussagte und sich selbst als armes Opfer präsentierte.«

Kaltes Schaudern lief über Freddies Rücken. »Ist ein Menschenleben denn keinen Pfifferling wert? Wie grausam kann man sein, sich am Tode unschuldiger Kinder zu bereichern? Unvorstellbar, dass Mrs Palmer in die Fußstapfen ihrer Mutter treten wollte.«

»Für mich ist nichts mehr unvorstellbar«, brummte der Doktor. »Wenn Sie gesehen haben, was Professor Brown und mir und auch bereits Lord Philip in den Jahren unserer Ermittlertätigkeit untergekommen ist, hätten Sie ebenfalls ein dickes Fell, Mister Westbrook. Geben Sie sich noch ein, zwei Fälle lang Zeit, dann wird es Ihnen ebenso ergehen. Obwohl ich das bedaure, denn gerade Ihre unverfälscht menschlich geprägte und bisweilen emotionale Sicht der Dinge ist eine Bereicherung für uns.«

»Mein Vater war beim Dyer-Prozess zugegen«, fuhr Crispin fort. Harold Fox, ein angesehener Londoner Anwalt, berichtete oftmals daheim von spektakulären Verhandlungen. »Er meinte, Mrs Palmer hätte ausgesagt, von ihrer Mutter misshandelt worden zu sein. Einmal hätte Mrs Dyer angeblich sogar versucht, sie zu ermorden. Lediglich aus Angst hätte sie sich ihrem Willen gefügt und getan, was von ihr verlangt wurde.«

Ungläubig schnaubte Freddie. Die Frau hatte ihr nicht den Eindruck vermittelt, ein ängstliches Erziehungsopfer zu sein. Geldgierig hingegen war sie offenbar schon.

Professor Brown, der geistesabwesend aus dem Fenster der Kutsche geblickt hatte, sah Freddie nun direkt an. »Sie und Ihr Onkel sprechen gleich morgen früh mit dieser Schwester Benita, Mister Westbrook, ja? Fühlen Sie ihr ordentlich auf den Zahn. Keine Samthandschuhe. Und es wäre hilfreich, wenn Sie beide«, er wies auf Crispin und den Doktor, »sich in Caversham ein wenig umhören könnten. Ich nenne Ihnen später die Adresse, unter der Mrs Dyer wohnte. Bestimmt gibt es dort ein paar Leute, die sich gerne mitteilen möchten. Zum Beispiel über die Besuche von Schwester Benita. Mein Gefühl sagt mir, dass sie etwas mit dem Pomander zu tun hat.«

Es war bereits dunkel, als die Kutsche vor dem Haus von Lord Philip hielt und Freddie ausstieg. Die frostige Nachtluft durchdrang sie auf den wenigen Schritten zur Tür der Stadtvilla. Ihre Nackenhaare sträubten sich. Lag es an der Kälte? Oder wurde sie beobachtet? Rasch fuhr sie herum und nahm aus dem Augenwinkel eine Bewegung auf der gegenüberliegenden Straßenseite wahr, direkt am Zaun, der eine halbmondförmige Grünfläche mit hohen, winterkahlen Bäumen von der Häuserfront trennte.

»Was ist? Stimmt etwas nicht?« Crispin war aus der Kutsche gestiegen und zu ihr getreten. »Du siehst erschrocken aus«, raunte er Freddie ins Ohr.

»Ich glaube, da drüben steht jemand und beobachtet unser Haus«, flüsterte sie zurück.

Crispin zögerte nicht lange, sondern startete unvermittelt los und rannte über die Straße. Eine Gestalt löste sich aus dem Schatten und lief davon, der Detektiv hinterher. Freddie und die Herren in der Kutsche starrten ihnen verblüfft nach, bis die Dunkelheit sie verschluckt hatte. Es dauerte eine ganze Weile, bis ein heftig keuchender Crispin zurückkam. In der

Hand hielt er einen Stofffetzen, musste aber darüber hinaus seine Verfolgung für gescheitert erklären.

»Das ist alles, was ich erwischen konnte. Dann schlug der Kerl einen Haken und entwischte mir. Er ist gerannt wie der Teufel, das hat er nicht zum ersten Mal gemacht. Scheint mir gut in Übung zu sein.«

»Erstaunlich.« Professor Brown, der ebenfalls ausgestiegen war, besah sich das Stück Stoff im Licht einer Gaslaterne und schnupperte daran. »Grob gewebt, dünn, nicht gerade wärmend. Und es riecht. Unser Läufer scheint sich keinen ordentlichen Wintermantel leisten zu können. Obendrein ist er flink wie ein Wiesel. Um Mister Fox davonzulaufen, benötigt es einiges. Ich vermute, der Unbekannte ist ein junger Bursche aus ärmlichen Verhältnissen. Mehr werden wir heute nicht herausbekommen, aber es ist gut zu wissen, dass wir die Augen offen halten und vorsichtig sein müssen. Gehen Sie hinein, Mister Westbrook, bevor Sie sich erkälten, und wir fahren ebenfalls nach Hause.« Er tippte sich an den Hut und hielt die Kutschentür auf, um den noch immer schwer atmenden Crispin einsteigen zu lassen. Dabei klopfte er ihm väterlich auf den Rücken.

Purley

Auf der Kuppe eines sanften Hügels thronte das Reedham Waisenhaus, eine hübsche, herrschaftliche Anlage, errichtet im italienischen Stil, mit Türmchen, Bögen und hohen, schlanken Fenstern. Prächtig sah es aus, gut genug für jeden Landadeligen und auf den ersten Blick sicherlich nicht das, was Freddie sich unter einer Kinderverwahranstalt vorstellte. Benannt nach seinem Gründer, dem Reverend Andrew Reed, war es Heimat von vaterlosen Jungen und Mädchen, die zwischen drei Monaten und zehn Jahren alt sein mussten. Freddie fand die Formulierung interessant, die allein das Fehlen eines Vaters, nicht aber das der Mutter als Grundvoraussetzung für eine Aufnahme definierte. Sie gestattete unverheirateten Frauen, ihre Kinder abzugeben, wenn deren Erzeuger sich ihrer Verantwortung entzogen. Neben den Wohnräumen gab es eine Schule, einen Hühnerstall, Gemüsegarten, Waschräume, Spielplätze sowie eine Kapelle. Die Gegend südlich von Croydon, die zur Grafschaft Surrey gehörte, war durchzogen von Feldern und Mischwäldern und trotz der Nähe zu London noch nicht überlaufen. Für den Betrieb des Waisenhauses und die Versorgung seiner dreihundert Kinder waren zahlreiche Menschen notwendig, die sich und ihre Gehöfte, Läden und Häuser hügelabwärts angesiedelt hatten, in einem neu entstandenen Dorf, das ebenfalls Reedham hieß. Das war pragmatisch und sinnvoll.

Freddie und ihr Onkel erschienen unangemeldet, weshalb sie am Torhaus zunächst von einem Wächter abgefangen wurden. Ein gutes Zeichen, wenn nicht einfach ein jeder hereinspazieren konnte.

»Wir möchten gerne Schwester Benita sprechen«, verlangte Lord Philip, nachdem er sich vorgestellt hatte, woraufhin sie zu der kleinen Kirche verwiesen wurden, die sich am Rand des Geländes befand. Nur allzu gern wäre Freddie ins Hauptgebäude gegangen und hätte sich im Waisenhaus umgesehen, vermutete sie doch, dass sich das luxuriöse Äußere in der Inneneinrichtung eher nicht fortsetzen würde.

Die Kapellentür knarzte, als Lord Philip sie aufschob, und eine hochgewachsene Frau in Nonnentracht, die vorne am Altar frische Kerzen aufstellte, drehte sich zu ihnen um.

Mit einem Blick erfasste Freddie die reduzierte Ausstattung des Gotteshauses. Die Wände waren weiß getüncht und ohne Stuckschnörkel, ein Bild des Waisenhausgründers hing linker Hand über einer mit Blumen dekorierten Konsole, sein Rahmen schmal und schlicht. Reed schien ein gutmütiger Mann gewesen zu sein. Auf dem Altersporträt lag ein feines Schmunzeln um seine entspannten Lippen, das sich bis zu den Augen fortsetzte, die dem Betrachter freundlich entgegenblickten. Ein flauschig weißer Backenbart ging nahtlos in die Reste des ebenso beschaffenen Haupthaares über, das auf Schläfenhöhe endete und eine beeindruckende Stirnglatze umkränzte. In der Luft lag kein Weihrauchduft, lediglich einer nach dem Bienenwachs der Kerzen. Freddie fühlte sich nicht unwohl in der besinnlichen Atmosphäre. Nicht wie in manch anderen Kirchen, in denen sie bisweilen von Beklemmung ergriffen wurde.

»Schwester Benita?«, fragte sie.

»Ja? Kann ich Ihnen helfen?« Ein salbungsvoller Ausdruck lag auf dem schmalen, lang gezogenen Gesicht der Ordensfrau, wodurch sie bei Freddie auf Anhieb eine Abneigung hervorrief. Innerlich mahnte sie sich zu Neutralität. Es war nicht gut, sich von unbegründeten Sympathien oder Antipathien leiten zu lassen; sie musste einen offenen Geist bewahren, um Situationen neutral analysieren zu können. Erst kürzlich hatte Crispin von ihr ebendiese Einstellung gefordert, weil er der Meinung gewesen war, seine Kollegin ließe sich zu oft von ihren Gefühlen beeinflussen. Doch Freddie tat sich schwer damit, ihr Bauchgefühl zu unterdrücken. An Schwester Benita störte sie nicht deren Aussehen. Die dunklen Augen unter den geraden, dichten Brauen waren durchaus apart. Auch ihre Stimme klang sonor. Aber sie erweckte einen zu beflissenen Eindruck, an dessen Echtheit Freddie Zweifel hegte.

Ihr Onkel ergriff das Wort. »Gestatten Sie, dass wir uns vorstellen? Mein Name ist Lord Philip Dabinott, und das hier ist Mister Westbrook. Wir arbeiten für den Sebastian Club und ermitteln im Mordfall an einem Gefängnisbeamten ihrer Majestät, der höchstwahrscheinlich im Zusammenhang mit Amelia Dyer steht. Wir hatten gehofft, Sie könnten uns ein paar Fragen beantworten.«

»Wie bitte? Ich verstehe nicht. Die Kindsmörderin? Hat sie am Ende auch noch einen ihrer Wärter getötet?« Braune Augen weiteten sich in nicht sehr überzeugend gespieltem Entsetzen.

»Nein. Der Beamte wurde von einer unbekannten Person ermordet. Unmittelbar zuvor hatte er Kontakt zu Mrs Dyer in Newgate.«

»Ach du meine Güte! Wie sollte ich etwas über eine derart verabscheuungswürdige Sünderin wissen? Gott sei ihrer Seele gnädig.« Hastig bekreuzigte sie sich.

»Mrs Dyers Tochter sowie einige andere Zeugen haben uns unabhängig voneinander versichert, Sie mehrfach zusammen mit der Verurteilten in Caversham gesehen zu haben. Und Sie haben sie im Gefängnis besucht.« Besser war es, gleich ein wenig dicker aufzutragen, fand Freddie. »Welcher Art war Ihre Beziehung? Geschäftlicher oder privater Natur?«

Schwester Benita zögerte keinen Augenblick mit ihrer Antwort. »Rein privat. Selbstverständlich ahnte ich nichts von Mrs Dyers schändlichem Treiben. Sie war ein sehr zerrissener, unglücklicher Mensch, der seelischen Beistand suchte und sich deshalb an mich wandte.«

»Als religiös wurde sie uns nicht beschrieben. Eine Frau,

die Baby Farming in großem Stil betreibt, bittet jemanden, der in einem Waisenhaus arbeitet, um Hilfe?«

Der Zweifel in Lord Philips Stimme brachte Schwester Benita nicht aus dem Konzept. »Von meiner Tätigkeit hier in Reedham wusste sie nichts, Mylord. Ich betreue die armen Kinder ehrenamtlich. Eigentlich gehöre ich zum Konvent von Tyburn. Mrs Dyer suchte mich dort auf, weil sie jemanden zum Reden brauchte. Auf ihr lastete viel Pein, wissen Sie.«

Freddie glaubte ihr kein Wort, auch nicht, als sie weitersprach.

»Ich habe gleich gespürt, dass ich ihr nicht kurzfristig helfen konnte, sondern mehr Zeit benötigte, daher bot ich ihr an, sie zu Hause aufzusuchen, um unsere Gespräche fortzusetzen. Darauf ging sie gerne ein.«

»Und dabei ist Ihnen nie etwas Verdächtiges aufgefallen? Die Polizei sprach von Bergen von Babykleidung in der Wohnung und einem Geruch nach Verwesung.«

»Oh, aber sie bat mich nicht hinein. Wir unterhielten uns auf der Bank in ihrem kleinen Vorgarten. Einmal machten wir zusammen einen Spaziergang, wahrscheinlich haben mich die guten Leute von Caversham dabei gesehen. Überhaupt war ich nur dreimal bei Mrs Dyer, sie wollte keine weiteren Besuche. Wie gesagt, ich kann Ihnen nicht weiterhelfen. Aus diesem Grund habe ich mich auch nicht bei der Polizei gemeldet, nachdem sie verhaftet wurde.« Erneut bekreuzigte sie sich. »Ich wünschte, ich hätte mehr bei ihr bewirken können, dann wäre vielleicht das ein oder andere arme Seelchen verschont geblieben.«

»Hat sie bei einem der Gespräche einen blauen Pomander erwähnt?«

»Nein, gewiss nicht. Wir redeten über ihr Seelenheil, nicht über weltlichen Tand.«

»Ist dies eine katholische Kirche?« Der abrupte Themenwechsel brachte sie kurz aus dem Takt, und sie starrte Lord Philip überrascht an, als müsse sie überlegen.

»Nein. Reverend Reed war ein liberal denkender Mann.

Er vertrat die Ansicht, dass ein Gotteshaus für Kinder unterschiedlichster Herkunft nicht an eine bestimmte Konfession gebunden sein sollte.«

Erstaunt hob Lord Philip eine Augenbraue. »Aber Sie sind katholisch, nicht wahr? Sie tragen den Habit der Benediktinerinnen. Und wenn ich nicht irre, sprechen Sie mit leichtem Akzent. Woher stammen Sie, Schwester Benita? Aus Deutschland?«

»Ja. Ich lebe seit vielen Jahren in England. Und nun entschuldigen Sie mich bitte. Ich muss in den Schlafraum der Mädchen, um ein Bett für ein Kind vorzubereiten, das heute erwartet wird.« Sie nickte knapp und ging schnellen Schrittes davon, als würde sie vor den Ermittlern flüchten wollen, bevor sie weiterfragen konnten.

»Interessant«, sagte Freddie. »Deine Beobachtung bezüglich ihrer Herkunft scheint sie nervöser gemacht zu haben als alle Fragen nach der Kindsmörderin. Ich persönlich glaube kein einziges Wort von dem, was sie von sich gegeben hat.«

Lord Philip setzte seinen Hut wieder auf, den er beim Betreten des Gotteshauses abgenommen hatte. Er nickte. »Das sehe ich ebenso. Eine bemerkenswerte Lügnerin, vollkommen untypisch für eine Nonne. Oder jedenfalls für das, was ich mir unter einer Ordensschwester vorstelle. Hast du bemerkt, wie rasch sie die Sache mit dem Pomander abhakte? Es kamen keinerlei Nachfragen ihrerseits. Hätte es sie nicht wundern müssen, was ein Duftgefäß mit einem toten Beamten und der wiederum konkret mit Amelia Dyer zu tun hat? Schwester Benita war äußerst auf der Hut – und sie wollte uns so schnell wie irgend möglich wieder loswerden.«

»Weil sie etwas verbirgt? Was wir nicht entdecken sollen? Was könnte das sein?«

Lord Philip öffnete die Kapellentür und trat hinaus in den grauen Tag. »Das werden wir herausfinden.«

»Woher wusstest du, dass sie eine Benediktinerin ist? Für mich sehen diese Kutten und Schleier alle gleich aus.«

»Ich verfüge über einen breit gefächerten Wissensfundus, meine Liebe«, meinte er augenzwinkernd. Zu derselben Erkenntnis war auch Freddie bereits gelangt. Außerdem schien er die Quelle jenes Wissens nicht gerne preiszugeben.

Sie verabschiedeten sich vom Torwächter und warfen einen letzten Blick zurück. Aus zahlreichen Schornsteinen des Waisenhauses stieg Rauch auf, und in der Luft lag der Geruch von frisch gebackenem Brot. Kein einziges der Kinder hatte sich sehen lassen, dabei lebten an die dreihundert hier. Wo waren sie alle?

Die Kutsche hatte mittlerweile gewendet und wartete ein Stück den Weg hinunter in einer kleinen Ausbuchtung, um die Straße nicht zu blockieren. In einiger Entfernung näherte sich ein Bauer mit einem Handkarren. Freddie saß bereits, während ihr Onkel derart lange umständlich an seinen Schuhen herumnestelte, bis das Gefährt auf ihrer Höhe war.

»Schönen Tag, guter Mann«, rief Philip freundlich lächelnd. »Sie bringen Ihre Waren ins Waisenhaus? Wir kommen gerade von dort. Reichlich ruhig heute.«

Der Angesprochene tippte grüßend an seine Schirmmütze, die er wegen des Windes tief in die Stirn gezogen hatte.

»Kartoffeln und Rüben für die Suppe fahre ich. Werden in der Schule sein, die Großen. Und die Kleinen schlafen wohl. Ist alles gut organisiert oben im Haus. Wollen Sie auch eins abgeben?«

»Ein Kind? Keineswegs. Mein Kollege und ich haben Schwester Benita besucht.«

»Sind Sie Pfarrer?« Misstrauisch warf er einen Blick in die Kutsche auf Freddie. Sie steckte den Kopf aus dem Fenster.

»Oh nein, Gott bewahre! Dieser Kelch ist an uns vorübergegangen. Wir üben eine ermittlerische Tätigkeit aus.« Lieber etwas vage bleiben, dachte sie.

Nun trat ein Ausdruck der Erleichterung auf das Gesicht des Mannes. Er war jung, in seinen Zwanzigern, und konnte trotz des Winters mit kerniger Gesichtsbräune aufwarten sowie mit wettergegerbten Händen, die um Jahre älter wirkten als der Rest seines Körpers. »Wird auch Zeit, dass der mal einer auf die Finger schaut. Wenn Sie mich fragen, ist das überhaupt keine richtige Klosterschwalbe, sondern ein ganz falsches Luder.«

»Ach ja? Könnten Sie uns das näher erläutern?«

Er schüttelte vehement den Kopf. »Nein, Sir, da mische ich mich nicht ein. Will es mir nicht mit der Heimleitung verscherzen, bin schließlich drauf angewiesen, dass die mir mein Gemüse abkaufen. Ich sag nur so viel: Wenn Schwester Benita die armen Würmer in Empfang nimmt, und keiner sonst kriegt's mit, dann haben die meistens Pech – wird gemunkelt.« Er hob die Hände in einer resignierten Geste. »Was Genaues weiß man nicht.« Abermals tippte er sich an die Mütze und nahm seinen Handkarren wieder auf.

»Bemerkenswert, wie rasch es uns möglich war herauszufinden, dass eine dubiose Verbindung zwischen Amelia Dyer und Schwester Benita bestand. Man möchte meinen, dass auch Scotland Yard darauf gestoßen wäre. Falls einer der zuständigen Ermittler nachgefragt hätte.« Auf dem Heimweg machte Lord Philip seinem Unmut Luft. »Immerhin ging es um das Leben unschuldiger Kinder. Doch nachdem eine nachweisliche Mörderin gefunden worden war, wollte augenscheinlich keiner seine Fühler weiter ausstrecken.«

»Weil man nicht daran dachte? Keine Kapazitäten für weitreichendere Nachforschungen hatte? Oder weil man nicht in menschliche Abgründe blicken wollte, die sich als bodenlos hätten herausstellen können?« Nachdenklich nahm Freddie ihren Hut ab und lehnte den Kopf zurück in die Polster. Sie war aufgewühlt. Das gleichmäßige Ruckeln des Gefährts und die sich nähernde Silhouette der großen Stadt beruhigten sie ein wenig. Seitdem sie für den Sebastian Club arbeitete, veränderte sich die Welt in einem Tempo, mit dem sie nur schwer mithalten konnte. Wäre es besser gewesen, sich mit dem ihr zugedachten weiblichen Kosmos zu begnügen? Sich auf Mayfair, Belgravia, Teegesellschaften und die Suche nach einem Ehemann zu beschränken? Nie wieder würde sie unwissend werden können. Die Hässlichkeiten des menschlichen Charakters hatten sich ihr offenbart. Zumeist lagen sie in Armut begründet. Und im Bösen, das in der Not fett wurde wie eine Zecke auf einem Hund.

An der Abzweigung zum Wilton Crescent bat Freddie den Kutscher zu halten.

»Es ist nur so eine Ahnung, aber wenn ich recht habe, finden wir vielleicht heraus, wer uns beobachtet«, flüsterte sie ihrem Onkel zu, bevor sie ausstieg. Während das Hansom Cab langsam weiterfuhr, schlug sie den Weg durch die kleine Grünanlage ein, huschte geschwind von Baum zu Baum und sah ihn schließlich hinter einer dicken Ulme kauern, den zerlumpten Burschen, der ihnen neulich entkommen war. Er hatte seinen Blick fest auf die Haustür geheftet, vor der die Kutsche gerade anhielt. Als er gebannt den Kopf vorreckte, um zu sehen, wer ausstieg, stürzte sich Freddie auf ihn, riss ihn zu Boden und versetzte dem vollkommen Überraschten einen Faustschlag. Mit wenigen Schritten war ihr Onkel bei ihr. »Du hast ihn!«, stieß er perplex hervor, zog den Kerl auf die Beine, und zusammen bugsierten sie ihn über die Straße und durch den Dienstboteneingang hinein in die Küche. Der Köchin, die gerade am Herd zugange war, entlockte sein Anblick einen überraschten Aufschrei. Auf einen Wink von Lord Philip verließ sie den Raum.

Er war nicht viel mehr als ein Junge, zierlich, einen halben Kopf kleiner als Freddie, mit fettigen Haaren, abstehenden Ohren und einem überraschend hübschen Gesicht. Sein Mundwinkel blutete.

»Hinsetzen!« Mit barscher Geste deutete Philip auf einen Stuhl, der auf der einen Seite vom Küchentisch, auf der anderen vom Kamin und in seinem Rücken von der Wand flankiert wurde. Keine Fluchtmöglichkeit. Um seinen Worten Nachdruck zu verleihen, schob er den unwilligen Gast, der sich soeben mit einem schmutzigen Ärmel das Blut abwischte, in die angezeigte Richtung.

»Warum schnüffelst du hinter uns her?« Freddie stellte sich betont nahe vor ihn und blickte auf ihn hinunter, die Arme dabei verschränkt und ihre schmerzenden Fingerknöchel bestmöglich ignorierend.

Mit ärgerlich zusammengekniffenen Augen imitierte der Junge Freddies Haltung, was bei ihm wie Schmollen wirkte, weil er saß und noch dazu die Unterlippe vorschob. »Ist nicht verboten, in 'nem Park spazieren zu gehen.«

Sie deutete auf seinen Jackenärmel, von dem ein Stück fehlte. »Neulich bist du unserem Kollegen entwischt, ihm blieb nur ein Stofffetzen, aber der ist eindeutig. Du lungerst seit Tagen hier herum, und wenn du nicht willst, dass wir die Polizei holen, dann beantwortest du schleunigst meine Frage.«

Und Lord Philip, der den Vorstoß seiner Nichte eher amüsiert beobachtete, setzte mit gelassen klingender Stimme hinzu: »Du warst in einem Workhouse. Dem Zustand deiner Hände nach zu urteilen hast du Holz gehackt, um dir deine Suppe zu verdienen. Dafür sprechen auch die Sägespäne, die mit dem Dreck auf der Jacke verklebt sind.«

Der junge Mann stieß ein grunzendes Lachen aus. »Sie sind wohl wirklich so'n Schlaukopf, wie man sich erzählt, was? Stimmt, ich war im Havil Street Workhouse in Camberwell und musste Stämme zerkleinern, aber als Suppe kann man den Fraß, den es dafür gab, nicht bezeichnen. Wasser, ein paar Zwiebeln und ein Löffel ranziges Fett, mehr is da nicht drin. Nicht mal die Ratten lecken das Zeug auf, wenn man es ihnen hinschüttet. Davon kann kein Mensch leben.«

Mit einem Mal verflog Freddies Wut darauf, beobachtet worden zu sein, ihr Ärger darüber, dass ihnen der Junge beim letzten Mal entkommen war. Wo hatte er die Nacht verbracht? Wo schlief er, was aß er? Sicher war er seit Tagen nicht mehr im Workhouse gewesen, Camberwell lag am anderen Themseufer, weit entfernt vom Wilton Crescent. Wieso nahm er es auf sich, im Gebüsch vor ihrem Haus auszuharren? Er war bestimmt noch keine zwanzig Jahre alt und vollkommen abgemagert.

»Hast du Hunger?«, fragte sie ihn unvermittelt. Ohne auf eine Antwort zu warten, ging sie an den Herd, schöpfte etwas von dem Rindfleischeintopf, den Cook zubereitet hatte, in einen Teller und schnitt ein großzügiges Stück Brot von dem frischen Laib daneben ab.

Mit ungläubig geweiteten Augen betrachtete der Junge für einen Moment das Mahl, das Freddie für ihn auf den Tisch stellte, dann rutschte er mit seinem Stuhl heran und vertilgte alles in Windeseile. Noch nie in ihrem Leben hatte Freddie derart starken Hunger verspürt, der sie etwas so schnell hätte essen lassen. Sie konnte sich nicht vorstellen, wie sich das anfühlte. Ihr Onkel setzte sich ebenfalls. »Wie ist dein Name?«, fragte er.

»Iggy. Ignatius Hegan.« Mit dem restlichen Brot tupfte er den Teller aus und leckte dann seine Finger ab.

»Du weißt, wer wir sind?«

»Die Gentlemen vom Sebastian Club.«

»Und ich denke, du bist ein guter Junge, Ignatius Hegan. Also warum erzählst du uns nicht, aus welchem Grund du hier bist?«

Iggy wischte sich über den Mund. Er sah erschöpft aus. Wahrscheinlich hatte sein Körper damit zu tun, die für ihn ungewöhnlich reichhaltige Mahlzeit zu verkraften. Er griff nach der Tasse Tee, die Freddie ihm ebenfalls hingestellt hatte, und blies in das heiße Getränk, bevor er vorsichtig davon trank.

»Also schön«, sagte er schließlich. »Ist wahrscheinlich besser so. Nachdem Ihre Leute die Letzten waren, die mit der alten Dyer geredet haben, bevor sie aufgeknüpft wurde, dachte ich, Sie könnten mir helfen.«

»Wobei?«

»Meine Ma hat in 'ner Fabrik in Whitechapel gearbeitet. Nebenher hat sie sich auf der Straße was dazuverdient, um mich durchzubringen. Als sie wieder schwanger wurde, hat man sie aus der Fabrik rausgeworfen.«

Freddie befürchtete zu wissen, wohin die Geschichte führen würde.

»Ma konnte nicht auch noch für das neue Baby sorgen, Emily. Sie hat alles Geld zusammengekratzt, was wir hatten, damit Emily es bei Mrs Dyer gut hat und sie wieder arbeiten gehen kann. Mir kam die Alte gleich komisch vor. Ich wollte ein paarmal nach meiner Schwester sehen, aber sie hat mich nie reingelassen. Als rauskam, was die Dyer angestellt hat, wollten wir Emily zurückholen. Natürlich war sie weg. Ma ist durchgedreht. So schlimm, dass sie nach Bedlam gebracht wurde. Keine zwei Wochen hat sie es da drin ausgehalten, bevor sie gestorben ist. Und ich musste ins Workhouse, was anderes blieb mir nicht übrig.« Iggy schluckte hart. Er hatte in abgehackten Sätzen gesprochen, es fiel ihm schwer, seine Geschichte zu erzählen, und er kämpfte mit den Tränen.

»Und nun möchtest du, dass der Sebastian Club deine Schwester wiederfindet«, schloss Lord Philip. Der Junge zuckte zusammen, als wäre er geohrfeigt worden.

»Das ist natürlich nicht wichtig genug für die feinen Herren, was?«, stieß er hervor. »Interessiert sie sowieso nicht. Sie sind ja lieber hinter dieser verfluchten Riechbüchse her. Dabei springt mehr raus, oder?«

»Du meinst den blauen Pomander?« Freddie, die neben dem Ofen stehen geblieben war, trat an den Tisch. »Woher weißt du davon?«

Trotzig zuckte Iggy mit den Schultern. »Ich weiß viel. Und ich bin nicht der Einzige. Hab mit eigenen Ohren gehört, wie diese Klosterfrau und die Dyer drüber geredet haben.«

Lord Philip beugte sich vor, stützte die Ellenbogen auf der Tischplatte auf und sagte leise. »Dem Sebastian Club geht es nicht um Geld oder Reichtum, Iggy, sondern um Gerechtigkeit, das musst du mir glauben. Mrs Dyer war ein schlechter Mensch, sie hat ihre Strafe bereits erhalten. Aber für den blauen Pomander wurde mindestens ein Mord begangen, und der Weg zu diesem Schmuckstück wird uns zum Täter führen. Deshalb suchen wir danach. Alles hängt irgendwie zusammen. Was deine Schwester betrifft …« Er machte eine kleine Pause, atmete tief durch. »Für Emily gibt es keine Hoffnung, es tut mir leid.«

»Bisher wurde ihre Leiche nicht gefunden.«

»Ich fürchte, dieses Schicksal teilt sie mit zahlreichen Opfern von Amelia Dyer. Aber ich versichere dir, der Sebastian Club nimmt seine Arbeit genau. Falls wir bei unseren Ermittlungen auf Hinweise stoßen, die deine Schwester betreffen, werden wir ihnen nachgehen. Hoffnung solltest du dir allerdings keine machen. Wir haben erfahren, dass sie die meisten Kinder unmittelbar nach ihrer Ankunft getötet hat. Und da sich Emily bei Mrs Dyers Verhaftung nicht mehr in ihrer Obhut befand, musst du akzeptieren, dass sie verloren ist. Es tut mir leid, Junge.«

Mit gesenktem Kopf stand Iggy auf. »Danke. Dann werde ich mal gehen, wenn ich darf.« Er rieb sich das Kinn. »Sie müssen an Ihrem rechten Haken arbeiten, Sir«, sagte er zu Freddie. »Sie schlagen zu wie ein Mädchen. 'nen größeren Kerl als mich könnten Sie damit nicht umhauen.« Er lächelte schief.

»Du darfst heute hier schlafen, wenn du willst«, schlug Lord Philip vor. Freddie war überrascht. Ihr Onkel schien Iggy ins Herz geschlossen zu haben. Auch sie selbst würde ihm gerne helfen, er hatte irgendetwas an sich, was sie für ihn einnahm.

»Is nicht nötig. Ich kann gut auf mich allein aufpassen.«

Da Iggy sich partout nicht überzeugen lassen wollte, schnürte Freddie ihm wenigstens noch ein Bündel mit Lebensmitteln, und ihr Onkel steckte ihm etwas Geld zu. Mittlerweile war es draußen stockdunkel, und die beiden blickten dem Jungen besorgt hinterher, als seine schmale Gestalt um die Ecke verschwand.

»Mehr als ihm unsere Hilfe anbieten konnten wir nicht.« Philip schloss die Tür. »Außerdem hatte ich den Eindruck, als hätte Iggy uns nicht alles erzählt, was er weiß. Ich hoffe, er macht keine Dummheiten.«

»Du magst ihn.«

Philip verzog den Mundwinkel zu einem schiefen Lächeln. »Du doch auch.«

Caversham

Das Wasser der Themse gurgelte wild unter der hölzernen Fußgängerbrücke. Crispin Fox und Doktor Pebsworth standen am Caversham Lock, einer Staustufe in Reading, und sahen hinunter in die kalten Fluten. Am gegenüberliegenden Ufer reckten sich die kahlen Äste von Kopfweiden wie Stacheln in die Höhe, als wollten sie am grauen Himmel kratzen.

»Unvorstellbar«, murmelte Crispin. »Genau an dieser Stelle hat sie ihre letzten beiden Opfer im Fluss entsorgt, zu Bündeln geschnürt und mit Steinen beschwert.«

Der Doktor nickte beipflichtend. »Die Polizei ließ den Wasserspiegel absenken, um sie zu finden. Einen kleinen Jungen und ein Mädchen, ein Baby. Ihre Namen habe ich mir leider nicht gemerkt, aber sie standen in der Zeitung.« Er wiegte den Kopf hin und her, und Crispin kam es vor, als würde er der dunklen Tiefe etwas zuflüstern. Schließlich trat er vom Geländer zurück. Mit einer behandschuhten Hand fuhr er sich kurz über die Stirn, als ob er die traurigen Gedanken damit wegwischen könnte. »Also schön, Mister Fox. Dann wollen wir uns mal in die Kensington Road begeben. Höchstwahrscheinlich wohnen mittlerweile andere Leute in Mrs Dyers Wohnung, aber die Nachbarn werden wohl noch dieselben sein.«

Da hatten sie zunächst Pech. Nicht nur im Erdgeschoss war eine neue Familie eingezogen, auch in den beiden Stockwerken darüber hatten die Mieter gewechselt. Crispin konnte sich vorstellen, weshalb. Das Haus war Teil einer ganzen Reihe, schmal und schlecht gebaut mit feuchten Wänden und morschem Gebälk. Er bildete sich ein, an der Türschwelle noch immer einen Geruch von Fäulnis und Verwesung wahrzunehmen. Wahrscheinlich nur, weil er im Star gelesen hatte, dass Mrs Dyers Zimmer davon erfüllt gewesen waren, obwohl man dort keine Leichen gefunden hatte. Frustriert sah er sich um. Eine Gardine an der schmutzblinden Fensterscheibe des Nachbarhauses bewegte sich, kurz darauf trat ein Mann aus dem Eingang und schlug den Kragen seiner Jacke hoch. Er steckte sich eine Zigarette an.

»Sie sind dran.« Doktor Pebsworth stupste Crispin mit dem Ellenbogen an.

»Oi!«, rief der vernehmlich in barschem Straßenton und hatte den Nachbarn gleich darauf mit wenigen Schritten erreicht. Er klimperte mit Münzen in seiner Hosentasche. »Ich hätte eine Frage.«

Wässrige Augen musterten ihn misstrauisch, sie waren graublau mit farblich ähnlichen Tränensäcken darunter und gehörten zu einem Mann Mitte fünfzig von bulliger Statur. Ein Ausdruck permanenten Missmuts ließ ihn aggressiv wirken. »Wegen der alten Dyer? Sind Sie von der Presse? Hab schon gesehen, wie Sie um ihr Haus rumlungern, Sie und der Dicke.« Abschätzig nickte er hinüber zu Doktor Pebsworth. »Wenn Sie was wissen wollen, kostet das. Immerhin halten Sie mich vom Geldverdienen ab, während ich mit Ihnen rede.«

Nachdem eine halbe Krone den Besitzer gewechselt hatte, zückte Crispin seinen Notizblock, was sein Gegenüber für den Moment in dem Glauben ließ, es mit Reportern zu tun zu haben.

»Wie ist Ihr Name?«

»Nigel Thompkins.«

»Sie wohnen hier seit …«

»Ewig. Jedenfalls länger als die Dyer.«

»Uns interessieren etwaige Besucher, die sie empfangen hat. Zum Beispiel eine Ordensschwester.«

»Die war dauernd hier. 'ne Hübsche eigentlich, viel zu schade, um in 'nem Kloster zu vertrocknen.« Er stieß ein kurzes, anzügliches Lachen aus und wurde danach sofort wieder ernst.

»Worüber haben die beiden gesprochen?«

Nigel Thompkins schnippte den Zigarettenstummel auf die Straße, schob seinen Hut zurück und kratzte sich am Kopf. Kurz geschorenes graues Haar bildete einen dreieckigen Ansatz mit Geheimratsecken. »Hab da was aufgeschnappt. Kann mich aber nicht mehr erinnern.« Eine weitere halbe Krone half ihm auf die Sprünge. »Es ging um Kinder. Aus dem Reedham Waisenhaus. Und um Geld.«

»Sie meinen, Schwester Benita hat Kinder an Amelia Dyer verkauft?« Crispins Stimme war in seinem Entsetzen so laut geworden, dass ein Passant sich nach ihnen umdrehte.

»Langsam, langsam, Junge, das hab ich nicht gesagt. Und da lasse ich mich in Ihrem Schmierblatt auch nicht nennen, haben Sie verstanden?«

Nun trat der Doktor näher, steckte Thompkins eine Krone zu, was diesen zu einem anerkennenden Grunzen veranlasste.

»Sie haben also schon hier gewohnt, bevor Amelia Dyer nebenan einzog?«

»Ja.«

»Brachte Schwester Benita Kinder hierher?«

»Nein.«

»Sagt Ihnen der Name Thomas Bartley etwas.«

»Nein.«

»Haben Sie gehört, dass Amelia Dyer über einen blauen Pomander sprach, vielleicht mit der Nonne?«

»Nein, nie. Weiß nich mal, was das für'n Ding sein soll.«

»Haben Sie vor, noch länger hier zu wohnen?«

»Natürlich, ja! Jetzt langt es aber, ich bin kein Auskunftsbüro.«

Doktor Pebsworth deutete mit dem Finger auf einen kupferroten Fleck an Nigel Thompkins' Handgelenk. »Wenn Quecksilber nicht mehr hilft, könnten Sie es mit Jod versuchen.«

Hastig zog der Angesprochene seinen Ärmel über die Stelle.

»Sie sind nicht von der Presse, oder?«, schnappte er.

»Nein. Wir sind Detektive, arbeiten für den Sebastian Club, und sollten Sie meinen, wir rollen den Fall Dyer wieder auf, dann liegen Sie falsch. Wir wollen den Mord an Mister Bartley aufklären. Er war Gefängnisbeamter in Newgate und wurde in Westminster erstochen. Aber das wissen Sie natürlich, nicht wahr?«

»Keinen Schimmer, wovon Sie reden. Mit Schnüfflern will ich nichts zu tun haben, Sie sind noch schlimmer als diese Schmierfinken von der Zeitung.« Er spuckte aus. »Lassen Sie mich in Ruhe.« Damit stapfte er davon. Sein Schritt erschien weniger stabil, als Statur und Auftreten vermuten ließen. Thompkins ging angeschlagen, wie ein Kranker, auch wenn er es zu kaschieren versuchte.

Gemeinsam blickten ihm die Ermittler nach, bis er außer Sicht war.

»Sie sind noch mal dran.«

Crispin verstand sofort, was der Doktor meinte.

Es war einfach, ins Haus einzubrechen. Während Pebsworth vorne Schmiere stand, kletterte er hinten über eine ohnehin halb eingestürzte Gartenmauer in einen kleinen, mit Gerümpel vollgestopften Hinterhof, der einen hervorragenden Sichtschutz gegen neugierige Blicke bot. Inzwischen hatte er gelernt, wie man ein Türschloss knackte, und das von Mister Thompkins' Hintertür leistete keinen Widerstand. Die Unordnung setzte sich drinnen fort, etwas anderes hatte Crispin auch nicht erwartet. Vorsichtig stieg er über schmutzige Wäsche und nachlässig auf dem Boden abgestellte Bierflaschen. Leider fand er keinerlei Hinweis auf Thomas Bartley oder den Pomander, dafür machte er eine äußerst überraschende Entdeckung.

Wieder draußen beim Doktor, bestand er zunächst darauf, sich ein Stück weit zu entfernen. Sie bogen in die Oxford Street ein und gingen zur Haltestelle am Reading

Union Workhouse, wo sie einen Horse Bus bestiegen, der sie zurück nach London bringen würde. Ein Werbeschild für Silberpolitur war an seiner Seite angebracht. Der Anblick des Gefährts schenkte Crispin die Zuversicht, bald wieder in vertrauten Gefilden zu sein. In Caversham fühlte er sich unwohl.

»Der Eisenmann legt nicht viel Wert auf Sauberkeit in seinen vier Wänden«, informierte er Pebsworth leise. Es saßen zwar außer ihnen nur noch zwei andere Fahrgäste in der Kutsche, und dies mehrere Reihen weiter vorne, aber man wusste nie, wer zuhörte.

»Eisenmann?« Fragend warf ihm Pebsworth einen Seitenblick zu.

»Finden Sie nicht, dass Thompkins so aussieht? Alles an ihm ist grau. Augen, Haare, Kleidung, sogar seine Haut.«

»Das stimmt. Dem Kerl geht es nicht gut.« Mit dem Knauf seines Spazierstocks tippte er auf sein Handgelenk. »Haben Sie die Läsion gesehen? Die Wunde? Syphilis, mein Freund. Gevatter Tod hat Nigel Thompkins angezählt, La Maladie Française hat ihn fest im Griff. In seiner Wohnung gab es nichts, was uns weiterhilft?«

»Nein. Aber die Trennwand zu Mrs Dyers Haus scheint papierdünn zu sein. Was immer drüben geredet wurde, Thompkins hat es mit Sicherheit mitbekommen. Ich habe genau gehört, wie zwei Frauen nebenan die Haustür aufgeschlossen haben und hineingegangen sind. Von ihrer Unterhaltung konnte ich jedes Wort verstehen. Dazu musste ich mich lediglich neben den Kamin stellen und mein Ohr an die Wand halten.«

»Bravo, Mister Fox. Gut gemacht. Das bestätigt meinen Eindruck. Während unseres Gesprächs hat der gute Mann nämlich dreimal gelogen. Einmal als ich den Gefängniswärter erwähnt habe. Und dann als ich ihn nach dem blauen Pomander gefragt habe. Er weiß mehr, als er zugegeben hat. Wir sollten ihn unbedingt beobachten. Sobald wir im Club sind, werde ich es Professor Brown vorschlagen.«

»Woran haben Sie gemerkt, dass er log?«

Doktor Pebsworth zuckte mit den Schultern. »Jahrzehntelange Erfahrung. Werden Sie auch noch lernen. Man muss auf die Augen achten, die Pupillen, und wohin das Gegenüber blickt. Und auf Körperhaltung und Atmung. Wenn Sie wollen, bringe ich es Ihnen bei.«

»Unbedingt! Und die dritte Lüge?«

Als sein Kollege nicht antwortete, sondern auffordernd die Augenbrauen hochzog, mutmaßte Crispin: »Schwester Benita brachte sehr wohl Kinder mit nach Caversham. Wahrscheinlich teilten sie und Dyer sich das Geld, das die Mütter für ein vermeintlich sicheres Dach über dem Kopf dafür bezahlten. Nicht wahr? Wahrscheinlich redete die Klosterfrau ihnen ein, dass ihre Kleinen es bei einer gutmütigen Pflegemutter besser hätten als in einem überfüllten Waisenhaus.«

Der Omnibus hielt an einer Haltstelle, und die beiden anderen Fahrgäste stiegen aus.

»So entsetzlich dieser Verdacht auch sein mag, Mister Fox. Wir sind nicht hier, um gegen die Ordensdame zu ermitteln. Wir suchen nach dem blauen Pomander beziehungsweise nach der Person, die seinetwegen bereits einen Mord begangen hat.«

»Aber wir können doch nicht unsere Augen vor dem verschließen, was …«

»Fokus, mein Freund. Das ist es, was wir benötigen. Es ist unmöglich, alles Übel dieser Welt in einem grandiosen Rundumschlag auszumerzen, auch wenn ich mir das ebenso wünschen würde wie Sie. Konzentrieren wir uns zunächst auf unsere eigentliche Aufgabe. Eines nach dem anderen. Verzetteln wir uns zu sehr, ist damit niemandem geholfen.«

Crispin wollte lautstark protestieren. Allein der Respekt vor seinem erfahrenen Kollegen ließ ihn schweigen. Niemals würde er derart abgebrüht werden, dass er zufällige Ermittlungsergebnisse einfach würde ignorieren können, besonders wenn es sich um etwas so Niederträchtiges handelte wie

Kindsmord. Jeder Faser in ihm war davon überzeugt, dass diese Schwester Benita Blut an ihren Händen hatte, und er würde den anderen davon berichten. Sie durfte auf keinen Fall ungestraft davonkommen.

Wieder zurück in Mayfair fanden sie Freddie allein im Besprechungsraum. Unverwandt starrte sie die Holzschachtel vor sich auf dem Tisch an, als könne sie das Ding durch Hypnose dazu bewegen, ihr seine Geheimnisse anzuvertrauen. Es wäre schön, wenn sie einfach in ihrer natürlichen Gestalt als Frau hier sein dürfte. Crispin empfand ihre Verkleidung als zusehends irritierend.

»Neue Erkenntnisse, Mister Westbrook?«, fragte er.

»Nicht wirklich. Was das Holz betrifft, scheint es von minderer Qualität zu sein. Kein Hartholz. Ich tippe auf Fichte.«

»Wie kommen Sie darauf?« Interessiert trat der Doktor hinter sie und blickte über ihre Schulter hinab auf das Buch, das neben dem Kästchen lag.

Sie schlug eine Seite darin auf und zeigte sie ihm. »Maserung, Beschaffenheit, Geruch. Es könnte stimmen. Genauso gut könnte ich auch falsch liegen.« Seufzend klappte sie es wieder zu, und Crispin las den Titel. Es handelte von verschiedenen Holzarten und ihren Unterscheidungsmerkmalen.

Nicht gerade eine aufregende Lektüre, aber Freddie hatte sich durchgekämpft, in der Hoffnung, etwas mehr über die Schachtel herauszufinden. Lobenswert. Er wusste, dass es keinesfalls zu ihren Lieblingsbeschäftigungen gehörte, in der Bibliothek nach Hinweisen zu graben. Sie war lieber draußen, ermittelte in der richtigen Welt. Er selbst hingegen fand großen Gefallen daran, inmitten von Büchern und der Ruhe, die sie ausstrahlten, verweilen zu dürfen und in akribischer Kleinarbeit die Literatur zu konsultieren.

»Ist doch ein guter Anhaltspunkt«, meinte er daher aufmunternd. Und setzte gleich noch hinzu: »Sie hatten übrigens recht, was Ihren Verdacht bezüglich Schwester Benita betrifft. Höchstwahrscheinlich arbeitete sie mit Mrs Dyer zusammen. Ich vermute, wenn sich die Gelegenheit dazu bot, fing sie die Leute ab und überredete sie, ihre Kinder nicht im Waisenhaus, sondern bei Mrs Dyer abzugeben. Es steht zu befürchten, dass sie sogar eigenhändig welche nach Caversham brachte. Eine durch und durch kaltblütige Person.«

»Wie schrecklich. Was können wir dagegen unternehmen?«

»Nichts«, ging der Doktor dazwischen. »Weil es keinerlei Beweise gibt. Alles, was wir haben, sind Vermutungen und die Andeutungen eines dubiosen Nachbarn, der diese nie und nimmer vor Gericht wiederholen würde. Besser, wir beschäftigen uns für den Moment mit unserer eigentlichen Aufgabe.«

Crispin berichtete von ihrem Abstecher in die Kensington Road. Dasselbe wiederholte er kurz darauf noch einmal, als Professor Brown und Lord Philip zu ihnen stießen.

»Ich fürchte, wir müssen eine Pause machen, Gentlemen. Wir haben Besuch.« Der Professor hielt die Tür auf und bat sie alle zusammen nach unten.

Chief Inspector Woodard, vermutete Crispin, sah aber, dass er sich irrte, als sie den Empfangssalon betraten. Zwei Männer saßen in den Sesseln der größten Sitzgruppe neben dem Fenster.

»Lord Fitzroy, Professor Edwards, Sie kennen meine Kollegen noch von der Feier bei Sir James?« Während sich beide Herren erhoben und Professor Brown zustimmend zunickten, musste sich Crispin eingestehen, dass er keinerlei Erinnerung an diesen Edwards hatte. Was ihn ärgerte, denn er hatte sich vorgenommen, mit geschärften Sinnen durchs Leben zu gehen, quasi als fortdauernde Übung für etwaige Ermittlungen. Bernard Spilsbury, den Medizinstudenten, den hatte er noch gut im Kopf. Immerhin hatte der einen bemerkenswerten Gesprächsbeitrag geleistet. Aber Martin

Edwards hatte sich in der Konversation nicht hervorgetan. Wahrscheinlich fiel er generell selten auf. Ein Mann mit typisch englischem Langschädel, um die vierzig und bereits fast kahl, deutlich jünger als sein Begleiter, dennoch älter wirkend. Seine Zähne waren nicht die besten, das lag vermutlich daran, dass sie schlimm verschachtelt standen. Die Hände hingegen wirkten auffallend fein, mit langen Fingern. Ganz offensichtlich war er ein Günstling des Lords, denn er hing mit bewunderndem Blick an seinen Lippen, sobald er den Mund öffnete.

»Wie angenehm, die Herren sämtlich hier anzutreffen«, bemerkte Lord Fitzroy, »da wir doch ein Problem haben, dessen Lösung einer gewissen Diskretion bedarf.«

»Tatsächlich? Bitte erhellen Sie uns.« Auf eine einladende Geste des Professors hin nahmen die Detektive auf den restlichen Stühlen Platz, und Archie, der Türsteher und Mann für alles, balancierte höchstselbst ein Teetablett auf seinen großen Pranken herein.

»Mein Freund Edwards hier ist renommierter Irrenarzt. Er hat sich auf dem Kontinent einen guten Ruf erworben und arbeitet hier in London unter anderem in Bedlam und Newgate. Natürlich hat er auch eine private Praxis in der Harley Street. Er ist ein viel beschäftigter Mann. Daher gelangten die Unregelmäßigkeiten erst relativ spät an sein Ohr. Es geht um Diebstahl, Unterschlagung. Aus Professor Edwards' Medikamentenvorrat verschwinden große Mengen an Tabletten und Pulvern. Da er seine Mitarbeiter ausschließen kann, kommt als Dieb nur jemand von außen infrage.«

»Zur Polizei kann ich nicht gehen«, übernahm nun Edwards mit überraschend sanfter Stimme den Faden. »Es gäbe einen Skandal, wenn das herauskäme. Undenkbar. Ich bitte Sie um Ihre Hilfe, meine Herren.«

»Wir sollen einen Tablettendieb fangen?« Lord Philips Gesichtsausdruck war neutral, doch Crispin kannte ihn gut genug, um aus der Nuance seiner Stimmlage herauszuhören, was er von einem derartigen Vorschlag hielt. Edwards ergoss sich in einer langatmigen Ausführung der negativen Konsequenzen für seine Karriere, sollte herauskommen, dass er nicht einmal ein paar Pillenröhrchen unter Verschluss zu halten vermochte. Kurz stand sogar zu befürchten, es könnte Tränen geben, so geknickt zeigte er sich, was unglaublich peinlich gewesen wäre. Doktor Pebsworth sah das offenbar genauso, denn er reichte dem aufgelösten Edwards kommentarlos sein Glas mit Whisky, von dem er noch nicht getrunken hatte.

Schließlich erbarmte sich Professor Brown. »Da kann ich Ihnen in der Tat weiterhelfen.« Er kramte in seiner Westentasche, zog ein Stück Papier und einen kleinen Bleistift hervor und notierte etwas. »Hier, für Sie. Das ist die Adresse von Andrew Hay, einem hervorragenden und äußerst diskreten Privatdetektiv. Er ist genau der richtige Mann für diese Aufgabe.«

»Aber ich hatte gehofft …«

»Wir nehmen derzeit leider keine neuen Fälle an, Professor Edwards. Seien Sie versichert, Mister Hay wird Sie nicht enttäuschen.«

»Bedauerlich.« Lord Fitzroy klang beleidigt. »Vielen Dank, trotzdem. Da wäre noch eine Sache. Mister Carfax und Colonel Bantry werden mich bei der nächsten Clubvorstandssitzung als Neumitglied vorschlagen. Ich weiß, dass eine Empfehlung von mindestens zwei langjährigen Mitgliedern erfolgen muss, und hoffe, dass Sie meinen Antrag auf Aufnahme in den Sebastian Club dieses Mal positiv prüfen werden.«

Professor Brown lächelte. »Wir prüfen jeden Antrag gerne und wohlwollend, Mylord.«

»Dann möchten wir die Gentlemen nicht länger aufhalten. Sicher haben Sie zu tun.« Er erhob sich, und auch Professor Edwards stand auf. Im Foyer half ihnen Archie in die Mäntel und reichte anschließend Hüte und Handschuhe. Während Fitzroy zum pelzverbrämten Wollcape einen auffälligen

Zylinder trug, trotzte sein Freund mit rustikalem Tweed und Bowlerhut dem Wetter. Die beiden Männer waren unterschiedlich wie Tag und Nacht.

»Gehen Sie schon vor, Edwards, ich komme gleich.«

Ohne Widerspruch verabschiedete sich der Angesprochene und stieg draußen in die Kutsche, die der Türsteher für die Herren aufgehalten hatte.

Einen nach dem anderen sah Fitzroy die Ermittler an, bevor er in vertraulichem Ton anmerkte, dass Professor Edwards in Bedlam bereits mit Amelia Dyer zu tun gehabt hatte. »Dort war sie vor einiger Zeit für eine Weile als Patientin eingesperrt, da sie versucht hatte, sich umzubringen. Man hielt ihren Zustand für heilbar und entließ sie nach ein paar Wochen wieder. Ihre Behandlung hat augenscheinlich nicht angeschlagen. Ich nehme an, es ist in Ordnung, wenn ich Ihnen derartige Interna weitergebe, wo wir doch quasi schon Clubbrüder sind. Wir müssen schließlich zusammenhalten. Jedenfalls war diese Frau eine Irre mit gelegentlich hellen Momenten und einer ausgesprochenen Kaltblütigkeit, sagt Edwards. Sie sind nicht die Ersten, die sie mit dem blauen Pomander ködern wollte. Bereits bei ihrem Zwangsaufenthalt in Bedlam, lange bevor man ihrem mörderischen Treiben auf die Schliche kam, hat sie versucht, das Personal, respektive Professor Edwards und einige der Wärterinnen, damit auf ihre Seite zu ziehen. An Ihrer Stelle würde ich darauf nichts geben. Wenn Sie der Sache weiter nachgehen, machen Sie sich womöglich lächerlich, was dem Ansehen des Clubs abträglich sein könnte. Das wollte ich Ihnen nur noch kurz sagen.« Er hielt einen Finger an seine Lippen. »Bleibt bitte unter uns, Gentlemen, ja?« Mit diesen Worten entschwand er.

»Was für ein aufgeblasener, autoritärer Popanz«, sprach Doktor Pebsworth in donnerndem Bass aus, was wahrscheinlich alle dachten.

Greenwich

Am Sonntag zeigte sich das Wetter milde, während Lord Philip und Annabel Arnholtz einen Spaziergang machten. Sie flanierten entlang einer breiten Allee namens The Avenue, die durch den Greenwich Park neben Annabels Haus führte. Aufgrund des Sonnenscheins tummelten sich viele Leute auf den Wegen. Im Sommer war der Park zumeist regelrecht überlaufen. Dann machten die Menschen auf den Wiesen Picknicks, und für diejenigen, die sich ihr Essen nicht mitgebracht hatten, gab es Verkaufsstände an allen Ecken. An schönen Tagen konnte man sich unter den alten Kastanien kandierte Äpfel gönnen, Ingwerbier, Nüsse und Orangen, und sogar heute hatte ein Verkäufer seine Bude aufgebaut, an der die Leute für gebrannte Mandeln anstanden. Mütter saßen auf den Bänken und beobachten ihre Kinder, die reifenschlagend über die Kieswege liefen. Aufgeputzte Herren schlenderten ziellos umher, mit kunstvoll geschnitzten Spazierstöcken und gezwirbelten Bärten, die schweren Uhrketten poliert und gut sichtbar an den Westen drapiert. Fremdländische Seemänner plauschten mit einheimischen. Kokette Kindermädchen hatten Schwärme von Schutzbefohlenen im Schlepptau und trotzdem Zeit für einen harmlosen Flirt. Und natürlich waren auch Paare unterwegs, viele Paare, die untergehakt langsamen Schrittes im Sonnenschein in Richtung Observatorium gingen, das droben auf dem Hügel stand und wohlwollend auf das bunte Treiben unten auf der Allee blickte.

Auch Annabel hakte sich bei Philip ein. Er stellte sich vor, wie es wäre, richtig mit ihr zusammen zu sein. Ob er morgens glücklicher aufwachen würde? Ob sein Leben erfüllter wäre, wenn er es mit ihr teilte? Daran sollte – nein, durfte – er nicht denken. Viel lieber genoss er den Moment.

»Kommen Sie mit Ihren Ermittlungen voran?«, fragte sie ihn, als wollte auch sie private Themen vermeiden. Er stieg gerne darauf ein, berichtete von den Geschehnissen der vergangenen Woche, und natürlich äußerte sie ihren Abscheu über Schwester Benita. Das Reedham Waisenhaus hingegen schien sie zu interessieren.

»Es klingt so, als ob es eine gute Einrichtung wäre.«

»Soweit ich das nach einmaligem Besuch beurteilen kann, würde ich sagen, ja. Es war sauber, ordentlich und verströmte weder Not noch Elend wie so viele andere Waisenhäuser.«

»Ich habe Erkundigungen über den ermordeten Wachmann eingeholt«, sagte sie unvermittelt. »Thomas Bartley trieb sich oft und gerne in Whitechapel herum. Er war kein angesehener Beamter, sondern einer von der korrupten Sorte. Für ein paar Shillinge beschaffte er den Gefangenen besseres Essen, Rauschmittel und mehr. Falls er dachte, ein wertvolles Schmuckstück ergattern zu können, hätte er sich sicherlich darum bemüht, das steht außer Frage.«

»Sie meinen, er hörte, wie Mrs Dyer Professor Brown vom Pomander erzählte, und machte sich auf eigene Faust auf die Suche?«

»Wer weiß? Vielleicht wollte Mrs Dyer auch Mister Bartley direkt damit bestechen. Was ich aus sicherer Quelle erfahren habe, ist, dass Thomas Bartley am Abend vor seinem Tod in einem Public House in der Myrdle Street trank. Zusammen mit einem Mann, der nicht erkannt werden wollte, denn er saß die ganze Zeit über in einer dunklen Ecke, den Hut tief ins Gesicht gezogen. Bartley musste für beide bestellen, Gin, aber der andere gab ihm das Geld dafür.«

»Wenn Sie ›Myrdle Street‹ sagen, meinen Sie das Butcher's Arms. Eine üble Spelunke. Sie hatten doch die Absicht, sich zurückzuziehen, Annabel, um die Abgründe des East End hinter sich zu lassen.«

Sie hielt an, ihr Arm war nach wie vor mit dem seinen

verschränkt, sodass auch ihm nichts anderes übrig blieb, als stehen zu bleiben. Ihre Veilchenaugen funkelten angriffslustig. »Meinen Sie, ich habe mich über Nacht in ein braves Mütterchen verwandelt? Wollen Sie das?«

»Natürlich nicht. Sie sollten sich aber nicht meinetwegen in Gefahr bringen.« Lord Philip verstand ihren Unmut nicht und noch weniger die Richtung, die das Gespräch nahm. Eben hatten sie noch nett miteinander geplauscht, und nun stand die Spannung fast greifbar zwischen ihnen.

»Wäre es Ihnen lieber, ich würde für den Kirchenbasar häkeln und Teekränzchen veranstalten?«

»Nein!«

»Was wollen Sie von mir, Philip?«

»Das wissen Sie.«

Sie starrten einander an, bis Annabel sagte. »Dann gehen wir jetzt zu mir nach Hause.« Die Verheißung in ihrer Stimme beschleunigte Philips Puls erheblich.

In stummem Einverständnis verließen sie den Greenwich Park durch einen Seitenausgang, der direkt hinaus auf Crooms Hill führte.

Annabel schickte Freda weg, während sie die Hutnadel aus ihrem Kopfputz zog und aus dem Mantel schlüpfte. Dann stieg sie die Treppe hinauf. Auf halbem Weg drehte sie sich nach ihm um. Philip stand noch immer unten. Sie wandte sich wieder ab und ging weiter. Er wartete, bis sie oben am Treppenabsatz verschwunden war, atmete tief durch und folgte ihr.

Später küsste er sie zum Abschied, sie lag noch im Bett, und er strich eine Haarsträhne aus ihrem erhitzten Gesicht. Alles würde ab jetzt anders sein.

»Was eben geschehen ist, wird zwischen uns nichts verändern, Philip«, sagte sie.

»Wie meinst du das?«

»Ich werde mich nie wieder an einen Mann binden. Nicht einmal an dich.«

»Das verlange ich nicht von dir.«

»Noch nicht. Aber du bist ein Gentleman. Je näher wir uns kommen, je vertrauter wir miteinander sind, desto mehr wirst du es als deine Verpflichtung erachten, eine ehrbare Frau aus mir zu machen. Eine offizielle Verbindung zwischen uns ist unmöglich, ein Verhältnis wäre deinem Ruf abträglich, dafür will ich nicht verantwortlich sein.«

Er spürte einen beklemmenden Druck in seiner Brust aufsteigen. Hatte er sich in Annabel getäuscht? Waren ihre Gefühle für ihn nicht so, wie er sich das erhoffte? »Ich verstehe.«

»Gut. Dann werden wir das hier nicht wiederholen.«

»Wenn du das wünschst.«

»Das tue ich. Dennoch hoffe ich, deine Freundschaft nicht zu verlieren. Ich schätze deine Gesellschaft.«

»Mir geht es ebenso.« Hätte man einen Eimer kalten Wassers über seinem Kopf ausgegossen, könnte er sich nicht ernüchterter fühlen. Eben noch hatten sie einander leidenschaftlich geliebt, und schon schlug sie ihm sprichwörtlich die Tür vor der Nase zu.

Lord Philip verabschiedete sich knapp, schlüpfte in den Mantel und verließ Annabels Haus. Zu Fuß ging er hinunter zur Schiffsanlegestelle, wo er sich eine Zigarette anzündete und den Rauch tief inhalierte. Am Kai lag ein Segler vor Anker, und weiter draußen auf dem Fluss zogen mehrere Lastkähne vorbei. Zwei ältere Herren mit beinahe identischen, kurz getrimmten weißen Bärten, Zylindern und polierten Schuhen standen am Geländer und hielten ein Schwätzchen, während sie auf den Dampfer warteten. Philip nickte ihnen zu und stellte sich etwas abseits, damit sie sich in ihrer Unterhaltung nicht gestört fühlten. Gedanken rasten durch sein Hirn, so schnell, dass er sie kaum zu fassen bekam. Die Freude, Annabel endlich erobert zu haben, wurde von der Enttäuschung über ihre Zurückweisung getrübt. Dennoch verspürte er ein Fünkchen Hoffnung, dass sie dies nicht ernst gemeint haben könnte, sondern ebenso mit der Situation überfordert war wie er. Mochte er normalerweise Dinge beherrscht angehen, musste er bei Annabel Arnholtz stets an sich halten, um nicht den Kopf zu verlieren. Sicher würde sie es nicht schätzen, wenn er zu viele Gefühle zeigte.

Im Grunde seines Herzens war Philip durchaus klar, dass er sie liebte. Wann immer er sich in ihrer Gegenwart befand, kamen Emotionen in ihm hoch, die er nie zuvor für möglich gehalten hatte. Betrüblicherweise war dafür im Moment keinerlei Zeit.

Annabels Argument, eine Verbindung zwischen ihnen beiden würde seinen Ruf ruinieren, war ihm vollkommen einerlei. Der zweite Punkt, dass sie sich nie wieder binden, sondern ihre Unabhängigkeit behalten wollte – damit verhielt es sich anders. Das musste er akzeptieren. Einen leisen Fluch ausstoßend stippte er die Zigarette weg. Plötzlich schmeckte sie schal. Er hielt sein Gesicht in den Wind und genoss die gute Greenwichluft, bevor es zurück in die verrußte Stadt ging. Der Schaufelraddampfer schwenkte gemächlich zum Anlegen ein, und Philip stieg nur widerstrebend an Bord. Es wäre ihm lieber gewesen, er hätte noch bleiben können.

Über seinen Gefühlskapriolen hatte er nicht vergessen, was sie ihm erzählt hatte. Der Gefängniswächter hatte sich also mit einem geheimnisvollen Herrn getroffen. Das konnte alles bedeuten. Angefangen von einem harmlosen privaten Treffen bis hin zu einer Besprechung zwischen Partnern, die gemeinsame Sache machten, um sich ein teures Schmuckstück unter den Nagel zu reißen. Dann wiederum könnte der Unbekannte gleichzeitig der Mörder gewesen sein, der sich in Devil's Acre eines Mitwissers entledigt hatte. Vielleicht trafen sich die beiden aber auch nur deshalb im East End, um dort lüsternen Trieben nachzugeben, die sie anderweitig nicht ausleben durften. Diese Möglichkeit bestand ebenfalls und war aufgrund Philips Erfahrung als Ermittler sogar die wahrscheinlichste.

Auf der Rückfahrt kam ihm in den Sinn, dass er Freddie gestattet hatte, abends mit Crispin ein Theaterstück zu besuchen. Ohne Anstandsdame oder Aufpasser, darauf hatte sie bestanden. Was Freiheitsliebe und den Wunsch nach weiblicher Unabhängigkeit betraf, stand seine Nichte Annabel nichts nach. Deswegen befürchtete er, dass der arme Crispin noch weniger amouröse Fortschritte machen würde als er selbst. Wobei Philip das wiederum ganz recht war, schließlich war Freddie viel zu jung, um sich zu binden.

West End

Ohne etwas von den Gedanken ihres Onkels zu ahnen, saß Freddie hübsch zurechtgemacht in einem neuen spitzenbesetzten Abendkleid, langen Handschuhen und einem eleganten Mantel neben Crispin in der Kutsche auf dem Weg ins West End.

»Ich finde diese Verwandlung noch immer faszinierend«, gestand er nicht zum ersten Mal. »Mittlerweile habe ich mich zwar daran gewöhnt, dich zumeist in Herrenverkleidung zu treffen und dich ›Mister Westbrook‹ nennen zu müssen, auch wenn mir das jedes Mal einen Stich versetzt. Aber sobald ich dich als Dame erlebe, verschlägt es mir regelrecht den Atem. Du siehst wunderschön aus, Freddie.«

»Vielen Dank.« Ein wenig verlegen nestelte sie an ihrem Handtäschchen. Es war wesentlich einfacher, Crispin als Mann gegenüberzutreten, reizvoller fand sie jedoch diese Konstellation, das konnte sie nicht abstreiten. »Was sehen wir uns eigentlich an?«

Er zog zwei Theaterkarten hervor. »Im Lyceum Theatre spielen sie ›Cymbeline‹, eine Tragödie von William Shakespeare.«

»Das wird sicher interessant.« Sie merkte, wie er ihre Reaktion beobachtete. Ein schelmisches Grinsen erhellte seine jungenhaften Züge, und flugs fabrizierte er zwei weitere Karten aus der Tasche. »Oder wir gehen ins Savoy Theatre. Dort wird ›The Grand Duke‹ aufgeführt, eine komische Oper von Gilbert und Sullivan mit Walzermusik aus Österreich. Leichte Kost. Die Kritiken waren zwar nicht überragend, und gewiss ist das Stück intellektuell weniger fordernd als ›Cymbeline‹, ebenso wie das Publikum …«

»Ins Savoy, bitte!«, rief Freddie lachend. Es war wundervoll, unbeschwert Zeit mit ihm zu verbringen. Er wusste, was ihr gefiel, sie teilten viele Interessen, und auch wenn sie derzeit an einem Fall arbeiteten, stand es ihnen sicherlich zu, sich einen Abend lang einfach nur zu vergnügen.

Während der Aufführung hielt Crispin im Dunkel ihre Hand, und danach, als sie nicht sofort ein freies Hansom Cab fanden, stahl er sich in einer dunklen Ecke neben dem Theater einen Kuss.

»Miss Westbrook!«, ertönte just in diesem Augenblick eine pikierte Frauenstimme hinter ihnen, und sie fuhren auseinander.

»Mylady, guten Abend.« Es war nicht einfach, gleichzeitig zu sprechen, sich unauffällig die Lippen abzuwischen und dabei noch einen würdevollen Eindruck zu vermitteln, obwohl sie eben in einer peinlichen Situation erwischt worden war. Aber Freddie gab sich redlich Mühe. »Waren Sie auch in ›The Grand Duke‹?«

»Gott bewahre, nein!« Viola Fitzroy warf einen Blick zurück über die Schulter auf das Theaterplakat und schüttelte sich, als würde sie etwas Ekelhaftes betrachten. »Ich war im Lyceum Theatre und bin nun auf dem Weg zum Dinner. Mit einer Freundin und ihrem Gatten«, fügte sie überflüssigerweise hinzu. Selbstredend wahrte die Gute die Sitten des Anstands und verließ ihr Haus nur in entsprechender Begleitung. Ganz im Gegensatz zu Freddie. »Und Sie?«

»Ich bringe Miss Westbrook jetzt heim zu ihrem Onkel«, sprang Crispin ein.

Ohne ihn eines Blickes zu würdigen, machte sie einen Schritt auf Freddie zu und zischte leise: »Sie sollten sich vorsehen, mein Kind. Gott lässt Ausschweifungen niemals ungestraft. In einem Moment mögen Sie sich vergnügen und glauben, die Welt gehöre Ihnen, nur weil Sie jung und schön und gesund sind. Doch Verderbtheit muss gesühnt werden. So tötet nun die Glieder, die auf Erden sind, Unzucht, Unreinheit, schändliche Leidenschaft, böse Begierde und die Habsucht, die Götzendienst ist.« Damit drehte sie sich abrupt um und ging davon, war nach wenigen Schritten in der Menge der aus dem Theater strömenden Menschen verschwunden. Wie ein schlechter Traum. Freddie murmelte ihr ein verdutztes »Auf Wiedersehen, Mylady« hinterher.

»Gruselig. War das ein Bibelzitat?«, fragte Crispin.

»Ich denke schon.« Immer noch starrte sie in die Ferne.

Endlich hielt eine Kutsche. Crispin bugsierte Freddie hinein, nahm neben ihr Platz und nannte dem Kutscher die Adresse.

»Lass dich von einer prüden Dame nicht verwirren. Wir haben nichts Böses getan. Es ist ja nicht so, als ob wir nackt auf dem Gehweg übereinander hergefallen wären.« Sanft stupste Crispin sie mit der Schulter an.

»Wie kannst du so etwas sagen? Für zwei unverheiratete junge Menschen gehört es sich nicht, in der Öffentlichkeit zu poussieren. Genau genommen machen das nicht einmal Ehepaare. Wie stehe ich jetzt da? Hoffentlich erzählt Lady Fitzroy das nicht herum.«

Empört schnaubte er auf. »Was ist so schlimm daran, einander seine Zuneigung zu bekunden?«

»Es entspricht nicht der Etikette, Crispin, das weißt du ganz genau. Warum gibst du den Rebellen? Für dich war die Szene ebenso peinlich wie für mich.«

»Da befindest du dich in einem großen Irrtum. Es wird mir niemals peinlich sein, dir zu zeigen, was ich für dich empfinde, egal wann und wo.«

Sie verschränkte die Arme und schloss den Mund. Was sollte sie darauf auch erwidern? Manchmal würde sie ihn am liebsten bei den Schultern packen und schütteln. Gleichzeitig spürte sie ein warmes Kribbeln im Bauch ob dieser indirekten Liebeserklärung. Für Crispin Fox schien das Leben einfach zu sein. Er sagte, was er dachte, tat, wonach ihm war, und vertrat seine Meinung selbst dann, wenn sie nicht schicklich war. Als Mann konnte er sich das leisten.

Im Wilton Crescent, kurz bevor das Cab hielt, beugte sich Crispin im Schutz der dunklen Kutsche erneut zu Freddie und küsste sie. Sie verschränkte ihre Hand in seinem Haar, zog ihn an sich und erwiderte seinen Kuss so leidenschaftlich, dass er sich schließlich verwirrt und schwer atmend von ihr löste.

»Was ist? Ich dachte, Gefühle zu zeigen wäre nicht peinlich? Oder war dir das zu viel?«

Während er grinsend den Kopf schüttelte, stieg sie aus. Er wollte ihr nachfolgen, um sie zur Haustür zu begleiten, da vernahm sie ein leises Geräusch.

»Pst.« Sie legte den Finger an die Lippen. »Hörst du das? Es klang wie ein Wimmern.«

Er verneinte, und beide verharrten reglos.

»Doch! Du hast recht. Es kommt von da drüben.« Crispin deutete auf das schmiedeeiserne Fußgängertor, das für gewöhnlich bei Einbruch der Dunkelheit abgesperrt wurde und zum Dienstboteneingang führte. Nun stand es offen, und die Angeln quietschten, als der Wind es hin und her bewegte. Aber dieser Ton war es nicht, den sie gehört hatten. Crispin bat den Kutscher zu warten und nahm Freddie bei der Hand. Gemeinsam schoben sie das Gartentor vollständig auf und traten hindurch. Auf halbem Weg zur Hintertür lag eine Gestalt auf dem Weg.

»Iggy!«, rief Freddie entsetzt aus und stürzte zu ihm. Der Junge war kaum noch bei Bewusstsein, er blutete und murmelte etwas, das wie »beinahe geschafft« klang.

»Rasch, wir müssen ihn hineinbringen, er ist verletzt!«

»Du kennst ihn?«

»Ja, das ist Ignatius Hegan, du weißt schon, der schnelle Läufer, der dir neulich entkommen ist. Hilf mir!«

»Moment.«

Während Freddie an der Tür hämmerte, bis drinnen das Licht anging und sich schlurfende Schritte näherten, rannte Crispin zurück zum wartenden Hansom Cab, gab dem Kutscher ein paar Münzen und wies ihn an, auf schnellstem Weg zu Doktor Pebsworth zu fahren und ihn hierherzubringen.

Die Köchin steckte verschlafen den Kopf heraus, erfasste die Situation und öffnete weit, um Lord Philip herauszulassen. Zusammen mit Crispin trug der Iggy zur Chaiselongue im Salon, auf die Cook vorher noch rasch eine Decke gelegt hatte. Ihre Besorgnis galt eher dem Möbel als dem Jungen, vermutete Freddie, denn diesen beäugte sie misstrauisch, als wäre er eine Küchenschabe.

Lord Philip wies den dazukommenden Hausdiener an, einen großen Cognac zu bringen, den er Iggy schluckweise einflößte. Sodann schickte er das Personal hinaus.

»Wer hat das getan?«, fragte er sanft.

»Ich weiß nicht«, stieß der Junge hervor. »Konnte ihn nicht erkennen, kam von hinten. Hab 'nen Stoß bekommen und bin hingefallen, dann hat er mich getreten. Ich musste meinen Kopf schützen, daher hab ich ihn nicht angesehen. War aber sowieso dunkel.«

»Wo?«

»Im Gebüsch gegenüber von Ihrer Haustür.«

»Du lungerst noch immer dort herum? Wieso? Das ergibt keinen Sinn!«

Endlich schellte Doktor Pebsworth und kam gleich darauf mit seinem Arztkoffer hereingeeilt. Er untersuchte Iggy, während ihm die anderen drei schilderten, was sie wussten.

»Gebrochene Rippe, ein paar Platzwunden, wahrscheinlich hat er eine Gehirnerschütterung«, lautete seine Diagnose.

»Und die Hose ist auch hin«, jammerte der Junge.

»Das sollte deine geringste Sorge sein.«

»Na Sie sind gut. Ist meine einzige, und wir haben Winter.«

»Du bleibst heute hier. Morgen sehen wir weiter. Ich würde dir nicht raten, einfach abzuhauen; eine Gelegenheit wie diese biete ich dir kein drittes Mal«, sagte Lord Philip streng. »Darüber hinaus will ich mich darum kümmern, dass du ein Dach über dem Kopf bekommst und ein gesichertes Auskommen. Im Gegenzug wirst du dich erholen und mit offenen Karten spielen – uns alles erzählen, was du weißt.«

Iggy riss die Augen auf. »Das würden Sie machen, Sir? Ich meine, Mylord?«

»Nur wenn du absolut ehrlich mit uns bist. Keine Tricks.«

Der Junge versuchte ein Nicken, fasste sich aber schnell an den schmerzenden Kopf. »Einverstanden.«

»So«, der Doktor krempelte seine Hemdsärmel hoch. »Dann wollen wir mal. Mister Fox, darf ich auf Ihre Assistenz hoffen? Dafür erkläre ich Ihnen, wie man eine Wunde näht.«

»Sehr gerne.« Crispin schlüpfte aus Mantel und Frack.

»Und Mister Hegan hier nimmt einen großen Schluck Cognac, gut so, noch einen. So wird er kaum etwas spüren.«

Freddie verzog das Gesicht und folgte ihrem Onkel hinüber in sein Arbeitszimmer. Im Unterschied zu den Kollegen waren weder sie noch er übermäßig begierig darauf, der blutigen Arbeit beizuwohnen.

»Hast du irgendeine Idee, wer ihm das angetan haben könnte?«

Philip nahm sich eine Zigarette aus dem Kästchen auf seinem Schreibtisch und zündete sie an. »Leider nein. Ich bin ebenso überrascht wie du, dass Ignatius uns noch immer observiert. Entweder kam er deswegen jemand anderem in die Quere oder zu nahe. Beides eine möglicherweise tödliche Option. Wenn du nicht gerade in diesem Moment nach Hause gekommen wärst – wer weiß, ob er die Nacht überlebt hätte. In jedem Fall stellt er eine unerledigte Aufgabe für seinen Angreifer dar, denn ich vermute, dass der es darauf angelegt hatte, unseren jungen Freund zum Schweigen zu bringen. Sicher dachte er, Iggy wäre tot, als er ihn im Gebüsch zurückließ. Was für ein zäher Bursche. Er schleppte sich über die Straße und fast bis zur Tür.«

Belgravia

Tatsächlich und für Freddie irgendwie überraschend, lag Iggy auch noch am nächsten Morgen in seinem Bett in einem der Gästezimmer und hatte nicht das Weite gesucht. Wegen der gebrochenen Rippe fiel ihm das Atmen schwer.

Ein Bad würde ihm nicht schaden, und statt seiner Lumpen würde sie ihm später ein paar von den abgetragenen Kleidungsstücken ihres Onkels heraussuchen, selbst wenn die sicher zu groß waren. Wärmen würden sie, das war das Wichtigste.

Sie stellte ein Tablett mit Tee, Toast und Eiern auf dem Nachtkästchen ab und half ihm, sich aufzusetzen. Nachdem sie ihm zwei Kissen hinter den Rücken gestopft und er dies mit einem ungehaltenen Schmerzlaut quittiert hatte, reichte sie ihm sein Frühstück.

»Daran könnte ich mich gewöhnen.« Er grinste und musterte Freddie. Dabei fiel ihr auf, dass einer seiner Schneidezähne bei der Attacke gelitten hatte. Es fehlte eine kleine Ecke. »Sind Sie heute wieder als Mann unterwegs?«

Sie stutzte. »Das bin ich jeden Tag. Du hast gestern meine Schwester getroffen, wir sehen uns sehr ähnlich.«

Iggy lachte laut auf, nur kurz, dann hielt er sich die Seite und schnitt eine Grimasse. »Geschieht mir recht. Aber die Bruder-Schwester-Geschichte brauchen Sie mir nicht aufzutischen, Sir. Oder Madam. Wie hätten Sie es denn gerne?«

»Sir.«

Er wies auf ihren modernen Anzug aus dunkel-kariertem Wolltuch. »Aye, macht heute wohl mehr Sinn. Ich wär Ihnen dankbar, wenn Sie mich nicht weiterhin für dumm verkaufen würden. Kann sein, dass Sie andere Leute damit täuschen, aber ich bin bekannt für meinen scharfen Blick, wissen Sie? Mir fällt viel auf. Zum Beispiel Ihre Hände. Die können Sie nicht verändern. Und die junge Lady von gestern hatte exakt dieselben wie der Gentleman von heute. Mir egal, warum Sie sich verkleiden, Sie werden schon Ihre Gründe haben. Vielleicht wären Sie lieber ein Mann. Oder Sie machen es wegen Ihrer Arbeit. Oder Sie sind einfach eine von diesen reichen Spinnerinnen.«

»Ignatius!«, sagte sie streng. »Wenn du derart schlau bist, wie kommt es, dass dir keinerlei hilfreiche Details zu deinem Angreifer einfallen?«

»Is 'ne berechtigte Frage. Aber ich hab solche Schmerzen, vielleicht wenn Sie mir noch mal was von dem Cognac geben, dann könnte sich der Nebel in meinem Kopf lichten.«

»Es ist acht Uhr morgens, da gibt es keinen Alkohol. Trink deinen Tee und iss etwas. Doktor Pebsworth wird später nach dir sehen.«

»So streng?«

Lord Philip betrat das Zimmer, und der Junge wurde ernst. Freddie bemerkte erst jetzt, da sie ihn ruhig betrachtete, wie eingefallen Iggys Wangen waren, wie blass seine Haut. Das Leben auf der Straße, besonders zu dieser Jahreszeit, machte ihn krank. Sein Körper war geschwächt und durch die Attacke wahrscheinlich am Rande des Zusammenbruchs. Es würde eine ganze Weile dauern, bis er sich einigermaßen von den Schlägen erholt hätte.

»Wir müssen dich von hier wegbringen«, sagte Philip. »Derjenige, der dich so zugerichtet hat, könnte zurückkommen, um zu beenden, was er begonnen hat, und er kann sich sicher denken, wohin du dich geflüchtet hast. Es wäre hilfreich, wenn du wenigstens eine Vorstellung davon hättest, was der Grund für diesen heimtückischen Angriff gewesen sein könnte.« Er setzte sich auf den Bettrand und bedeutete Freddie, auf einem Stuhl daneben Platz zu nehmen. Gemeinsam sahen sie Iggy beim Essen zu. Schnell hatte er alles verputzt.

»Lass uns deinen gestrigen Tag Punkt für Punkt durchgehen.«

»Wenn Sie meinen, Mylord. Also ich hab zusammen mit zwei Freunden in 'nem Kellerabgang übernachtet, da konnte der Wind nicht reinpfeifen. Im Borough Market haben wir uns morgens aufgewärmt und uns was zu beißen besorgt.« Er ließ dahingestellt, ob er damit »gestohlen«, »erbettelt«, oder »gekauft« meinte, und niemand fragte nach. »Die anderen beiden blieben länger, aber ich machte mich auf den Weg hierher und war ab dem Zwölfuhrläuten draußen im Gebüsch. Es war ziemlich kalt, und als es dunkel wurde, bin ich wohl irgendwann eingeschlafen.« Er lachte kurz auf. »Wahrscheinlich hat mich der Überfall vor dem Erfrieren bewahrt. So gesehen auch wieder Glück gehabt, nicht? Gebrochene Rippe hin oder her.«

Freddie begann, Iggys Einstellung zu bewundern. Der Junge war bettelarm, schlug sich von Tag zu Tag durch, ohne einen Funken Hoffnung auf eine bessere Zukunft. Und dennoch gelang es ihm, sogar einem brutalen Überfall etwas Positives abzugewinnen. Was immer Onkel Philip für ihn geplant hatte, sie hoffte inständig, es möge Iggy ein vernünftiges Leben ermöglichen.

»Warum hast du mein Haus beobachtet?«

»Um herauszufinden, ob das noch jemand macht, Mylord.«

»Wen meinst du?«

»Ich weiß nicht.«

»Lass dich nicht bitten, Ignatius!«

»Also gut. Ich hatte gehofft, dass die Nonne, die ich bei der alten Dyer gesehen hab, zu Ihnen kommt.«

»Schwester Benita? Warum sollte sie uns aufsuchen?«

»Na weil sie allein nichts machen kann. Die Geschäfte mit der Dyer sind vorbei, und sie hat nur noch den letzten Köder, mit dem sie auch die Dyer hingehalten hat, um an Geld zu kommen. Dieses dicke Schmuckstück. Sie braucht Hilfe, um dranzukommen. Oder jemanden, der die Dreckarbeit für sie erledigt.«

»Du meinst den Pomander?«, rief Freddie. »Damit rückst du erst jetzt raus? Schwester Benita kennt sein Versteck?«

»Nein, das glaube ich nicht, sonst hätte sie ihn sich längt unter den Nagel gerissen, gierig, wie sie ist. Aber sie weiß was. Ich habe selber gehört, wie sie der alten Kindsmörderin den Floh ins Ohr gesetzt hat. Das Küchenfenster stand offen, als sie drüber sprachen. Ich hatte eigentlich gehofft, was über meine Schwester rauszufinden, stattdessen bekam ich was von diesem Pomander mit. In der Heimat wär er, hat die Klosterfrau gesagt, auf 'nem Gottesacker. Und dass auf einem anderen Acker hier in London ein Hinweis dazu versteckt wäre.«

»Devils' Acre, so weit waren wir schon.«

Lord Philip nickte. »Und in der Heimat – damit meint sie sicher Deutschland. Sie hat zugegeben, dass sie von dort stammt.«

Iggy schnaubte genervt. »Die lügt, wenn sie den Mund aufmacht. Schwester Benita kommt nicht aus Deutschland, sondern aus Österreich.«

Unwillkürlich dachte Freddie an die Walzerklänge des vergangenen Abends, die komische Oper, die ebenfalls in der Donaumonarchie spielte. Ein Zufall, der ihr nun wie ein Fingerzeig erschien, dass sie endlich eine richtige Spur hatten. Einen kleinen Schnipsel, der sie zu diesem ominösen Schmuckstück führen würde, das ihr mittlerweile von Grund auf zuwider war.

Gerade als sie in ihre Mäntel geschlüpft waren, um in den Club aufzubrechen, standen Crispin, Doktor Pebsworth und Professor Brown vor der Tür. Auch Lord Philip zeigte sich überrascht vom unangemeldeten Auftauchen der Kollegen, lediglich den Doktor hatten sie erwartet. Der Grund dafür lag auf der Hand, oder besser gesagt in Crispins ebensolcher – eine Ausgabe des Star.

»Wir haben es zwar nicht auf die Titelseite geschafft, aber für eine dicke, unangenehme Schlagzeile reicht es.«

Er gab Freddie die Zeitung, und sie schlug sie an der genannten Stelle auf und las laut vor: »Der Zenit scheint überschritten. Die glorreichen Zeiten der vornehmen Freizeitdetektive des Sebastian Club sind vorbei. Nach dem Mord an einem Gefängnisbeamten geraten Professor Aristotle Brown und seine Kollegen selbst ins Visier von Chief Inspector Alwin Woodard von Scotland Yard. Sogar von Kontakten zu Massenmörderin Amelia Dyer ist die Rede. Sind die Westen der Gentlemen nicht ganz so blütenweiß, wie die Öffentlichkeit glauben soll?«

»Das ist infam!«, polterte Lord Philip. »Welcher Schmierfink hat das zu verantworten?«

Freddie sah nach. »Der Artikel wurde von einem gewissen Clifford Fowl geschrieben. Kennen wir den?«

»Nicht persönlich.« Professor Brown wirkte konsterniert. »Gehört habe ich allerdings schon von ihm. Scheint ein ehrgeiziges Bürschlein zu sein, das sich auf Biegen und Brechen einen Namen in der Branche machen will.«

»Auf Kosten der Wahrheit! Damit wird er nicht weit kommen.«

»Mag sein, Philip. Dennoch wird es eine Weile dauern, bis die Leute merken, dass er Unwahrheiten verbreitet. Bis dahin steht unser guter Ruf auf dem Spiel. Dieses Pamphlet«, er griff nach der Zeitung und schüttelte sie, dass die Seiten raschelten, »ist nur der erste Schritt. Wahrscheinlich agiert Mister Fowl nicht allein.«

»Sie meinen, jemand will dem Sebastian Club schaden?« Ein dumpfes Gefühl breitete sich in Freddies Magen aus.

»Neider und Konkurrenten gibt es immer. Manche von ihnen greifen zu drastischen Mitteln.«

Sie waren kurz ins Arbeitszimmer gegangen, damit niemand das Gespräch mit anhören konnte.

»Was machen wir nun?«, fragte Freddie.

»Nichts. Wir treten einen Schritt zurück und betrachten die Situation. Doktor Pebsworth, wenn Sie nach dem Patienten gesehen haben, kommen Sie doch zu uns in den Salon.

Professor Brown, ich hoffe, es ist in Ordnung, die Sache gleich hier an Ort und Stelle zu analysieren, statt in den Club zu fahren? Geben Sie mir Ihre Mäntel und Hüte, und dann setzen wir uns hinüber, da haben wir es komfortabler.«

Gestärkt mit Tee und Cooks hausgemachten Sandwiches zogen sich die Herren zur Beratung zurück. Während der Professor, Crispin, Lord Philip und Doktor Pebsworth sich auf Sofas und Sesseln niederließen, die ein oder andere Tasse noch auf den Knien balancierend, blieb Freddie stehen. Sie war viel zu nervös, um sich zu setzen.

»Fassen wir zusammen«, begann der Clubvorsitzende. »Wie sich herausstellte, sind wir nicht die Einzigen, die von Amelia Dyer Hinweise auf das Versteck des blauen Pomanders erhalten haben. Anscheinend ging sie damit recht großzügig um. Auch Thomas Bartley, Wärter im Newgate-Gefängnis, wusste davon, entweder von Mrs Dyer selbst oder weil er sie belauscht hatte. Bartley traf sich daraufhin mit einem unbekannten Mann in einem Public House und tauchte in Devil's Acre auf, wo er ermordet wurde – sei es von einem Komplizen oder einem Konkurrenten. Irgendwelche Vorschläge, was dessen Identität betreffen könnte?«

»Nigel Thompkins«, warf Crispin sofort ein. »Es ist mehr als wahrscheinlich, dass er durch seine Hauswand erste Gesprächsfetzen über den Pomander aufgeschnappt hat. Vielleicht machte er mit Bartley gemeinsame Sache. Der Beamte war korrupt und hatte Kontakte zur Unterwelt – so schätze ich Thompkins ebenfalls ein. Die beiden hätten gut zusammengepasst.«

Professor Brown nickte, während er mitnotierte.

»Martin Edwards.« Sämtliche Köpfe fuhren herum, und fragende Augenpaare richteten sich auf Freddie. »Warum nicht? Er hatte die Möglichkeit, Amelia Dyer im Bedlam und in Newgate zu treffen. Den Wärter hätte er ebenfalls kennen können. Zudem scheint er ein komischer Vogel zu sein, ich habe ein seltsames Gefühl bei ihm.«

»Dieser Vorschlag ist spekulativ und intuitiv – jedoch nicht ohne. Ich werde das aufschreiben.« Professor Brown zwinkerte Freddie zu.

»Dann nehmen wir aber auch Lord Ernest Fitzroy und seine Gattin mit in die Liste der Verdächtigen auf«, verlangte Crispin. »Die beiden haben während der Veranstaltung bei Viscount Ucksfird ein auffallend großes Interesse an der Pomander-Geschichte gezeigt und tauchen seither überall auf. Freddie und ich hatten eine eigenartige Begegnung mit Lady Fitzroy, und ihr Gatte erweckt den Eindruck, als würde er am liebsten mit uns ermitteln. Sein Verhalten grenzt an Aufdringlichkeit.«

»Ein guter Ansatz, Mister Fox. Noch jemand?«

»Ignatius Hegan.«

»Freddie!« In der protestierenden Stimme ihres Onkels schwang Tadel mit. Doktor Pebsworth kam ihr zu Hilfe.

»Mister Westbrooks Einwurf ist berechtigt. Keiner von uns kennt den Jungen. Er könnte auf uns angesetzt worden sein. Wir haben nur sein Wort für das, was ihm zugestoßen ist, aber das könnte genauso gut Teil eines Plans sein.«

Es schien, als wollte Lord Philip protestieren, dann jedoch lenkte er ein. »Na schön. Faire Argumentation. Ich bin nach wie vor der Meinung, dass Sie sich in Iggy irren, Gentlemen, und dass er kein Spion oder Verräter ist, sondern ganz genau das, was er vorgibt zu sein – ein armer Junge, der seine Familie verloren hat und haltlos durchs Leben treibt. Aber setzen Sie ihn meinetwegen mit auf die Liste, Professor Brown.«

»In Ordnung. Nächster Punkt: Schwester Benita. Eine Nonne aus dem Orden der Benediktinerinnen, die angeblich in der Abtei St. Hildegard zu Hause war, bevor sie nach Tyburn kam. Sie hat allerdings gelogen, was ihre Herkunft anbelangt, und stammt nicht, wie behauptet, aus Deutschland, sondern aus Österreich, wenn man Ignatius Glauben schenken darf. Vor Amelia Dyers Verhaftung machten die beiden gemeinsame Geschäfte. Wahrscheinlich fing Schwester Benita Mütter im Waisenhaus ab, wenn sich die Gelegenheit dazu bot, und knöpfte ihnen für eine vermeintliche

Unterbringung des ungewollten Nachwuchses bei einer guten Adoptivmutter Geld ab, das sie sich mit Dyer teilte. Was freilich schwer nachzuweisen sein wird, da die armen Seelchen mittlerweile verschwunden sind und in den Unterlagen von Reedham logischerweise nicht auftauchen. Und – ebenfalls laut Ignatius – war es Schwester Benita, die Mrs Dyer vom blauen Pomander erzählte. Allein kommt sie vermutlich bei der Suche nicht weiter, daher wollte sie die Hilfe ihrer Komplizin. Nun, da diese tot ist, wird sie Unterstützung von neuer Seite benötigen. Alle Fäden laufen bei ihr zusammen. Ich würde sogar so weit gehen zu behaupten, dass sich hinter dem Unbekannten, der sich mit dem Gefängniswärter im Pub traf, genauso gut eine verkleidete Frau verbergen könnte.«

»Das sehe ich wie Sie«, sagte Doktor Pebsworth, und die anderen nickten ebenfalls zustimmend. »Ich schlage vor, wir begeben uns schleunigst nochmals nach Purley und befragen Schwester Benita ein wenig eingehender. Sie scheint mir die Einzige zu sein, die Konkretes über den Pomander weiß.«

Raureif bedeckte die Wiesen, die den Weg zum Waisenhaus säumten. Der Boden des Weges war hart gefroren und Freddie dankbar für ihren Wintermantel aus schottischem Harris Tweed, der dem Wind wenigstens einigermaßen standhielt. Dieser pfiff durch das Automobil, welches sich Doktor Pebsworth von einem Freund ausgeliehen hatte und das sie in rasantem Tempo durch die Landschaft beförderte. Pebsworth borgte sich in letzter Zeit öfter ein schnittiges Gefährt, denn er überlegte sich, ebenfalls eines anzuschaffen, und wollte vorher ausgiebig testen, ob ihm das Fahren zu jeder Jahreszeit behagte und für welches Modell er sich entscheiden sollte. Freddie hätte sich in einer Kutsche sicherer gefühlt, aber schneller waren sie freilich motorisiert. Sie saß neben Crispin auf der Rückbank. Der Professor klammerte sich vorne auf dem Beifahrersitz an seinen Hut, als wollte er nicht nur ihn, sondern sich selbst am Wegfliegen hindern, und Lord

Philip hatte darauf bestanden, daheim bei Iggy zu bleiben, da er davon überzeugt war, dass dem Jungen allein Gefahr drohte.

Nun ja, eine Nonne würden sie auch zu viert befragen können.

»Sie waren schon mal hier, nicht?«, stellte der Torwächter mit einem Fingerzeig auf Freddie fest. »Die anderen noch nie. Und jetzt wollen Sie alle zu Schwester Benita. Die scheint ziemlich gefragt zu sein. Erstaunlich, wenn man bedenkt, dass sie heute eigentlich gar nicht herkommen wollte.«

»Wie meinen Sie das?«, fragte Professor Brown.

»Na gestern Abend hat sie mir mitgeteilt, dass sie heute in Tyburn bleiben wird, und dann stand sie frühmorgens schon vor dem Tor, als ich aufgeschlossen habe. Sie ist gleich in der Kapelle verschwunden und seither nicht mehr aufgetaucht. Was die immer zu beten haben, diese Klosterschwestern ...«

»Wer außer uns hat heute noch nach ihr gefragt?«

Der Mann runzelte die Stirn, und Professor Brown zückte eine Münze, woraufhin er weitersprach. Allmählich kam Freddie zu dem Schluss, dass man sich mit Geld in der Tat beinahe alles kaufen konnte. Zumindest was Informationen betraf.

»Ein Gentleman. Kam vor ungefähr einer Stunde und wollte wissen, ob sie da ist. Er ging aber nicht rein, das war komisch, sondern ist gleich wieder weggefahren.«

»Wie sah er aus?«

»Kann ich nicht sagen. Er saß in einer Brougham, da habe ich nicht reingesehen. Er redete nur mit dem Kutscher, und der hat zu mir rübergerufen.«

»Warum meinen Sie dann, dass es ein Gentleman war?«, fragte Freddie, woraufhin sie der Torwächter mit offenem Mund anstarrte. Er schien zu überlegen, das dauerte. Derweil spielte er mit der Zunge in einer Zahnlücke, was ihn einfältig wirken ließ. »Äh, das kann ich eigentlich nicht sagen. Dachte es mir nur. Immerhin war er zu fein, um auszusteigen.«

»Vielen Dank, guter Mann, Sie haben uns sehr geholfen.« Professor Brown gab ihm noch einen Shilling und ging dann raschen Schrittes voraus durch das Tor und in Richtung Kapelle.

Die Kirchentür knarzte wieder, als er sie aufschob. Heute brannten drinnen keine Kerzen. Es war schummrig, still und kalt. Die Herren entdeckten Schwester Benita sofort. Sie war nicht zu übersehen, denn jemand hatte sie an einem hölzernen Deckenbalken vor dem Altar aufgehängt. Das Seil lief hinüber zum Taufbecken, an dem es verankert war. Man hatte ihr einen Besenstil durch beide Ärmel und hinten am Rücken vorbei quer durch den schwarzen Habit geschoben, sodass es aussah, als hätte sie die Arme ausgebreitet. Oder als wäre sie gekreuzigt worden. Die Reisigbesenrute lag achtlos hingeworfen auf dem Boden. Wahrscheinlich hatte sie davor selbst damit den Kirchenboden gefegt. Einer von Schwester Benitas Schuhen war heruntergefallen, ein einfacher Lederschuh, der bei Kälte gewiss nicht ausreichend wärmte. Die Sohle war an einer Stelle durchgelaufen. Der zweite steckte noch an ihrem Fuß, der sich wiederum über Kopfhöhe der Detektive befand.

»Wir kommen zu spät«, flüsterte der Professor. »Das habe ich befürchtet.«

Doktor Pebsworth räusperte sich. »Falls ich sie untersuchen soll, müssen wir sie herunterlassen.«

»Nein. Wir rufen die Polizei und warten auf den Inspektor. Wir verhalten uns absolut korrekt. Denken Sie an den Artikel im Star.«

»Na schön. Aber bis Woodard hier ist, könnten wir wenigstens den Tatort in Augenschein nehmen, nicht wahr? Zum Beispiel sehe ich Blut in ihrem linken Nasenloch und einen Bluterguss am Jochbein. Soweit ich das von hier unten beurteilen kann. Sie wurde vermutlich niedergeschlagen, bevor man sie gehängt hat. Von einem Rechtshänder. Es gab entweder keinen Kampf, was darauf hinweisen könnte, dass sie ihren Mörder kannte und nicht davon ausging, dass ihr

Gefahr drohte. Oder er hat hinterher aufgeräumt. Hat der Täter das Seil mitgebracht? Was denken Sie?«

Freddie sah sich nicht in der Lage, bereits wieder einen klaren Gedanken zu fassen. Sie starrte den toten Körper der Nonne an, die mit ihren aufgespannten Armen geradezu grotesk unter der Kirchendecke hing. Wie eine lebensgroße Heiligenfigur. Obwohl sie beileibe keine Heilige gewesen war, im Gegenteil. Wollte der Täter das durch diese Zurschaustellung ausdrücken? Machte er sich über die Tote lustig? Verspottete er sie?

»Sie ist auf dieselbe Weise ums Leben gekommen wie Amelia Dyer – man hat sie aufgeknüpft. Die Strafe, die Mörder in unserem Land bekommen.« Crispins Worte drangen nur langsam an Freddies Bewusstsein. Er stand neben ihr und sah ebenfalls nach oben. Plötzlich deutete er mit dem Finger. »Da! Sie hält etwas in der Hand.«

Freddie blinzelte. Sie musste sich zusammenreißen. Offenbar konnten die anderen den makabren Anblick wegstecken, also würde sie das auch schaffen. »Stimmt, ich sehe es. Es ist zu weit oben, als dass wir es erreichen könnten.«

Nach einem Rundumblick in der Kapelle holte Crispin einen Betstuhl heran, der unter einem Wandgemälde stand.

»Der sieht ziemlich zierlich aus. Wahrscheinlich bin ich zu schwer, aber Mister Westbrook könnte sich draufstellen, während ich ihn halte.« Er blickte fragend zwischen Professor Brown und Freddie hin und her, gleichzeitig nickte der Doktor dazu mehrfach.

»Also gut, rasch!« Brown seufzte.

»Ich gehe inzwischen zu unserem freundlichen Torwächter und lasse nach Scotland Yard schicken«, bot Doktor Pebsworth an, sichtlich zufrieden, dass ermittelt und nicht nur abgewartet wurde, und Freddie fügte sich in ihr Schicksal und kletterte auf den Betstuhl. Es war eine wackelige Angelegenheit, und sie wollte sich auf keinen Fall an der Leiche festhalten müssen. Konzentriert richtete sie sich auf und näherte sich Schwester Benitas rechter Hand. Die

Finger waren weich, die Totenstarre hatte noch nicht eingesetzt.

»Es ist rotes Wachs, vielleicht eine kleine Kerze oder ein Stück davon.« In der Stille der Kirche kam Freddie ihre eigene Stimme viel zu laut vor. Flüsternd fuhr sie fort. »Nein, Moment. Es ist Siegelwachs, Teile eines zerbrochenen Siegels. Wahrscheinlich hat sie es im Todeskampf zerdrückt, aber ich denke, man könnte es zusammensetzen. Helfen Sie mir runter, Mister Fox.«

Sobald Freddie wieder festen Boden unter den Füßen hatte, räumte Crispin den Betstuhl zurück an seinen Platz. Gerade rechtzeitig, denn die Tür flog auf und der Torwächter stürmte herein, dicht gefolgt von Doktor Pebsworth. Rasch steckte Freddie die Wachsscherben ein.

»Ist das wahr?«, rief der Mann. Und gleich darauf: »Oh nein! Gütiger Gott, Schwester Benita! Wie entsetzlich!« Er schien regelrecht außer sich zu sein, was Freddie erstaunte. Bisher hatte sie ihn nicht für besonders emotional gehalten. Er war ein leicht untersetzter Kerl mit breiter Nase, buschigen Brauen und fliehender Stirn, dessen Alter schwer zu benennen war. Ende zwanzig? Anfang dreißig? Nicht alt, aber altbacken. Sie meinte, Tränen in seinen Augen zu sehen, als er sich bekreuzigte, die Hände faltete und die Lippen zu einem stummen Gebet bewegte. Dabei sah er zu der Toten hoch, als würde er gen Himmel flehen. »Ich gehe jetzt nach draußen und warte auf die Polizei«, verkündete er, nachdem er geendet hatte. »Und Sie kommen mit mir, meine Herren. Wir wollen die Kirche absperren, damit der Inspektor alles unverändert vorfindet.« Sein Schock verflog anscheinend zügig.

Wegen des kalten Windes zwängten sie sich allesamt ins Torwächterhäuschen, in einen kleinen Raum mit lediglich einem einzigen Stuhl darin, auf den sich der Wächter setzte. Wenigstens gab es einen gusseisernen Ofen, in dem ein paar Holzscheite brannten.

Wie lange würde es dauern, bis die Beamten aus der

Stadt hier waren? Freddie gestand sich ein, einen gewissen Abscheu gegen Schwester Benita empfunden zu haben. Sie war kein guter Mensch gewesen, das stand außer Frage. Aber hatte sie es verdient, an einem Deckenbalken aufgeknüpft zu enden? Aufgespannt mit einem Besenstiel wie eine Vogelscheuche? Was wollte der Mörder damit sagen? Lag Crispin richtig mit seiner Vermutung?

Im Club

»Es ist ein Wappen!«, rief Doktor Pebsworth aufgeregt. »Die Teile sind vollständig. Und auf der Rückseite befindet sich – Moment, gleich habe ich es, dahinter ist … oh …«

Nachdem Inspektor Woodard sich alles haarklein hatte erklären lassen, nämlich weshalb die Ermittler nach Reedham gekommen waren, warum sie Schwester Benita sprechen wollten, wie sie die Tote vorgefunden hatten und dergleichen, waren die Gentlemen umgehend in den Club geeilt.

Lord Philip war dazugestoßen, nicht ohne vorher dem Hausdiener aufzutragen, Iggy Hegan keine Sekunde aus den Augen zu lassen, und nun stand er am Besprechungstisch und spähte über die Schulter des Doktors. Es war nicht einfach, an seiner Körperfülle vorbeizusehen und die Wachsbröckchen auf dem Tisch zu erkennen. Aber als Pebsworth sich aufrichtete und auf das fertige Puzzle wies, war Philip beeindruckt. Er hatte es in der Tat geschafft, die Einzelteile wieder zu einem runden Siegel zusammenzufügen, das etwa den Durchmesser einer Crown-Münze hatte.

»Es ist doppelseitig und absolut exquisit. Schauen Sie auf das Wappen – ein mit einem Fürstenhut gekrönter Schild, der wiederum zweigeteilt ist. Mit einem Balken auf der einen und einem Löwen auf der anderen Seite.«

»Das Wappen des Herzogtums Salzburg!«, rief Crispin aus.

Was Philip verwunderte. »Tatsächlich? Sie kennen sich mit kontinentalen Ländereien aus? In Ihnen schlummern ungeahnte Wissensschätze, Mister Fox.«

Crispin grinste. »Danke. Um ehrlich zu sein, verdanke ich

diese Kenntnis einer Großtante mütterlicherseits, die einen österreichisch-ungarischen Staatsbeamten geheiratet hat und einen unglaublichen Mitteilungsdrang besitzt, was ihre Wahlheimat betrifft, die wir bei allen Familienfeiern zu spüren bekommen.«

»Na, da haben Sie ja gut aufgepasst, sehr lobenswert«, zog Freddie ihn auf. Dann forderte der Doktor erneut ihre Aufmerksamkeit. Er drehte die Wachsplatte um und rückte die Teile wieder zurecht, bis sie exakt ineinanderpassten.

»Das ist die andere Seite. Diese Art Siegel wurde mit einem Band am unteren Rand von Dokumenten befestigt, um ihre Echtheit zu bestätigen. Sein Besitzer stammte also aus Salzburg. Und hier auf der Rückseite finden wir etwas sehr Interessantes.«

Nun war es Philip, der nicht an sich halten konnte, als er sah, was darauf abgebildet war. »Der heilige Sebastian! Was hat das zu bedeuten? Ein Zufall? Wollte uns Schwester Benita damit eine letzte Botschaft zukommen lassen?«

»Wohl kaum. Aber warten Sie, ich bin gleich wieder da.« Schnell eilte Crispin hinaus, und Philip hörte seine Schritte den Gang hinunter verhallen. Während der Abwesenheit des Kollegen betrachtete Professor Brown Doktor Pebsworths Arbeit eingehend. Er sah nachdenklich aus, brütete über etwas.

»Denken Sie, dass ihr Mörder das hier gesucht hat?«, fragte Philip ihn. »Oder trug er es bei sich, und sie hat es ihm abgenommen, ohne dass er es bemerkt hat? Es ist faszinierend, aber mir offenbart sich nicht, was es mit unserem Fall zu tun haben sollte. Vielleicht wäre es besser, nach der Kutsche zu suchen, die den Herrn, von dem Sie erzählt haben, zum Waisenhaus brachte.

Professor Brown wiegte den Kopf hin und her. »Eine Nadel im Heuhaufen. Broughams gibt es zuhauf«, murmelte er vor sich hin. Philip fand, der Clubvorsitzende wirkte verschlossener als sonst.

Crispin kam zurück und legte einen dicken Wälzer auf

den Tisch, in dem er sofort zu blättern begann. »Hier haben wir es. In diesem Buch über Salzburg sind sämtliche Kirchen, Klöster und Kapellen verzeichnet.«

Es dauerte nicht lange, bis er fündig wurde und atemlos vorlas. Während Philip seinen Worten lauschte, fühlte er ein aufregendes Kribbeln in sich hochsteigen.

»In der Linzergasse zu Salzburg befindet sich die Barockkirche Sankt Sebastian. 1496 – also genau vor vierhundert Jahren – wurde am Ende der Gasse ein Bruderhaus errichtet, ein Spital zur Pflege für Alte und Kranke. 1511 wurde ein dazugehöriger Gottesacker und 1512 daneben die neu erbaute Kirche Sankt Sebastian eingeweiht. Später wurde der Friedhof im Stil eines italienischen Campo Santo umgestaltet und mit einem Arkadengang auf allen vier Seiten umgeben.« Crispin las stumm weiter, blickte dann in die Runde und fasste zusammen: »Auf diesem schicken Friedhof wollten in der Folgezeit wohl in erster Linie reiche und wichtige Salzburger beigesetzt werden. Zum Beispiel hochrangige Kirchenmänner, Adelige, die Ehefrau des Komponisten Mozart, und – aufgemerkt, meine Herren – es findet sich dort auch die Gruft des Arztes Paracelsus.«

»Blimey!«, rief Doktor Pebsworth aus. Er sprang auf und schlug dabei mit der flachen Hand auf die Tischplatte, dass die Wachsstücke auseinanderhüpften. »AC BONA SUA IN PAUPERES DISTRIBUENDA«, zitierte er den lateinischen Satz, den sie im Kästchen in Devil's Acre gefunden hatten. »Der seinen Besitz an die Armen verteilte – das trifft auf Paracelsus zu. Und ich wette, das Hiob-Zitat bezieht sich ebenfalls auf sein Grab. Es ist seine Inschrift, ganz bestimmt! Gentlemen – wir müssen nach Salzburg, dort finden wir den blauen Pomander!«

Derart aufgeregt hatte Philip den Doktor noch nie erlebt. Zugegeben, er gehörte eher zur expressiven Sorte Mensch, gestattete sich Gefühle, wo manch anderer beherrscht bleiben würde, aber diese Begeisterung war geradezu erstaunlich.

»Wir sollten nichts überstürzen«, bremste Professor Brown.

»Werter Kollege, bitte verzeihen Sie, wenn ich widerspreche, doch meiner Ansicht nach ist Eile geboten. Es steht zu befürchten, dass, wer immer Schwester Benita ermordet hat, ebenfalls die Bedeutung des Siegels erkannt hat und uns einen Schritt voraus ist. Wenn wir also einen Mörder fangen und ein sagenhaftes Schmuckstück finden wollen, dem Heilkräfte innewohnen könnten, müssen wir uns auf den Weg machen.«

»Trotzdem können wir nicht einfach so hinüber ins österreichisch-ungarische Kaiserreich fahren. Eine Reise will vorbereitet sein, und ich habe noch einiges zu erledigen, bevor ich London verlassen kann. Zum Beispiel Iggy Hegan in Sicherheit bringen.« Philip war auf der Seite des Clubvorsitzenden. Natürlich pflichteten seine Nichte und Mister Fox dem Doktor bei. Die drei hielten gerne zusammen und würden am liebsten sofort aufbrechen. Eine hitzige Diskussion entbrannte, bei der ein jeder vehement seinen Standpunkt in der Sache darlegte und Philip auffiel, wie perfekt Freddie in den Sebastian Club passte. Sie schien das Debattieren zu genießen, war wirklich und wahrhaftig eine von ihnen.

Schließlich kamen sie überein, notwendige Angelegenheiten so schnell wie möglich zu regeln, damit die Abreise zügig stattfinden konnte. Crispin wollte sich um Fahrscheine für Eisenbahn und Fähre kümmern und auch Zimmer in einer adäquaten Unterkunft in Salzburg reservieren.

»Da es sich bei unserer letzten Reise bewährt hat, einen Mann in London zu haben, werde ich dieses Mal hierbleiben«, beschloss Professor Brown.

»Halten Sie das für notwendig?«

»Das tue ich. Immerhin dürfen wir die Verdächtigen nicht aus den Augen lassen. Wenn Lord Philip dafür sorgt, dass Ignatius Hegan nichts anstellen kann.«

Was blieb ihnen anderes übrig, als die Entscheidung ihres

Vorsitzenden zu akzeptieren? Doktor Pebsworth jedenfalls freute sich sichtlich, auf der Fahrt dabei sein zu dürfen.

Während Freddie bei ihrer Schneiderin eiligst einige Kleidungsstücke für die Reise in Auftrag gab und auch die anderen Vorbereitungen trafen, fuhr Lord Philip ein weiteres Mal hinaus nach Greenwich. Nicht mit dem Schaufelraddampfer, sondern mit einer Kutsche und in Begleitung von Ignatius Hegan. Er war sich ganz und gar nicht sicher, wie Annabel ihn empfangen würde.

»Das kann nicht dein Ernst sein«, zischte sie ihm zu, nachdem er ihr Iggy vorgestellt und sein Anliegen dargelegt hatte. Mit einer Entschuldigung hatten sie ihn im Salon zurückgelassen und waren hinaus auf den Flur getreten, in der Hoffnung, er möge ihre Unterhaltung nicht mit anhören.

»Ich weiß, es ist viel verlangt, Annabel, aber ich habe niemanden sonst, den ich darum bitten könnte. Bei dir wäre er in Sicherheit. Du weißt dir zu helfen, bist eine kluge Frau, und hattest du nicht neulich erst erwähnt, wie schwer es ist, Angestellte zu finden? Iggy wäre der ideale Hausdiener.«

Sie hob irritiert die Brauen, und er sprach rasch weiter. »Nach einer gewissen Anlernzeit, versteht sich. Er ist ein guter Junge, das kann ich fühlen. Bitte!« Zögerlich ergriff er ihre Hände, halb erwartete er, sie würde sie ihm entziehen, doch sie ließ ihn gewähren. »Ehrlich gesagt gibt es niemanden sonst, dem ich vertraue.«

»Du vertraust mir?« Ihre klugen Augen betrachteten ihn eingehend, sie übten eine unwiderstehliche Faszination auf Philip aus. Wie war es der Natur nur eingefallen, sie mit einer derart außergewöhnlichen Augenfarbe zu beschenken?

»Das tue ich.«

Sie nickte. »Dann werde ich mich bemühen, dich nicht zu enttäuschen. Aber ich werde den Jungen nicht einsperren. Er bekommt bei mir ein Zimmer und Verpflegung. Dafür erwarte ich, dass er Freda zur Hand geht und sich nützlich macht. Falls er mich bestiehlt, werfe ich ihn raus. Und falls er meint, abhauen zu müssen, werde ich nicht nach ihm suchen. Das sind meine Bedingungen.«

»Klingt fair. Einverstanden«, ertönte Iggys Stimme hinter ihnen. Er hatte heimlich die Tür geöffnet.

»Das Lauschen kannst du dir gleich abgewöhnen, wenn es mit uns was werden soll«, wies Annabel ihn streng zurecht.

»Jawohl, Mrs Arnholtz.«

Sie verzog das Gesicht. »Nenn mich Miss Annabel. Wie alt bist du?«

»Sechzehn.«

»Sagtest du nicht, du wärst neunzehn?«, fragte Lord Philip überrascht.

»Da hab ich geflunkert. Wollte mich ein wenig älter machen, damit Sie mich ernst nehmen. Aber Miss Annabel will ich nicht anlügen.«

Charmant. Oder gewieft, auf diese Weise den Grundstein für sein Verhältnis zu Annabel zu legen. Ein sichtlich mühsam unterdrücktes Lächeln umspielte ihre Lippen. Sie mochte ihn, Iggy hatte gewonnen. Lord Philip hoffte inständig, dass er sich den Aufenthalt hier nicht mit irgendwelchen Dummheiten verscherzte. Denn es könnte sein, dass Annabel Arnholtz die einzige Person war, die zwischen Ignatius Hegan und dem Mann stand, der ihm nach dem Leben trachtete.

Die Hausherrin läutete nach Freda und stellte ihr den neuen Mitbewohner vor.

»Na dann komm mal mit, ich zeige dir, wo du schläfst, und dann mache ich dir in der Küche was zu essen. Du siehst aus, als könntest du ein wenig mehr Fleisch auf den Rippen vertragen, Kleiner. Das krieg ich hin.«

»Ich danke dir«, sagte Philip, als er wieder mit Annabel allein war. Sie waren zurück in den Salon gegangen.

»Möchtest du Tee?«

»Eigentlich gerne, leider kann ich nicht bleiben.«

»Bist du nur gekommen, um den Jungen bei mir abzugeben?«

»Und um mich zu verabschieden.«

Täuschte er sich, oder löste die Nachricht tatsächlich Betroffenheit in Annabels Gesicht aus? Wünschen würde Philip es sich, aber bei dieser Frau konnte er sich nie sicher sein. Eine Sphinx war durchschaubarer als sie.

»Du verreist? Mit dem Sebastian Club?« Sie setzte sich, und er nahm ebenfalls Platz.

»Ja. Wir fahren nach Salzburg.«

»Wegen des blauen Pomanders?«

Er berichtete ihr von Schwester Benitas Ermordung, vom Wachssiegel und der Sebastiankirche mit dem Paracelsusgrab, und Annabel lauschte gebannt seinen Worten.

»Das klingt aufregend. Ich wünschte, ich könnte euch begleiten. Wird Freddie mitfahren? Natürlich. Als festes Mitglied der Ermittlerriege. Manchmal fühle ich mich, als würden alle außer mir die Welt sehen und etwas erleben. Meine größte Reise besteht darin, das East End verlassen zu haben.«

»Wohin würdest du wollen?«

Sie zuckte mit den Schultern. »Ganz egal, ich war noch nirgends.«

»Wenn ich wieder zurück bin, planen wir zusammen eine Reise. Würdest du mit mir wegfahren?«

Sie stand auf und kam zu ihm, ließ sich langsam auf seinem Schoß nieder, legte die Arme um seinen Hals und küsste ihn. »Natürlich würde ich das, Philip.«

Er zog sie an sich und genoss die unverhoffte Zuneigung, doch nur allzu schnell war der Moment vorüber. Er musste gehen, es gab noch einiges zu tun, bevor sie abreisen konnten.

Zwei Tage später stand eine letzte Besprechung mit dem Professor an.

»Darf ich den Herren nochmals in Gedächtnis rufen, dass wir es mit einem Doppelmörder zu tun haben, nicht mit einer Abenteuer-Schatzsuche? Für das Ansehen des Clubs wäre es außerordentlich zweckdienlich, wenn Sie ihn dingfest machen könnten. Wann reisen Sie ab?«

»Morgen früh um acht Uhr.«

Brown saß hinter seinem Schreibtisch, die Brille auf der Nase, Freddie und Lord Philip davor. Sie hatte darauf bestanden, ihn zu begleiten.

»Ich möchte, dass Sie in Salzburg die Leitung übernehmen, Herr Kollege«, sagte Brown. »Bringen Sie meine Detektive allesamt wieder heil aus dem Habsburgerland zurück. Sollte es Schwierigkeiten geben, telegrafieren Sie.«

»Sie können sich auf mich verlassen, Professor. Wenngleich ich nicht glaube, dass eine Führungsperson vonnöten sein wird. Wir sind eine eingespielte Truppe und vertrauen einander blind.«

»Darauf bin ich auch besonders stolz. Dennoch sollten Sie sich langsam vorbereiten, einmal in meine Fußstapfen zu treten. Ich werde nicht ewig leben, und es ist kein Geheimnis, dass ich mir Sie als meinen Nachfolger wünsche.«

Philip schluckte. Was war mit dem Vorsitzenden los? Freddie schien sich das Gleiche zu fragen, denn sie warf ihm einen verstohlenen Seitenblick zu. »Ich warte draußen«, sagte sie unvermittelt und stand auf. »Allerdings würde ich anschließend gern kurz mit Ihnen unter vier Augen sprechen, Professor Brown. Es handelt sich um etwas Persönliches.«

Lag es an diesem Fall, dass sich alle plötzlich anders verhielten als sonst? Die Umstände waren besondere, das gab Philip zu. Angefangen von der Kindsmörderin über das ominöse Schmuckstück, dessen Existenz zumindest nach seiner Ansicht keineswegs gesichert war, bis hin zum rituell anmutenden Mord an der Nonne. Aber auch in der Vergangenheit hatten sie Fälle gelöst, die jenseits des Durchschnitts lagen, das war schließlich die Spezialität des Sebastian Club.

»Unser Schmierfink hat sich schon wieder in einem Pamphlet ergossen«, wechselte Professor Brown das Thema, als Freddie den Raum verlassen hatte. Er zog die aktuelle Ausgabe des Star aus der Schublade und las vor.

»Erneut kommen die selbst ernannten Detektive des Sebastian Club der Polizei in die Quere. Im grausigen Mordfall einer Nonne, der sich in der Kapelle des Reedham Waisenhauses ereignete, hielten die Herren Chief Inspector Woodard von den Ermittlungen ab. Lediglich dem beherzten Eingreifen des Torwächters Mister Glen Matheson, der den Ort des Verbrechens gewissenhaft verschloss, ist es zu verdanken, dass die Amateure keinen größeren Schaden angerichtet haben. Obschon vermutet wird, dass Gegenstände vom Tatort entfernt wurden. Und so weiter und so fort.«

»Interessant. Weiß der Herr Reporter etwas von dem Siegel? Falls ja, frage ich mich, woher.«

»Das, mein Lieber, ist einer der Punkte, dem ich in Ihrer Abwesenheit nachgehen werde. Ich möchte nämlich Clifford Fowl einen Besuch abstatten.«

Salzburg

Freddie klopfte an die Bürotür, nachdem ihr Onkel gegangen war. Das Anliegen, das sie mit dem Clubvorsitzenden besprechen musste, lag schwer auf ihrem Herzen. Von seiner Antwort hing alles ab.

»Worüber möchten Sie mit mir reden, Mister Westbrook?«, fragte Professor Brown, sobald Freddie sich gesetzt hatte.

»Genau darüber. Über den Mister.«

»Ich fürchte, ich verstehe nicht.« Seine buschigen Augenbrauen hoben sich fragend.

»Es fällt mir schwer, es in Worte zu fassen. Ich habe es noch nicht einmal Onkel Philip gegenüber erwähnt, aber es beschäftigt mich schon eine ganze Weile.«

»Was?«

»Eine Unsinnigkeit. Es ist mir nur gestattet, dieses Haus, das mir mittlerweile zur zweiten Heimat geworden ist, zu betreten, wenn ich mich als Mann verkleide. Obwohl Sie alle wissen, dass ich eine Frau bin. Sobald ich Hosen trage, wird meine Stimme gehört. Ich darf Fragen stellen, Antworten finden und Verbrechen lösen. Als ob ich als Frau dazu nicht in der Lage wäre.«

Er stand auf, kam um den Schreibtisch herum und setzte sich auf den Stuhl neben Freddie. »So lautete unsere Vereinbarung. Die Statuten des Clubs besagen, dass nur Gentlemen Zutritt haben.«

»Anfangs habe ich das gerne akzeptiert, und ich will nicht abstreiten, dass es mir eine Zeit lang Spaß gemacht hat, in eine andere Haut zu schlüpfen. Es war aufregend. Aber je intensiver wir zusammenarbeiten, desto häufiger frage ich mich, ob Ihnen eigentlich klar ist, dass unter meinen verschiedenen Kleidungsstücken immer ein und derselbe Mensch steckt.«

»Selbstverständlich.«

»Warum muss ich diese Scharade dann beibehalten?«

»Ich dachte, das wäre auch in Ihrem Sinn, damit Sie sich freier bewegen können. Und an Orten ermitteln, die nichts für Damen sind.«

»Wer entscheidet eigentlich, welche Umgebung für eine Dame geeignet ist und welche nicht? Den Herren unterstellt man doch auch ausreichend Intelligenz, dass sie selbst wählen dürfen, wohin sie gehen und was sie dort tun.«

Professor Brown räusperte sich. »Die Dinge sind eben, wie sie sind.«

Diese lahme Antwort enttäuschte Freddie. »Ich werde das nicht weiter akzeptieren. Können Sie sich vorstellen, wie mein Kleiderschrank aussieht? Als würde er zwei Personen gehören. Und so fühle ich mich ehrlich gesagt auch mittlerweile. Zerrissen, nicht Fisch, nicht Fleisch. Langsam komme ich selber durcheinander, was meine Stimmlage und mein Auftreten betrifft, und das möchte ich nicht, denn mit mir ist alles absolut in Ordnung, so wie ich bin. Daher habe ich mich dazu entschlossen, die Reise nach Salzburg sowohl als Detektiv als auch als Frau anzutreten und mich dort während unserer Ermittlungen nicht zu verkleiden.«

Der Professor stützte die Ellenbogen auf die Armlehnen des Stuhls und legte die Fingerspitzen aneinander, dass sie ein Dach bildeten. Nachdenklich starrte er vor sich hin und überlegte eine Weile. Dann lächelte er Freddie an.

»Ich verstehe Sie«, sagte er in seiner angenehm tiefen Stimme, »und ich bin stolz auf Sie, dass Sie sich zu diesem Entschluss durchgerungen haben. Sie wissen, dass Sie es viel leichter haben würden, als Mann weiterzuarbeiten. Selbst wenn die Verkleidung nicht tausendprozentig ist und Ihr Gegenüber Sie als seltsam empfindet und sich fragt, was mit Ihnen nicht stimmt, haben Sie dennoch die sprichwörtlichen Hosen an. Die werden nicht so schnell hinterfragt. Nun treten Sie freiwillig aus dem Schutz dieser Tarnung. Dass Sie sich das zutrauen, schreibe ich den Ermittlungserfolgen zu, der Gemeinschaft, in der Sie sich im Sebastian Club befinden, und dem Selbstbewusstsein, das Sie durch die Zusammenarbeit mit Ihren Kollegen erlangt haben. Bereits auf unserer Reise nach Hongkong hatte ich erahnt, dass wir früher oder später an diesen Punkt gelangen werden. Sie kamen mir oftmals vor wie eine Schlange, die in einer Haut steckt, die ihr zu klein geworden ist und die nichts lieber machen würde, als sie abzustreifen. Daher sage ich es nochmals: Ich bin stolz auf Sie, Miss Westbrook!«

Erst jetzt stellte Freddie fest, dass sie die Luft angehalten hatte. Sie atmete tief durch. »Vielen Dank. Ich denke nicht, dass es während der Reise Probleme geben könnte, wenn ich als Frau ermittle, und falls doch, werde ich sie lösen. Aber was wird nach unserer Rückkehr geschehen?«

Die braunen Augen von Professor Brown wanderten prüfend über Freddies Gesicht. Sie glaubte, darin ein Wechselbad der Gefühle zu erkennen. Würde er sagen, was er sagen wollte oder was er sagen musste?

»Sie kennen die Clubstatuten. Ich kann Ihnen nicht gestatten, als Frau weiterhin für uns tätig zu sein. Aber Regeln kann man ändern – allerdings nicht ich allein. Ich werde eine Vorstandssitzung einberufen, in der über die Sache entschieden wird, wenn Sie wieder hier sind.«

Sie senkte den Kopf. »Ich verstehe.«

Er erhob sich und reichte ihr die Hand. »Alles Gute in Salzburg. Ich wünsche Ihnen viel Erfolg.«

»Sie können sich auf uns verlassen, Professor Brown.«

Als am nächsten Morgen die Dampfschwaden am Gleis 1 der Ludgate Hill Station verflogen waren und die Kofferträger das Gepäck der Gentlemen in die Eisenbahn der London, Chatham and Dover Railway luden, war Freddie nicht sicher, sich richtig entschieden zu haben.

Bereits kurz nach Hongkong hatte sie Kontakt zu Florence

Wallace Pomeroy, der Viscountess Harberton, einer Freundin der Familie, aufgenommen. Die zierliche Dame Anfang fünfzig war Mitglied in der Rational Dress Society und setzte sich seit Jahren leidenschaftlich dafür ein, dass Frauen bequemere, praktischere und weniger einschränkende Kleidung zugebilligt wurde. Freddie erinnerte sich gut an die Anekdote, die Tante Perry gerne erzählte und laut der Florence Pomeroy der Zutritt zu einem ländlichen Gasthaus verweigert wurde, weil sie, unterwegs mit dem Fahrrad, Knickerbockers trug. Aus Empörung hatte sie die konservative Wirtin daraufhin verklagt. Was wiederum für Aufsehen gesorgt und die Anliegen der Rational Dress Society ins Licht der Öffentlichkeit gerückt hatte. Seit Jahrzehnten pfiff Lady Harberton auf Konventionen und kämpfte dafür, ihre Geschlechtsgenossinnen davon zu überzeugen, sich nicht weiterhin in Korsetts einsperren zu lassen. Natürlich hatte Freddie bei der Viscountess offene Türen eingerannt. Im Sinne der Rational-Dress-Bewegung, wonach Damenkleidung komfortabel, nicht einengend und geschmackvoll sein sollte, hatte sie ihr Ratschläge erteilt, wie ihre Garderobe gestaltet sein könnte, damit Freddie darin ihrer Arbeit nachgehen konnte, ohne gleichzeitig als allzu andersartig aufzufallen. Schließlich wollte man nicht als Exot dastehen, sondern weitgehend den Moderichtlinien folgen. Als Reisekostüm hatte Freddie daher einen dunkelgrünen Wollrock mit Taschen gewählt, dessen kürzere Länge gerade noch akzeptabel war. Dazu eine passende Jacke und unter der Bluse statt eines geschnürten Walknochen-Korsetts lediglich eine Korsage, die nicht beengte. Wegen des kalten Salzburger Winters hatte sie sich zudem mit Dr. Jaeger's reiner Wollunterwäsche aus einem Laden in der Regent Street eingedeckt, um nicht zu frieren.

Die Herren waren von Freddie in ihren progressiven Frauenkleidern recht angetan. Onkel Philip hatte sich sogar begeistert gezeigt, als sie ihm ihren Entschluss dargelegt hatte, und die Schneiderrechnung ohne mit der Wimper zu zucken übernommen. Wahrscheinlich weil er unterschwellig hoffte, die Rückkehr zur Dame würde ein Ende von Freddies Ermittlertätigkeiten einläuten. Da täuschte er sich allerdings, wenn es nach ihr ging. Nun war es ohnehin zu spät für einen Rückzug. Sie würde ihren Kollegen beweisen, dass sie auch als Frau zu ihnen gehören konnte.

»Weiß der Professor davon?«, raunte ihr der Doktor zu, nachdem er neben Freddie im Abteil Platz genommen hatte.

Sie nickte.

»Gut. Dann kann er sich ja zügig darum kümmern, dass unsere verstaubten Statuten geändert werden. Es kommt nämlich nicht in Frage, dass wir auf Sie verzichten müssen, nur weil Sie eben Sie sind. Sie wissen schon, was ich meine.« Er zwirbelte seinen Schnauzbart. »Aber famos, dass Sie sich trauen.« Hatte er sie tatsächlich gerade mit der Schulter angestupst? Freddie wäre ihm am liebsten um den Hals gefallen.

Auf ihrer letzten, sehr langen Reise bis nach Hongkong hatten sie die Alpen schnellstmöglich per Expresszug durchquert, dieses Mal waren, nach einer Übernachtung in Straßburg, die Berge ihr Ziel. Freddie hatte den europäischen Kontinent noch nie wirklich besucht, daher verspürte sie eine freudige Erregung, als sie in Salzburg ankamen. Die Stadt präsentierte sich tief verschneit. Das Erste, was Freddie auffiel, war, dass die Gebäude kleiner als in London waren und viel bunter. Es gab rosa Stadthäuser, gelbe, blassblaue und rote, sogar grüne. Mehrstöckig flankierten sie schmale Gassen und ein paar breite Straßen, die sich allesamt um den Fluss zentrierten. Vom Bahnhof aus fuhren sie ins Hotel Österreichischer Hof in der Neustadt, direkt am Ufer der Salzach. An das weiße Hauptgebäude war ein zweigeschossiger Speisesaal angebaut, mit einer überdachten Holzveranda davor, auf der sogar in dieser Jahreszeit einige rauchende Herren saßen, die Beine mit wärmenden Schaffellen zugedeckt. Am Ende schloss sich ein Hotelgarten an, der freilich derzeit vollkommen verschneit war. Auf dem Dach prangte ein großer, weithin sichtbarer Schriftzug, Hôtel D'Autriche.

Als Erstes öffnete Freddie das Fenster ihres Zimmers im zweiten Stock und steckte ihre Nase hinaus in die kalte Wintersonne. Sie sah hinunter zur Uferpromenade, über den dahingurgelnden Fluss und die schneebedeckten Dächer auf der anderen Seite. Dann richtete sie ihren Blick nach oben, den Stadtberg hinauf zur Festung Hohensalzburg. Sie sog den imposanten Anblick der über der Stadt thronenden Anlage mit einem tiefen Atemzug klarer Luft in sich auf. Irgendwie sah es hier aus wie in einem Märchenland, und es roch wesentlich besser als in London.

Nachdem sie sich eingerichtet und frisch gemacht hatten, schlug Crispin vor, einen Spaziergang zur Sebastiankirche zu machen, die seiner Recherche nach nur wenige Minuten entfernt lag.

»Haben Sie den Österreichischen Hof deshalb ausgewählt?«, fragte Freddie. »Wegen seiner guten Lage?«

»Ja. Und wegen des Essens. Ein Freund meines Vaters steigt immer in diesem Hotel ab, wenn er in Salzburg weilt. Er meinte, die landestypische Küche wäre hier besonders fein. Ich freue mich darauf, das zu testen.«

Es schneite. Dicke Flocken segelten träge vom Himmel und doppelten die Schneehauben auf den Straßenlaternen auf. Freddie fand die Atmosphäre zauberhaft, und da sie sich nicht wie ein Mann benehmen musste, durfte sie ihrer Begeisterung entsprechend Ausdruck verleihen. Crispin stimmte ihr zu, auch ihm schien es ausnehmend gut zu gefallen.

»Sollen wir nicht lieber eine Kutsche nehmen?« Lord Philips besorgter Blick auf seine Nichte verriet ihr, warum er das fragte. Sie war sich sicher, dass er das nicht tun würde, wäre sie als Mann unterwegs.

»Um mich muss sich niemand Sorgen machen. Ich trage robuste gefütterte Stiefel, und mein Rock sieht nur aus wie einer, in Wirklichkeit ist es ein Hosenrock. Ich zumindest werde gewiss weder frieren noch ausrutschen.« Diesen Seitenhieb konnte sie sich nicht verkneifen. Ihr Onkel hatte nämlich derart unpassendes Schuhwerk an, als würde er die Wetterlage in Salzburg einfach ignorieren wollen. Auch sein dünner Mantel ließ zu wünschen übrig. Auf dem Weg vom Bahnhof hierher waren Freddie einige Männer in dicken, grauen Lodenmänteln aufgefallen, vielleicht sollte sie ihm so einen empfehlen.

Sie durchquerten ein paar Straßen in der Neustadt und bogen dann in die Linzergasse ein, die leicht bergauf führte, vorbei an Läden, Werkstätten und Wohnhäusern, bis schließlich linker Hand die Sebastiankirche in Sicht kam.

»Unauffällig«, konstatierte der Doktor, denn die Fassade gliederte sich dezent in die Häuserzeile ein. Über der Eingangstür prangte ein rundes Fries, das den Heiligen darstellte.

»Und verschlossen obendrein.« Crispin versuchte vergeblich, das Portal zu öffnen. »Aber hier nebenan ist der Durchgang zum Friedhof. Kommen Sie.«

Zwischen der Kirche und der Wand des Nachbarhauses befand sich ein gemauerter Bogen mit demselben Wappen darauf, das sie als Wachssiegel bei Schwester Benita gefunden hatten, sowie ein schmiedeeisernes Tor, das glücklicherweise nicht abgesperrt war. Es führte zum Arkadengang des Campo Santo. Sie gingen hindurch, und Freddie kam es vor, als würde sie die Geschäftigkeit der Linzer Straße, die Stimmen der Menschen und das Rattern der Fuhrwerke mit einem Schlag hinter sich lassen. Auf dem Friedhof war es so still, dass sie meinte, die Schneeflocken fallen zu hören. In der Mitte des Gräberfeldes stand ein schmucker Rundbau mit Kuppeldach.

»Das ist die Gabrielskapelle«, raunte Crispin Freddie zu. »Das Mausoleum des Fürsterzbischofs Wolf Dietrich von Raitenau. Der hat sich das bereits zu Lebzeiten bauen lassen. Von einem italienischen Baumeister. Übrigens, ein anderer Italiener hat den Friedhof und die Arkaden angelegt und ist gleich nach getaner Arbeit verstorben, sodass er der Erste war, der hier bestattet wurde. Habe ich gelesen.«

»Wunderschön.« Sie seufzte, noch immer in den Anblick der Kapelle versunken. »Warum flüstern wir?«

»Ich weiß nicht. Weil es hier so ruhig ist? Jedenfalls hatte der Fürsterzbischof eine Lebensgefährtin, die Salome hieß und ihm fünfzehn Kinder gebar, von denen zehn überlebten.«

Das riss Freddie aus ihrer Betrachtung. »Fünfzehn? Du meine Güte. Tatsächlich? Ist so was nicht verboten bei den Katholiken?«

»Schon. Aber laut zeitgenössischen Quellen war Salome die Schönste der Stadt. Da konnte er wohl nicht anders.«

Sie kicherte leise.

»Danke, Mister Fox, für den historischen Exkurs«, unterbrach Lord Philip von der Seite. »Das scheint mir kein Thema zu sein, das Sie mit meiner Nichte vertiefen sollten. Wo ist denn nun dieses Paracelsusgrab?«

Irritiert zuckte Crispin die Schultern. »Woher soll ich das wissen? Es wird wohl irgendwo hier zwischen den anderen sein.«

»Gentlemen, beruhigen Sie sich. Wir teilen uns auf und suchen danach. Mister Fox, Sie und ich gehen nach rechts den Wandelgang entlang, und Lord Philip und Miss Westbrook nach links. Sollten wir im überdachten Bereich nichts finden, müssen wir die Gräberreihen abschreiten, das wird dann allerdings mühsam, wegen des Schnees.«

Sie folgten dem Vorschlag.

»Ich fürchte, dafür werden wir ein Weilchen brauchen«, sagte Freddie zu ihrem Onkel. »Weil ich es hier äußerst faszinierend finde und mir alles ansehen will.«

»Seit acht Jahren wird niemand mehr auf diesem Gottesacker beigesetzt. Ich habe mich nämlich ebenfalls vorab ein wenig informiert, nicht nur dein Mister Fox.«

Sie warf ihm einen amüsierten Seitenblick zu. Crispins Verliebtheit behagte ihm nicht, das wusste sie. Trotzdem sollte er ihm gegenüber nicht kratzbürstig sein oder sich allzu spröde geben. Philip war ein ausgeprägter Beschützerinstinkt zu eigen, worüber sich Freddie meist freute, fühlte sie sich in der Gegenwart ihres Onkels doch stets sicher und gut aufgehoben. Manchmal jedoch übertrieb er es damit ein wenig. Sie sagte nichts und ließ ihn weitererzählen, während sie den Südgang entlangwandelten.

»Im überdachten Bereich findet man zahlreiche in die Wände eingelassene Grabsteine. Daneben gibt es auch Arkadengräber und Familiengrüfte.«

»Sieh nur dieses große Grabmal mit der Pietà. Familie Schöpfer von Klarenbrunn«, las sie vor, wobei sie über das »ö« stolperte.

»Lass uns weitergehen, Freddie. Die anderen sind schon außer Sichtweite. Wenn wir in dem Tempo voranschreiten, haben Doktor Pebsworth und Mister Fox bald den Friedhof umrundet, und wir sind immer noch am Anfang.«

Nur widerstrebend folgte sie ihm. Zu viel gab es zu bestaunen. Sie konnte es sich nicht erklären, weshalb sie an diesem Ort eine ganz besondere Ruhe verspürte, eine Art inneren Frieden, der sie berührte. Ihre Schritte hallten auf dem steinernen Boden. Über ihnen spannte sich eine säulengetragene, gelb gestrichene Gewölbedecke. Bestimmt war es hier im Sommer wundervoll schattig und angenehm.

»Also ich finde es nicht«, konstatierte Philip, als sie am Ende des Ganges ankamen, der im weiteren Verlauf scharf nach rechts abknickte. Auf der linken Seite wurde er von einer Treppe begrenzt, die zu einem Seiteneingang der Kirche, einer wuchtigen schwarzen Holztür, führte.

Freddies Onkel bog um die Kurve, spähte in die Ferne über den offenen Gräberbereich, ob er drüben unter den Arkaden seine Kollegen entdecken konnte. Sie tat sich schwer, mit ihm Schritt zu halten, da ihr Blick ständig von marmornen Grabplatten und verschnörkelten Inschriften festgehalten wurde.

»Warte!«, rief sie plötzlich so laut, dass ihre Stimme in den Gewölben widerhallte.

Direkt im Treppenaufgang, abseits von den anderen Gräbern, war ein massiver Sockel aus rotem Marmor in die Wand eingelassen, darauf stand ein zierlicher Obelisk. Die eingravierten Buchstaben waren im Halbdunkel des Stiegenhauses schwer zu lesen. Freddie trat näher und legte ihre Hand an den kühlen Stein.

»Philippi Theophrasti Paracelsi«, entzifferte sie.

»Wie bitte? Hast du das Grabmal gefunden? Du hast es!« Aufgeregt rannte Philip zuerst zu seiner Nichte und dann wieder hinaus in den Gang. »Sie hat es! Hier ist es!« Er signalisierte den anderen, die daraufhin eiligst angelaufen kamen und ihr begeistert und atemlos auf die Schulter klopften.

»Gut gemacht, Miss Westbrook. Es ist leicht zu übersehen im dunklen Treppenhaus, aber Ihre feine Spürnase hat Sie geleitet«, lobte der Doktor und kramte sodann seinen Kneifer aus der Tasche.

»Des Philippus Theophrastus Paracelsus«, übersetzte er die lateinische Inschrift auf dem Obelisken, »der Ruhm in der ganzen Welt durch die Alchemie erlangte, Bildnis und Gebeine, bis sie wieder umgeben sein werden von seiner Haut. Hiob, Kap. 19. Meine Herren, da haben wir es. Und darunter steht noch: Bei der Instandsetzung der Kirche 1752 wurden sie aus dem Grabesmoder geholt und hierher gesetzt. Also seine sterblichen Überreste.«

»Wohin genau?« Ratlos beäugte Philip das Denkmal. Mit seiner Rückseite war es fest in der Wand verankert, lediglich an drei Seiten ragte es heraus.

»Ich nehme an, dass man die Gebeine unter dem Sockel in den Boden eingelassen hat. Oder in einer Nische dahinter. Das Unterteil scheint mir ohnehin wesentlich älter als der Obelisk zu sein.«

»Doktor Pebsworth, lesen Sie uns doch bitte auch noch die zweite Inschrift vor.

Er beugte sich hinunter. »Hm, sinngemäß steht da: Hier wurde Philipp Theophrast mit den Würden des Doktors der Medizin beigesetzt. Mit seiner wundersamen Kunst nahm er unheilvolle Leiden wie Lepra, Gicht, Wassersucht und anderes Unheilbares, körperlich Ansteckendes hinfort. Und er verteilte seine Habe an die Armen – da taucht noch mal unser Hiob auf. Der am 24. September 1541 das Leben mit dem Tod vertauschte.« Als er endete, senkte sich Stille über die Ermittler. Stumm und beinahe andächtig standen sie vor dem Grabmal des großen Alchemisten und Arztes, bis Crispin fragte: »Und was machen wir jetzt? Wo ist der Pomander?«

»Mit seiner außerordentlichen Kunst konnte Paracelsus anscheinend alles heilen. Ist am Ende sein dubioses Schmuckstück doch mehr als lediglich eine Kombination aus Gold, Edelsteinen und duftender Salbe?«, sinnierte Freddie. »Was denken Sie, was er enthält, Doktor Pebsworth?«

»Darüber habe ich lange nachgedacht. Falls besagter Bisamapfel tatsächlich aus der Zeit von Paracelsus und sogar aus seinem eigenen Besitz stammt, würde ich hoffen, dass er nicht einfach nur eine eingetrocknete, schwer analysierbare Substanz beinhaltet, sondern auch ein Pergament mit dem Rezept darauf.«

»Na, wünschen kann man ja«, warf Crispin skeptisch ein. »Aber selbst falls dem so wäre – ein dreihundertfünfzig Jahre altes Wundermittel – ob das heute noch wirken würde? Und wogegen? Unsere moderne Medizin kann sowieso fast alles heilen.«

»Mitnichten, lieber Freund. Denken Sie nur an die Pest, die uns in Hongkong begegnete, oder die Schwindsucht, oder die allgegenwärtige Geißel der lüsternen Sünder, die Franzosen…«

»Danke, Doktor Pebsworth, ich nehme an, unsere beiden jungen Kollegen können sich durchaus ein Bild davon machen, wie viele nicht kurierbare Leiden heutzutage noch grassieren. Ich allerdings frage mich ebenso wie Mister Fox, wie es nun weitergehen wird. Sollen wir das Grabmal untersuchen? Es wird bereits dunkel, und wir haben keine Lampen dabei, daher schlage ich vor, wir begeben uns ins Hotel zurück und machen morgen weiter.«

Er trat unruhig von einem Fuß auf den anderen und rieb sich die Hände. Sicherlich fror er erbärmlich.

»Ich stimme Onkel Philip zu.« Freddie und die Herren wandten sich zum Gehen. Sie warf einen letzten Blick über die Schulter. Spielten die immer schlechter werdenden Lichtverhältnisse ihr einen Streich, oder stand die eben noch geschlossene Kirchentür nun einen kleinen Spaltbreit offen?

»Freddie, wo bleibst du! Ich verspreche dir, du kannst dir morgen früh alle anderen Grabmäler genauestens ansehen, aber bitte beeil dich ein wenig, es ist lausig kalt.«

Auf dem Weg durch die belebte Linzergasse hakte sie sich bei ihm unter.

»Siehst du, Onkel Philip, hier ist der Laden eines Schuhmachers, der Winterstiefel anbietet. Die sind zwar nicht so schick wie deine Schuhe, doch hättest du in ihnen wenigstens warme Füße.«

Er zögerte nur kurz. »Gehen Sie schon voraus«, meinte er zu Crispin und dem Doktor. »Ich muss noch eine Besorgung erledigen.«

Dagegen hatten die beiden nichts, denn bald wurde das Abendessen serviert, und nach der langen Reise wollten sie ein wenig ausruhen.

Freddie und Lord Philip stiegen von der gepflasterten Gasse ein paar Stufen hinunter in das Geschäft, eine Glocke über der Tür kündigte sie an, und umgehend erschien der Schuster aus dem Hinterzimmer. Er trug eine Lederschürze über einem vorstehenden Bauch und lächelte freundlich. Sein zu zwei Kringeln nach oben gezwirbelter Schnurrbart hätte den Doktor sicher beeindruckt. Lord Philip hatte Glück, und es gab ein Paar zwiegenähte Juchtenlederstiefel mit Filzschaft fix und fertig in seiner Größe, die er dankbar erstand.

»Wunderbar!«, rief er draußen hocherfreut, als sie durch den frisch gefallenen Schnee zurück zum Hotel stapften.

Die Straßenlaternen wurden entzündet und spendeten

mildgelbes Licht. Aus den Augenwinkeln meinte Freddie, eine Bewegung wahrzunehmen.

»Was hast du?«, fragte ihr Onkel.

»Ach, nichts. Ich hatte nur einen Moment lang gedacht, wir werden verfolgt, aber das ist natürlich Unsinn.« Sie schlüpfte in ihre Handschuhe. »Beeilen wir uns, ich habe Hunger.«

Rechte und linke Altstadt

Salzburg schmeckte nach Puderzucker, Gebäck und Kaffee. Und dabei war dies nur das Hotelfrühstück, das Crispin sich eben im Speisesaal des Hôtel d'Autriche hatte servieren lassen. Er brannte darauf, seine kulinarischen Fühler weiter in die Gassen der Stadt auszustrecken, wo die Einheimischen ihre typisch österreichischen Spezialitäten aßen. Die attraktive Dame am Nebentisch, deren Ehemann vorhin ans Telefon gerufen worden war, musterte ihn mit ungeniertem Interesse. Kurz fragte er sich, ob er wohl noch einen Rest Marillenmarmelade im Gesicht hatte, doch als sie ihm wahrhaftig zuzwinkerte, beschloss er, diese ebenso ungewohnte wie unerhörte Aufmerksamkeit zu genießen, und schenkte ihr ein Lächeln. Unter dem Tisch trat Freddie schmerzhaft gegen sein Schienbein. Zwar gab sie seinem Werben nicht nach, aber anscheinend durfte er anderen Damen keine Beachtung schenken.

Sie legte die Serviette beiseite und erhob sich. Da er und die Kollegen ohnehin fertig mit dem Essen waren und der Gatte der Schönen zurückkam, bedauerte Crispin den Aufbruch nicht. Er steckte voller Tatendrang, fand es herrlich, in dieser winterlich alpinen Stadt einem spannenden Fall nachzugehen. Was würde ihnen der Tag bringen?

Wie es aussah, zunächst einmal eine ordentliche Überraschung, denn als Doktor Pebsworth beim Concierge nachfragte, ob Nachrichten für ihn vorlägen, sahen sie, wie Lord Ernest Fitzroy samt Gattin und Professor Edwards ins Foyer hereinmarschierte, gefolgt vom Portier mit einem Kofferwagen voller Gepäck. Offensichtlich stiegen die drei hier ab.

»Dabinott!«, polterte Fitzroy zu laut und jovial, als dieser auf ihn zutrat. »Na, das ist aber eine Überraschung. Was machen Sie denn hier?«

Nachdem sie die Begrüßung hinter sich gebracht hatten, meinte Lord Philip: »Dasselbe wollte ich Sie auch gerade fragen. Es scheint, Sie suchen gerne die Nähe des Sebastian Club.«

Kurz flackerte Ärger in Fitzroys Blick auf, er kniff den kleinen Mund zu einem Strich zusammen, lockerte die Lippen rasch wieder und schaffte es, ein dünnes Lächeln aufzusetzen. Bemerkenswert.

»Aber, aber, nun nehmen Sie Ihr Freizeitermittlergrüppchen ein wenig zu wichtig. Wir sind gewiss nicht Ihretwegen hier. Professor Edwards hat beruflich in der Stadt zu tun, und meine Frau möchte gern die vorweihnachtliche Stimmung genießen und ein Konzert besuchen. Da habe ich mich breitschlagen lassen, und hier sind wir. Und Sie? Noch immer auf der Jagd nach dem blauen Pomander?«

Der Portier rettete die Situation, indem er den Herrschaften mitteilte, dass die bestellte Kutsche hier wäre, sodass Lord Philip die Konversation beenden konnte, ohne antworten zu müssen.

Als der geschlossene Landauer auf den Makartplatz bog und über das Kopfsteinpflaster vorbei an Mozarts Wohnhaus rumpelte, sah Crispin aus dem Fenster und erfreute sich einmal mehr an der Schönheit der Stadt. Dann sagte er zu Lord Philip: »Täusche ich mich, oder sind wir anderen unter der Würde von Lord Fitzroy? Bereits beim Viscount of Ucksfird kam es mir vor, als spräche er am liebsten nur mit Ihnen beziehungsweise dem Professor, als ob wir Übrigen nicht auf einer Augenhöhe mit ihm wären.«

»Fitzroy ist ein Snob erster Güte. Ich kann ihn auf den Tod nicht ausstehen, wenn diese durchaus persönliche Bemerkung erlaubt ist. Und dass sein Auftauchen hier ein Zufall sein soll, daran glaube ich keine Sekunde.«

Den Kollegen erging es ebenso. Während der Kutscher sie die Linzergasse hinauf und ums Karree fuhr, damit sie die Sebastiankirche mitsamt Friedhof einmal komplett umrunden und von allen Seiten betrachten konnten – zumindest die Außenmauern –, diskutierten sie lebhaft über die seltsame Begegnung.

»Praktisch, wenn uns drei der Verdächtigen nachreisen«, warf Freddie ein.

»Drei? Sie zählen also Viola Fitzroy dazu?«

»Ich schließe niemanden aus, Mister Fox. Nur weil sie eine Frau ist, kann sie genauso gut eine Mörderin sein.«

»Grundsätzlich schon«, mischte sich Doktor Pebsworth ein, »doch was den Mord an Schwester Benita betrifft – ich denke nicht, dass sie die Kraft hätte, einen anderen Menschen mit einem Seil einen Balken hinaufzuziehen.«

»Vielleicht nicht allein. Aber sie könnte Auftraggeberin, Mittäterin oder zumindest Mitwisserin sein.«

»Diesbezüglich wiederum möchte ich Ihnen absolut recht geben.«

Lord Philip öffnete die Tür der Kutsche. »Wir sind am Hauptportal. Heute scheint es nicht verschlossen zu sein.«

Als sie ausstiegen, sah Crispin, wie eine ältere Dame aus der Kirche kam. Sie trug Schwarz und hielt ein Gebetbuch in Händen. Der frisch gefallene Schnee vom Vorabend war mittlerweile entweder geräumt oder festgetreten worden. An diesem Morgen zeigte sich der Himmel in freundlichem Blassblau, und sogar die Sonne schickte ein paar zaghafte Strahlen herunter. Viele Menschen waren auf der Gasse unterwegs, und bald hatte Crispin die Frau in Schwarz in der Menge aus den Augen verloren.

Im Inneren der Kirche herrschte eine friedvolle Stimmung. Durch zahlreiche Fenster fiel Licht auf die weiß getünchten und nur maßvoll mit Stuck dekorierten Wände. Zentrum des Marmoraltars war eine Madonna mit Strahlenkranz und Christuskind auf dem Arm. Das Antependium in adventlichem Violett bildete einen feierlichen Farbakzent.

»Sehr schön«, flüsterte Freddie. Die Kirche war menschenleer. Bis auf den Priester, der gerade am hinteren Seitenaltar, der dem Heiligen Rochus geweiht war, eine Kerze entzündete. Vorher war der Mann Crispin nicht aufgefallen.

»Kann ich Ihnen helfen?«, fragte er freundlich. Zumindest vermutete Crispin das, denn er wiederholte die Frage auf Englisch, nachdem Lord Philip ihm signalisiert hatte, dass sie des Deutschen nicht mächtig wären.

»Sind Sie auf Pilgerfahrt? Oder besuchen Sie Salzburg, weil es in der Vorweihnachtszeit so besonders schön ist?«

»Weder noch, Vater. Wir sind Detektive aus England und auf der Suche nach einem Mörder. Einem Doppelmörder, genau genommen.«

Die dunklen Augen des Pfarrers weiteten sich erschrocken. Er war ein zierlicher Mann, fast einen Kopf kleiner als Crispin, mit kurz geschorenen schwarzen Locken. Ein vorstehender Unterkiefer verlieh ihm einen leicht mürrischen Gesichtsausdruck, der jedoch sofort verschwand, sobald er sprach.

»Wie schrecklich! Ich bin Ihnen gerne behilflich, wenn ich kann. Mein Name ist Pfarrer Huber, ich habe soeben die heilige Beichte abgenommen. Eigentlich wollte das heute Domkapitular Danner persönlich machen, aber der ist leider erkrankt, deswegen bin ich eingesprungen.« Er ließ seinen Blick über das leere Kirchengestühl schweifen. »Wie es aussieht, ist niemand mehr hier, der Gottes Beistand benötigt, daher hätte ich Zeit für Sie.«

»Sehr freundlich, Herr Pfarrer. Wir wollten uns erkundigen, ob Sie sich an eine Benediktinernonne namens Schwester Benita erinnern können. Hat sie diese Kirche vielleicht einmal besucht? Oder den Friedhof?«

Er dachte nach, dabei schob er seinen Unterkiefer noch weiter vor und mahlte mit den Zähnen, die bereits zu kurzen Stumpen abgenutzt waren. Wenn Crispin sich den zähneknirschenden Geistlichen so ansah, war das durchaus erklärbar.

»Nein, von einer Nonne weiß ich nichts. Ich bin seit über zehn Jahren Pfarrer in Salzburg und hauptsächlich für die Kirche Sankt Sebastian zuständig. Falls wir Besuch von Ordensbrüdern oder Ordensschwestern bekommen, melden die sich vorher an. Wäre eine Schwester Benita hier gewesen, wäre ich davon in Kenntnis gesetzt worden.«

»Bedauerlich«, brummte der Doktor. »Dann erkaltet die Spur wohl hier. Noch eine Frage – das Grab des Paracelsus draußen im Stiegenhaus. Warum hat man diesen Platz dafür gewählt und nicht eine repräsentative Gruft in den Arkaden?«

Pfarrer Huber lächelte. »Es heißt, Paracelsus war ein bescheidener, gottesfürchtiger Mann. Ein großes Grabmal hätte er nicht gewollt.«

»Und darum hat man ihn nach dem Bau des Campo Santo an diese versteckte Stelle umgebettet?«

»Sie sagen es.«

Die Herren bedankten sich bei dem Geistlichen und verabschiedeten sich. Draußen auf der Gasse meinte Crispin, Lord Fitzroy aus dem Augenwinkel zu sehen. Der hatte vorhin einen auffälligen Pelzmantel getragen, und ein Mann in einem ebensolchen war gerade um die Ecke verschwunden. Länger nachdenken konnte er darüber nicht, denn Doktor Pebsworth bestand darauf, auf die andere Seite des Flusses zum Dom zu fahren, und hielt soeben eine Kutsche auf, in die er seine Kollegen hineindrängte.

»Weshalb die Eile?«, fragte Freddie.

Pebsworth schüttelte den Kopf. »Dieser Bursche, der sich als Pfarrer Huber ausgab, ist ebenso wenig ein Mann Gottes wie Sie oder ich. Und von der Sebastiankirche hatte er keine Ahnung.«

»Wie kommen Sie darauf?«

»Weil er nicht wusste, dass sich das Paracelsusgrab schon an ebendieser Stelle im Treppenhaus befunden hatte, bevor der Friedhof fertiggestellt wurde. Man hat ihn nicht aus Gründen der Bescheidenheit dorthin verbracht, er war bereits da! Das hätte einer, der seit zehn Jahren dort tätig ist, wissen müssen. Ich glaube, jemand hat den Kerl engagiert, um uns in der Kirche abzufangen und abzuwimmeln. Aber ich will auf Nummer sicher gehen und mich im Büro des Domkapitulars erkundigen, ob es einen Pfarrer Huber gibt oder nicht.«

Bevor er am Domplatz ausstieg, verabredeten die Ermittler, sich anschließend im Café Tomaselli wiederzutreffen. Philip wollte etwas in der nahe gelegenen Bibliothek der Universität nachlesen, worüber er im Moment noch nicht sprechen mochte. Daher schlug Crispin vor, mit Freddie voraus ins Kaffeehaus zu gehen und bei Melange und Kuchen auf die anderen zu warten. Der Ruf von Österreichs ältestem Kaffeeausschank war bis nach London gedrungen. Sprach man von Salzburg, nannte man das Tomaselli in einem Atemzug mit der Festung und Wolfgang Amadeus Mozart. Angeblich war Letzterer mit der späteren Besitzerfamilie befreundet und oft dort zu Gast gewesen. Ein praktischer Umstand, der sicher noch immer viele Reisende anlockte. Wer wollte nicht am selben Ort seinen Mokka trinken wie dazumal der berühmte Komponist?

Vom Domplatz aus gingen die drei über den Residenzplatz und die Churfürststraße, wo sich Crispin und Freddie von Lord Philip verabschiedeten und nach rechts auf den Alten Markt abbogen.

»Dafür, dass es angeblich so alt ist, sieht es ziemlich modern aus«, bemerkte Freddie, als sie vor dem vierstöckigen Gebäude standen, dessen Fenster in der Tat ebenso nagelneu zu sein schienen wie der Anstrich und die mit elektrischem Licht ausgestattete Terrasse.

Das mondäne Ambiente setzte sich drinnen fort. Es gab elegant mit Holz verkleidete Säulen und bemalte Wandvertäfelungen, eine Vielzahl runder Tische und natürlich auch hier überall elektrische Beleuchtung.

»Sehr fortschrittlich«, lobte Crispin. »Dagegen kommt mir so manch Londoner Traditionshaus ein wenig altbacken vor.« Er grinste Freddie an. »Und du als Frau hast ebenfalls Zutritt, stell dir vor. Das war bestimmt nicht immer so.«

»Hm. Auch diesbezüglich könnte sich die ein oder andere Institution daheim an die eigene Nase fassen.«

Sie nahmen an einem freien Tisch Platz und bestellten Melange, einen kleinen Braunen und zwei Stück Apfelstrudel.

»Das wollte ich dich seit unserer Abreise fragen. Was wird passieren, wenn wir wieder zu Hause sind? Du kennst die Clubregeln. Kein Zutritt für Ladys. Hast du vor, aus dem Ermittlerkreis auszuscheiden? Ich hoffe nicht.«

Es gäbe nichts Schrecklicheres für Crispin, als weniger Zeit mit Freddie zu verbringen. Er hatte sich nicht nur in ihre Schönheit, sondern vor allem in ihr schlaues Köpfchen, ihren Mut und ihre Eigenheiten verliebt. Die allwöchentlichen Treffen im Club, auch wenn gerade kein neuer Fall anlag, der Austausch mit ihr, all das war ihm wichtig. Während ihrer ersten gemeinsamen Ermittlung hätte er nichts dagegen gehabt, falls dies eine einmalige Sache für sie geblieben wäre. Dann hätte er ihr einen Antrag gemacht, und sie beide hätten geheiratet. Ihr Argument, sie wolle sich nicht binden, weil sie ihre Freiheit nicht aufgeben wollte, hatte er damals belächelt. So waren eben die sozialen Gegebenheiten. Eine Lady blieb zu Hause und kümmerte sich um Heim und Familie. Da mochte Freddie ihren abenteuerlichen Ausflug in die Welt der Detektive gerne genießen, denn für sie konnte es nichts als eine vorübergehende Sache sein.

Doch im Lauf der Zeit, je besser sie einander kennenlernten, fand er den Gedanken unsinnig, dass es jemals einen zwingenden Grund geben könnte, warum sie etwas, was sie so sehr liebte, aufgeben sollte. Vor allem wenn dieser Grund einzig und allein die Tatsache war, dass sie eine Frau war und kein Mann.

Und nun waren sie an ebenjenem Punkt angekommen. Freddie hatte ihn mutwillig provoziert, dafür zollte er ihr höchsten Respekt.

»Professor Brown wird eine Clubvorstandssitzung einberufen, sobald wir zurück sind. Darin wird entschieden werden, ob man die Statuten ändert und ich als Nicht-Gentleman akzeptabel bin – oder ob man mir fortan den Zutritt verweigert. Alles oder nichts, Crispin, alles oder nichts.«

»Mit weniger würdest du dich auch nicht zufriedengeben.«

»Das stimmt.« Sie nippte an ihrer Tasse und lächelte versonnen. »Himmlisch, diese Melange.«

Er beugte sich zu ihr und legte eine Hand auf ihren Arm. »Schau mal, da drüben am Fenster. Ich habe ihn erst nicht gesehen, weil so viele Gäste hier sind, aber ist das nicht Professor Edwards?«

»Stimmt! Er sieht konzentriert aus, schreibt etwas in ein Notizbuch. Sicherlich hat er uns ebenfalls nicht bemerkt.«

Sie blickten einander tief in die Augen. Wahrscheinlich dachten sie dasselbe. »Einer von uns sollte hinübergehen.«

»Mach du das, Crispin. Edwards scheint mir der Typ Mann zu sein, der in Gesellschaft von Herren weniger gehemmt ist, als wenn Damen anwesend sind. Gib mir eine von diesen großen Zeitungen, die auf dem Ständer an der Wand hängen. Dahinter kann ich mich verschanzen. Ich warte derweil hier und esse meinen Apfelstrudel. Und vielleicht auch noch den deinen.«

»Guten Tag, Professor. So kurz nach der Anreise bereits im Kaffeehaus?«

»Wie, äh, wer … Mister, äh, Fox, richtig? Mister Fox, guten Tag.« Verwirrt stand er auf, nahm die Brille von der Nase und stieß damit beinahe seine Tasse um, als er sie ablegte. »Nehmen Sie doch Platz, bitte.« Er deutete auf den zweiten Stuhl am Tisch, und beide setzten sich.

»Lord Fitzroy und seine Gattin wollten die Matinee-Veranstaltung eines Kammerkonzertes besuchen, da dachte ich, bevor ich allein im Hotel bleibe …« Er brach ab. Gehörte Edwards zu jenen Leuten, die ihre Sätze nicht beendeten? Eine lästige Angewohnheit, die Crispin als ungemein störend empfand.

»Und Sie?«, fragte er. »Lord Fitzroy meinte, Sie wären aus beruflichen Gründen in der Stadt.«

»Das ist korrekt.« Als Edwards bemerkte, wie Crispin sein Notizbuch beäugte, klappte er es rasch zu. »Bezüglich eines meiner Patienten suche ich den Rat eines Kollegen. Die Psychoanalyse ist hier in Österreich viel etablierter als bei uns in England. Der Austausch mit den Medizinern vom Kontinent ist etwas, was wir auf unserer Insel vermissen. Ich fürchte, dadurch könnten wir langfristig ins Hintertreffen geraten, was den Fortschritt betrifft.«

»Das lassen Sie mal nicht Ihren Gönner hören. Lord Fitzroy scheint mir ein durch und durch konservativer britischer Gentleman zu sein.«

»Weshalb nennen Sie ihn meinen Gönner?« Eine leichte Gereiztheit lag in seinen Worten.

»Ist er das nicht?«

»Er unterstützt lediglich einige meiner Forschungsprojekte.«

»Wie kamen Sie denn mit Mister Hay zurecht? Gibt es schon erste Erfolge?«

»Wie bitte? Wen meinen Sie?«

War der Themenwechsel zu abrupt für Edwards?

»Na Andrew Hay, der Privatdetektiv, den Professor Brown Ihnen neulich bezüglich der Diebstähle in Ihrer Praxis empfohlen hat. Konnte er schon herausfinden, wer dahintersteckt?«

Edwards klappte die Brille auf und setzte sie zurück auf die Nase. »Ich muss ganz ehrlich gestehen, ich habe ihn noch nicht kontaktiert. Da sich die Möglichkeit zu dieser Reise kurzfristig ergeben hat, musste ich mich auf das Treffen mit meinem Kollegen vorbereiten, da hatte ich keinen Kopf für etwas anderes. Aber sobald wir wieder zu Hause sind, werde ich Mister Hay gewiss kontaktieren.«

Crispin beschloss, weniger sprunghaft, dafür mit mehr Fingerspitzengefühl vorzugehen. Er bekundete sein Interesse an der Medizin an sich und erkundigte sich nach Edwards'

Werdegang. »Ich habe in Wien studiert. Dort habe ich auch den Kollegen kennengelernt, dessentwegen ich hier in Salzburg bin«, erklärte er. »Max Kassowitz. Er ist Professor an der Universität in Wien und leitet das Erste öffentliche Kinderkrankeninstitut. Ich war als junger Arzt eine Weile in der dortigen Neurologischen Abteilung tätig. Der Professor weilt derzeit mit seiner Gattin in der Stadt, um Verwandte zu besuchen, und hat sich freundlicherweise dazu bereit erklärt, sich mit mir zusammenzusetzen, damit ich seinen Rat einholen kann.« In Edwards' Stimme lag unverhohlene Bewunderung für den Kollegen. Für Crispin klang die Geschichte plausibel. Und nun machte sich Edwards Notizen vor dem Treffen und war ein wenig aufgeregt wegen des Wiedersehens mit seinem Vorbild und früheren Mentor. Alles verständlich. Der Professor räumte Stift und Block in die mitgebrachte lederne Aktentasche und griff nach seinem Hut. Offenbar wollte er sich lieber in Ruhe vorbereiten, ohne einem neugierigen Detektiv Rede und Antwort zu stehen. Auch das war nachvollziehbar.

Abends während des Diners im Hotel sah Crispin Edwards wieder. Er saß nicht mit den Fitzroys am Tisch, sondern mit einem älteren Ehepaar. Der Mann hatte einen kurz getrimmten weißen Vollbart mit geschwungenem Schnauzer und dunkle, buschige Augenbrauen, die verrieten, dass sein schlohweißes und nur noch als Nackenkranz vorhandenes Haar früher einmal schwarz gewesen sein musste. Beide Herren unterhielten sich angeregt, die grauhaarige Dame löffelte derweil ihre Suppe und schenkte ihnen ab und an ein gutmütiges Lächeln. Wenn das Professor Kassowitz war, dann war seine Gattin es vermutlich gewohnt, dass er mit Kollegen fachsimpelte, während sie nur daneben saß. Edwards wirkte verändert. Nicht was sein Aussehen betraf. An seinem schlaksigen Körper machte auch kein noch so makellos geschneiderter Anzug viel her. Bei ihren bisherigen Begegnungen war es Crispin immer vorgekommen, als befände sich eine unsichtbare Trennwand zwischen Professor Edwards und dem Rest der Welt, als würde er in seiner eigenen kleinen Blase existieren, den Menschen lediglich zusehen, jedoch nicht mit ihnen interagieren. Im Gespräch mit seinem Kollegen strahlte er eine intensive Herzlichkeit aus, er schenkte ihm seine gesamte Aufmerksamkeit. Augenscheinlich sprachen sie über ein Thema, für das Edwards brannte, denn er gestikulierte sogar angeregt mit den Händen.

Viola Fitzroy hingegen vermittelte einen fahrigen Eindruck. Crispin fand, sie sah müde aus, als hätte sie seit Tagen nicht geschlafen. Das fiel auch Doktor Pebsworth auf. »Ihr Essen hat sie kaum angerührt«, raunte er, »und ihren glasigen Augen nach zu urteilen hat sie Fieber. Soweit ich das von hier beurteilen kann, sind die Lymphknoten an ihrem Hals extrem angeschwollen, das muss schmerzhaft sein, wenn sie derart deutlich hervortreten.« Er legte sein Besteck weg und trank einen Schluck Wein. »Mir hingegen hat das Abendessen hervorragend gemundet. Der Freund Ihres Vaters hat absolut recht, die Küche in diesem Hotel ist eine Offenbarung. Allein die Art und Weise, wie das Fleisch hier zubereitet wird, die Panade, das Ausbacken in Butterschmalz – geschmacklich wesentlich ansprechender als zu Hause.«

»Lord Fitzroy scheint um seine Gattin besorgt zu sein«, unterbrach Lord Philip die Schwärmerei. »Sehen Sie nur, die beiden haben das Dessert abgelehnt und ziehen sich zurück. Eigenartig, wenn man bedenkt, dass sie heute zusammen ein Konzert besucht haben und Lady Fitzroy am Morgen bei ihrer Ankunft noch vollkommen gesund gewirkt hat.«

»Hm, ja, ich habe da einen Verdacht, was für ihren bemitleidenswerten Zustand verantwortlich sein könnte. Oder besser gesagt, wer.«

»Sie meinen, Lady Fitzroy ist …«

»Nein, Lord Philip, das meine ich nicht.« Der Doktor wandte sich an Crispin. »Mister Fox, darf ich Sie bitten, mich morgen noch ein weiteres Mal nach Sankt Sebastian zu begleiten? Ich habe heute im Büro des Domkapitulars einen Termin vereinbart, wir werden um elf Uhr von einem Pfarrer Dusek erwartet, der nachweislich in der Kirche tätig ist.«

Darüber hinaus hatte man ihm mitgeteilt, dass in der gesamten Stadt Salzburg kein Pfarrer Huber zu finden wäre.

»Der Mann war in der Tat ein Betrüger und sein Name sicher falsch. Ich habe nämlich auch erfahren, dass es hier unzählige Hubers gibt, ähnlich wie bei uns Smiths.«

Crispin sagte gerne zu, denn er mochte es, mit dem Doktor unterwegs zu sein. Zudem war es nicht notwendig, stets als Vierergespann in der Kirche aufzutauchen.

Pfarrer Dusek steif zu nennen, wäre eine Untertreibung. Der Mann hatte einen Stock verschluckt, einen äußerst langen. Er hielt sich kerzengerade, verzog beim Sprechen keine Miene. Wie er ihnen radebrechend erklärte, stammte er aus Böhmen und war des Englischen kaum mächtig. Zu Crispins großer Überraschung sprach der Doktor daraufhin Deutsch mit ihm.

»Habe ich im Internat gelernt«, raunte er seinem jungen Kollegen zu, dessen weit aufgerissene Augen ihn offenbar zu einer Erklärung veranlassten. »Und während des Studiums hatte ich eine Brieffreundin in Baden-Baden. Ist lange her.« Die Art und Weise, wie er »Brieffreundin« sagte, ließ für Crispin keinerlei Zweifel daran, dass es sich bei der Dame um eine intimere Bekanntschaft gehandelt haben musste. Leider konnte er nicht neugierig sein und genauer nachfragen, weil Pfarrer Dusek sie in die Sakristei führte, wo er eine Art Gästebuch hervorzog und eine bestimmte Seite aufschlug.

Crispin ließ den Doktor das Gespräch führen, hörte zu, wie Pfarrer Dusek mit tiefer Stimme und wenig Mimik erklärte, beim Sprechen das »R« betont rollte und über allem stets einen ausgesprochen neutralen Gesichtsausdruck bewahrte.

»Ein äußerst korrekter Mann mit einem fabelhaften Gedächtnis«, fasste Doktor Pebsworth hinterher zusammen. Sie waren von der Sakristei hinüber auf den Friedhof gegangen und setzten sich auf eine Bank in den Arkaden. Lange würden sie es hier nicht aushalten, weil ein eisiger Wind pfiff, aber Crispin musste auf den Stand der Dinge gebracht werden.

»In dem Buch, das er uns gezeigt hat, stehen die Besucher von außerhalb verzeichnet. Also nicht Hinz und Kunz, sondern Geistliche, Mönche oder Nonnen, Kirchenleute eben. Darunter findet sich auch der Name von zwei Benediktinerinnen, einer gewissen Schwester Remigia und ihrer Kollegin, einer Schwester Benita, beide von der Abtei Sankt Hildegard in Rüdesheim am Rhein. Pfarrer Dusek erinnert sich gut an die Frauen, denn Schwester Remigia war deutlich älter als Benita, und zwischen ihnen herrschte ein äußerst angespanntes Verhältnis. Er meinte, er hätte sogar den Eindruck gehabt, als würde sich die Ältere vor der Jüngeren fürchten. Während ihres Aufenthalts in Sankt Sebastian ließ Benita Remigia nicht aus den Augen. Sie nahmen zusammen am Gottesdienst teil und sahen sich anschließend den Friedhof an. Besonders interessiert zeigten sie sich am Paracelsusgrab. Remigia tauchte ein paar Tage später allein auf und wollte diesen Besuch nicht im Gästebuch verzeichnet haben. Kurz vor ihrer Abreise kamen sie dann noch einmal gemeinsam, um zu beten. Das war vor etwa einem Jahr.«

Crispin rieb sich die kalten Hände. »Mehr hat er nicht gesagt?«

Ein listiges Lächeln breitete sich auf dem Gesicht des Doktors aus. »Doch, doch. Zum Beispiel dass er erfahren hat, dass Schwester Remigia auf der Heimreise nach Rüdesheim ganz plötzlich verstorben ist.«

»Tatsächlich?« Crispin horchte auf.

»Ja. Und Pfarrer Dusek erwähnte, dass sie eine auffällig lange Zeit allein in stiller Andacht in der Gabrielskapelle zugebracht hat.«

Beide sahen zu dem Bau in der Mitte des Friedhofs. Crispin

erhob sich und ging auf das verschnörkelte, schmiedeeiserne Gitter zu, das den Eingang verschloss. Das Innere der Kapelle fiel überraschend bunt aus. Unzählige kleine, quadratische und in verschiedensten Farben glasierte Kacheln bedeckten die Wände vom Boden bis hinauf unter die Kuppeldecke. Diese war gänzlich in einem edel schimmernden Goldbraun verkleidet. Es gab einen Altar, farbige Ornamente, zahlreiche Wappen, kunstvolle Mosaiken und, nicht zu vergessen, ein Gitter im Boden über der Gruft mit dem Sarkophag des Fürsterzbischofs.

»Ach herrje.« Doktor Pebsworth war dazugekommen. »Ich weiß nicht, wohin ich zuerst sehen soll.«

»Meinen Sie, es gibt irgendeine Farbnuance, die hier nicht verwendet wurde?«

»Nein. Da dürfte alles vertreten sein. Ganz außerordentlich. Sie müssen bedenken, das Gebäude wurde vor dreihundert Jahren erbaut. Die Gestaltung mit derartigen Kacheln wirkt auf mich ausgesprochen modern, geradezu fantastisch.«

Crispin bemerkte, wie Pfarrer Dusek in den Arkadengang trat und mit neutraler Miene zu ihnen herüberblickte. Es wäre ihm lieber gewesen, der Mann hätte verwundert gewirkt, dass sie immer noch hier waren, oder ärgerlich oder erfreut. Aber dieser unbeteiligte Gesichtsausdruck war fast ein wenig provokant.

»Lassen Sie uns später wiederkommen, Doktor Pebsworth. Wenn es dunkel ist. Für unser Vorhaben brauchen wir Ruhe.«

Linke und rechte Altstadt

»Sie sollten vorsichtig sein mit dem warmen Apfelmost, Mister Fox. Ich habe gehört, dieses Getränk kann eine tückische Wirkung entfalten.« Freddie bemühte sich, nicht schnippisch zu klingen. Dafür musste sie sich anstrengen. Es war fünf Uhr nachmittags, bereits dunkel, und sie stand mit den Herren auf dem Nikolaimarkt, dem Salzburger Weihnachtsmarkt, auf dem Domplatz. Die Stimmung hätte traumhafter nicht sein können, zarte Schneeflöckchen rieselten vom Himmel, eine Blaskapelle spielte Weihnachtslieder, und es roch wie in einer Zuckerbäckerei. Doch Crispin hatte es sich in den Kopf gesetzt, sich nicht wie seine Kollegen mit einem Becher des gewürzten Mostes zufriedenzugeben, er musste einen zweiten bestellen. Warum, das war Freddie durchaus klar, er wurde nämlich von einem drallen Mädchen mit roten Wangen und blonden Zöpfen ausgeschenkt, das in die hiesige Landestracht gekleidet war und von Crispin fasziniert zu sein schien. Sie hatte wohl noch nie einen Engländer gesehen und war vollster Bewunderung. Die beiden verständigten sich mit Gesten und viel Gelächter.

»Ich hoffe, Sie sind für unseren Einsatz nachher nüchtern genug«, rügte sie.

»Selbstverständlich, da machen Sie sich mal keine Sorgen, Miss Westbrook.« Mit seinem frischen Becher Glühmost in der Hand stellte er sich wieder zu den Kollegen an den Tisch. Wobei »Tisch« nicht ganz richtig war. Rund um den Ausschank waren einige leere Weinfässer aufgestellt worden, mit Holzplatten obenauf, um die sich die Weihnachtsmarktbesucher gruppierten. Die Gentlemen hatten ebenfalls eines ergattert. Direkt neben dem Mostverkauf gab es einen Stand mit Lebkuchen, neben diesem einen mit Weihnachtsschmuck und einen mit Spielzeug, und weiter hinten sah Freddie einen, in dem Rauchfleisch, Würste, Speck und Käse angeboten wurden. Alle vier waren restlos angetan von so viel alpenländischer Weihnachtsstimmung, dass es ein Leichtes gewesen wäre, darüber den Grund ihres Aufenthaltes zu vergessen. Auch Freddie musste zugeben – obgleich sie verabscheute, wie schamlos die Österreicherinnen Crispin schöne Augen machten –, dass die Leute hier größtenteils freundlich und Fremden gegenüber auf jeden Fall aufgeschlossener waren als der Engländer an sich.

Vorhin, beim Schlendern über den Markt, hatte sie bei einem Krippenschnitzer entzückende Holzfiguren erstanden, obwohl sie zu Hause nicht einmal eine Krippe besaßen. Und am liebsten hätte sie auch noch ein Räuchermännchen gekauft, aber davon hielt Lord Philip sie mit der Bemerkung ab, dass es nicht ratsam wäre, schwer bepackt ihrer späteren Aufgabe nachzugehen.

Als Crispin seinen zweiten Becher geleert und sich viel zu ausführlich von dem Mädchen verabschiedet hatte, gingen sie ins Gasthaus Wilder Mann in der Getreidegasse. Drinnen war es voll und laut, dafür mollig warm. Der einzige freie Tisch stand an der Wand unter einem Hirschgeweih. Freddie hoffte inständig, dass es nicht ausgerechnet in dem Moment herabfallen möge, wenn sie auf der Bank davor saß. Ein weiteres Geweih hing mit fünf schmiedeeisernen Kerzenhaltern und einem grell bemalten Lüsterweibchen bestückt über ihnen.

»Urig«, brachte es Lord Philip treffend auf den Punkt.

Der Geräuschpegel im Wirtshaus lag hoch. Die Ermittler mussten die Köpfe zusammenstecken, wenn sie sich unterhalten und sich dabei nicht anschreien wollten. Sie bestellten Braten und Knödel, dazu Bier.

»Wir haben eine Nachricht von Professor Brown erhalten, während Sie weg waren«, informierte Lord Philip Doktor

Pebsworth und Crispin. »Ein Telegramm, in dem stand, dass Nigel Thompkins wie vom Erdboden verschluckt ist.«

»Mrs Dyers Nachbar? Eigenartig.«

»Und der Professor hatte ein Treffen mit dem Reporter vom Star, doch der weigert sich hartnäckig, seine Quelle preiszugeben.«

Das Essen wurde serviert, und Verzückung trat in Doktor Pebsworths Augen. Später dann, gegen einundzwanzig Uhr, machten sie sich auf den Weg über den Fluss von der rechten auf die linke Altstadtseite und zum nun geschlossenen und menschenleeren Sebastianfriedhof.

Der Doktor blieb am Eingangsgitter Schmiere stehen, das zu öffnen für Crispin keinerlei Schwierigkeit darstellte, ebenso wenig wie das Gitter des Mausoleums. Hier wurde Freddie postiert. Lord Philip und Crispin gingen hinein. Sie hörte die beiden flüstern.

»Wo wollen Sie anfangen zu suchen?«

»Viele Möglichkeiten gibt es hier drin nicht. Zuerst am Altar.«

Es schneite stärker als am frühen Abend, was begrüßenswert war, denn bald würden sich ihre Fußspuren in nichts auflösen. Von ihrer Position aus hatte Freddie lediglich die unmittelbare Umgebung im Blick. Schneefall und Dunkelheit bewirkten, dass schon der am nächsten stehende Grabstein nurmehr schwach erkennbar war. Aber sie hoffte, falls sich jemand von der Kirche her näherte, würde sie ihn rechtzeitig bemerken. Wenn sie den Hals reckte, sah sie den flackernden Kerzenschein in der Kapelle, bei dem ihre Kollegen umhergeisterten. Am Altar hatten sie anscheinend nichts gefunden.

»Freddie?«, flüsterte Lord Philip. »Wir brauchen dich.«

Sie verließ ihre Position und trat ebenfalls ein.

»Wir halten es hoch, und du siehst nach.« Er wies auf eine in den Boden eingelassene Marmorplatte mit einem Gitter darin und vier Eisenringen an den Ecken.

»Ist das die Abdeckung der Gruft? Darunter steht ein Sarg?«

»Ja. Der von Fürsterzbischof Wolf Dietrich. Gibt es ein Problem? Nach Hongkong hätte ich angenommen, du wärst abgehärtet. Ich würde selber hinuntersteigen, aber das Teil ist so schwer, dass wir es zu zweit halten müssen.«

Sie schluckte. »Nein, alles in Ordnung, Onkel Philip.«

Die beiden Männer gingen in die Knie und hoben den Steindeckel an. Geschwind schlüpfte Freddie darunter. Sie raffte ihren Rock hoch, um nirgends hängen zu bleiben, und kletterte hinunter, stieg zuerst auf den Sarkophag und von dort auf den Boden. Es war eng. Zwischen den Sargwänden und den Wänden der Gruft hatte sie wenig Platz. Der Sarg stand etwas erhöht, auf einem niedrigen Podest mit Beinen, die wie Löwenpranken aussahen. Soweit sie das im spärlichen Kerzenlicht, das von oben hereinfiel, beurteilen konnte.

»Ich kann es nicht mehr halten«, zischte Crispin, und kaum hatte er zu Ende gesprochen, krachte die Bodenplatte viel zu laut zurück an ihre ursprüngliche Position. Entsetzt verharrten alle einen Augenblick, lauschten, ob jemand das Geräusch gehört hatte. Tatsächlich ertönte ein leiser Warnpfiff vom Eingang des Friedhofs, von Doktor Pebsworth.

»Verdammt!«, fluchte Lord Philip wenig gentlemanhaft. »Versteck dich, Freddie! Kommen Sie, Mister Fox!«

Er blies die Kerze aus, nach der sie eben noch die Hand ausgestreckt hatte, und schlagartig wurde es stockdunkel. Freddie war allein. In einer Gruft in einer Kapelle, mit einem Sarg. Sie hörte Schritte, vermutlich nicht die ihrer Kollegen, denn die waren schnell hinaus verschwunden. Falls man sie hier entdeckte, saß sie wie eine Maus in der Falle. Mit Entsetzen dachte sie an den Gefängniswärter und die Nonne – die waren ebenfalls erwischt worden. Beinahe panisch vor Angst zwängte sie sich unter das Podest. Es war so niedrig, dass ihre Nasenspitze fast anstieß, obwohl sie flach auf dem Rücken lag. Ohne dass sie es verhindern konnte, schlich sich ein Gedanke in Freddies Kopf. Sie lag selbst da wie in einem Sarg. Eingesperrt. Und über ihr die Gebeine eines toten Kirchenmannes.

Roch es hier modrig? Bestimmt bildete sie sich das nur ein. Trotzdem überfiel sie schlagartig eine arge Beklemmung, sie meinte, keine Luft mehr zu bekommen. Ihr Atem ging hektisch, sie hörte, dass er funktionierte, und glaubte dennoch ersticken zu müssen.

Die Schritte verstummten. Eine quälend lange Zeit geschah nichts. War er wieder weg? Warum kamen Crispin und Onkel Philip nicht zurück? Dann zerriss das Anstreichen eines Zündholzes die Stille, ein Lichtschein fiel hinunter in die Gruft, Freddie konnte ihn sehen, links und rechts von sich, viel heller als eine Kerze. Es musste sich um eine Laterne handeln. Sie biss sich auf die Lippen, um die Beherrschung nicht zu verlieren. Lieber hätte sie die Hände vor den Mund gepresst, doch dafür war kein Platz. Sie lagen ausgestreckt neben ihrem Körper, drückten in den Boden, als könnten sie sich darin festkrallen.

Erneut setzten die Schritte ein, das Licht entfernte sich, kam näher, wurde wieder schwächer, und am Ende fiel das Kappellentor ins Schloss. Stille und Dunkelheit kehrten zurück, dieses Mal weniger schlimm als vorhin. Freddie verharrte regungslos, sie wusste nicht, wie lange, bis sie endlich die erlösende Stimme ihres Onkels hörte.

»Freddie? Freddie? Bist du da? Geht es dir gut?«

»Natürlich bin ich noch da! Wohin hätte ich verschwinden können?«, zischte sie nach oben und krabbelte unter dem Sarkophag hervor. »Ob es mir gut geht, kann ich im Moment nicht beurteilen, aber mir ist nichts passiert, falls du das meinst. Habt ihr gesehen, wer das war?«

»Leider nein. Ich vermute, es war Pfarrer Dusek.« Lord Philip und Crispin hoben die schwere Platte an, und Freddie beeilte sich, aus der Gruft emporzuklettern. Möglichst leise verschlossen sie das Loch im Boden wieder.

Sie strich sich den Staub vom Rock, und als sie aufsah, riss Crispin sie in die Arme und drückte sie fest an sich. »Ich hatte solche Angst um dich«, flüsterte er in ihr Ohr. Dankbar sank sie gegen ihn. Seine Wange an der ihren, sein vertrauter

Geruch nach Seife und Bergamotte-Haarwasser beruhigten Freddie unversehens.

Auch Philip schien sich gesorgt zu haben, denn er unterbrach die innige Umarmung ausnahmsweise nicht, sondern wartete, bis Crispin Freddie wieder losließ.

»Nichts wie weg!«, hauchte sie, und gemeinsam verließen sie den nächtlichen Friedhof auf schnellstem Weg, sammelten den Doktor am Tor ein und gingen zu Fuß in Richtung Hotel. Es wäre undenkbar gewesen, sich nach dem eben Erlebten in eine enge Kutsche zu zwängen, darin waren sich alle einig.

Unten am Fluss angekommen, atmete Freddie tief durch. Sie legte den Kopf in den Nacken und ließ Schneeflocken auf ihr Gesicht rieseln.

»Noch einen kurzen Moment, bevor wir hineingehen«, bat sie. »Gentlemen, trauen Sie sich nicht zu fragen, weil Sie nicht unsensibel wirken wollen, oder gehen Sie davon aus, dass ich nichts gefunden habe?«

Sie standen am villengesäumten Giselakai, an der eisernen Fachwerkbrücke, die über die Salzach führte. Zu dieser nächtlichen Stunde waren nur noch wenige Menschen unterwegs. Ein Betrunkener wankte vorbei, Crispin wartete, bis er außer Hörweite war. »Du hast tatsächlich was gefunden?«, fragte er aufgeregt, verbesserte sich aber in Gegenwart der anderen Herren rasch. »Ich meine, Sie haben etwas entdeckt, Miss Westbrook?«

Freddies Hand glitt in ihre Manteltasche, und sie zog einen kleinen Gegenstand daraus hervor. »Wenn Schwester Remigia etwas in der Gruft versteckt hat, dann konnte sie es nur von oben durch das Gitter hinuntergeworfen haben. Undenkbar, dass die alte Dame die schwere Platte allein hochhob und hinab- und wieder herauskletterte. Ich habe das hier lediglich deshalb gefunden, weil ich unter den Sarkophag kriechen musste, es ist vermutlich dorthingerollt.«

In Freddies Hand lag ein zu einem kleinen Ball zusammengeknülltes Stück Papier.

»Der Pomander ist sicher nicht darin eingewickelt«, konstatierte Lord Philip.

»Das wäre auch zu schön gewesen, lieber Kollege. Warum begeben wir uns nicht in Ihr Zimmer, um nachzusehen, was es mit diesem zerknüllten Zettel auf sich hat? Hier draußen wird es mir langsam zu frisch, und privat genug finde ich es ebenfalls nicht.« Mit einem Kopfnicken wies Doktor Pebsworth auf einen weiteren Herrn, der sich ihnen schwankend näherte.

Auch Freddie begrüßte die Wärme und vor allem die helle Beleuchtung im Zimmer ihres Onkels nach der allumfassenden Dunkelheit in der Gruft. Den Aufenthalt im Österreichischen Hof empfand sie ohnehin als angenehm, denn die Betten waren komfortabel, die Möblierung ansprechend und das Personal äußerst aufmerksam. Wie an jedem Abend hatte das Zimmermädchen eine kleine Porzellanschale mit Konfekt hingestellt. Freddie griff gerne zu. Genüsslich biss sie in die kugelrunde und mit Nugat und Pistazienmarzipan gefüllte Praline, die in dünnes Silberpapier gewickelt gewesen war.

Lord Philip setzte sich neben Doktor Pebsworth an den mit Intarsienarbeiten versehenen Sekretär, der den Gästen zum Erledigen ihrer Korrespondenz diente. Crispin schob einen weiteren Stuhl für Freddie heran und stellte sich hinter sie, nachdem sie Platz genommen hatte. Die Hände platzierte er locker auf der Rückenlehne. Verwundert fiel ihr auf, dass sie es mochte, wenn er nahe bei ihr stand, dass seine körperliche Gegenwart sich angenehm anfühlte. Und durch die Stuhllehne getrennt konnte nicht einmal ihr Onkel etwas gegen diese Nähe einzuwenden haben.

Bedächtig öffnete der Doktor den Reißverschluss eines ledernen Etuis und entnahm ihm zwei Pinzetten und ein Vergrößerungsglas. Statt des Kneifers setzte er eine stabile Hornbrille auf. In den Bewegungen seiner großen Hände lag eine behutsame Zartheit, als er die zerknüllte Kugel Stück für

Stück auseinanderfaltete. Glücklicherweise war das Papier nicht nass geworden, es schien das vergangene Jahr in der trockenen Gruft gut überstanden zu haben. Daher dauerte es nicht lange, und er konnte es vorsichtig glatt streichen und den anderen präsentieren.

Vier Köpfe beugten sich interessiert darüber.

»Das ist eine aus einem Gebetbuch gerissene Seite«, stellte Crispin fest. In der oberen Hälfte fanden sich zwei Notenzeilen und ein Liedtext in Latein, darunter, in einem gewissen Abstand und ebenfalls in lateinischer Sprache, ein Gebet.

»In dem freien Zwischenraum steht etwas. Es sieht aus, als ob es jemand hastig mit Bleistift hingekritzelt hätte.« Freddie kniff die Augen zusammen. »Salome eins, sechs, eins, eins.«

Crispin drückte ihre Schulter, und sie drehte sich zu ihm um. »Salome hieß die Geliebte dieses Fürsterzbischofs.«

Ein breites Grinsen breitete sich auf Lord Philips Gesicht aus. »Ich denke, es ist an der Zeit, dass ich Ihnen erzähle, was ich in der Universitätsbibliothek nachgelesen habe.« Alle Köpfe wandten sich zu ihm.

»Ich durfte freundlicherweise Zeuge werden, wie Mister Fox meiner Nichte von der Liaison des Fürsterzbischofs mit einer gewissen Salome Alt von Altenau und dessen Zeugungsfreudigkeit berichtete.«

Doktor Pebsworth hüstelte, und Freddie sah, dass er nur mühsam ein Schmunzeln unterdrückte.

»Nennen Sie es eine vage Vermutung oder Intuition«, fuhr Philip fort, »jedenfalls war ich der Ansicht, es könnte nicht schaden, sich über diesen Wolf Dietrich von Raitenau ein wenig näher zu informieren. Immerhin war er derjenige, der die Umgestaltung des Sebastianfriedhofs in Auftrag gab, und daher hoffte ich, auf irgendeine Verbindung mit dem Paracelsusgrab oder eine Erwähnung des blauen Pomanders zu stoßen.«

»Und?« Freddies Nerven waren zum Zerreißen gespannt.

»Der Fürsterzbischof ging davon aus, seine Geliebte ehelichen zu können.«

»Wie bitte?«

»Ja, damals wurde vermutet, dass eine Aufhebung des Zölibats unmittelbar bevorstand. Daher war es grundsätzlich zwar nicht erlaubt, dass Wolf Dietrich und Salome zusammenlebten und Kinder in die Welt setzten, wurde aber dennoch stillschweigend toleriert. Er baute ihr ein Schlösschen, sie führte ihm den Haushalt und nahm sogar an öffentlichen Diners und Veranstaltungen teil. Interessanterweise schien Salome vollkommen frei von politischem oder sozialem Ehrgeiz gewesen zu sein, und sie übte eine ausgleichende Wirkung auf den aufbrausenden Wolf Dietrich aus, sodass sie keine Feinde am Hof des Fürsterzbischofs hatte.«

»Und der blaue Pomander?«

»Gleich, Mister Fox. Also, da die beiden zusammen fünfzehn Kinder hatten, von denen zehn das Kleinkindalter überlebten, und eine offizielle Verbindung unmöglich war, wurde Salome in den Adelsstand erhoben und die Sprösslinge vom Makel der unehelichen Geburt befreit. Und Wolf Dietrich überschrieb ihr zahlreiche Liegenschaften und Besitztümer, damit seine Familie bestens versorgt war. Salome war eine extrem reiche Frau.«

»Sicherlich schenkte er ihr auch Schmuck? Vielleicht einen gewissen berühmten Bisamapfel?«

Anerkennend hob Lord Philip eine Augenbraue. »Du verstehst, was ich meine, Freddie. Leider findet sich darüber nichts in den Aufzeichnungen, aber ich bin davon überzeugt, dass Paracelsus' legendärer blauer Pomander im Besitz des Stadtfürsten war und er ihn seiner über alles geliebten Salome schenkte. Und ich weiß, dass Schwester Remigia derselben Ansicht war – weil ihr Name im Register der Universitätsbücherei auftaucht. Sie schlug in denselben Schriften nach wie ich. Und das hier«, er deutete auf die Notiz auf dem Tisch, »bestätigt das.«

»Salome eins, sechs, eins, eins?«

»Sechzehnhundertelf. Das Jahr, in dem Fürsterzbischof Wolf Dietrich verhaftet und in der Festung Hohensalzburg gefangen gehalten wurde. Als Salome davon erfuhr, floh sie mit ihren Kindern und allem, was sie mitnehmen konnte, aus Salzburg. Nach Flachau, in ein Landhaus, das ›Ansitz Thurnhof‹ heißt.«

Aufgeregt klatschte Crispin in die Hände. »Dort hat sie den Pomander versteckt?«

»Meine Intuition sagt, ja. Und die von Schwester Remigia auch. Fragt sich nur, ob sie ihre Vermutung mit ins Grab genommen hat oder ob Schwester Benita die Information aus ihr herausbekam, bevor sie sie ermordet hat.«

»Demnach wäre Schwester Remigia das erste Opfer gewesen, das wegen des blauen Pomanders getötet wurde.«

»Höchstwahrscheinlich, Doktor Pebsworth. Warum verstauen Sie Freddies Fund nicht sicher, und wir gehen zu Bett? Es ist spät, und so, wie ich die Sache sehe, reisen wir morgen ab, nicht wahr?«

Flachau

»Haben die Herren vor, in Kürze die Stadt zu verlassen?«

»Wer möchte das wissen?«

Nach dem Frühstück hatten sich die Ermittler in der Hotellobby versammelt, weil sie ein Telegramm an Professor Brown aufsetzen wollten, um ihn über die neuesten Ereignisse zu informieren, als sie unvermittelt von der Seite angesprochen wurden.

»Mein Name ist Inspektor Brunnbauer vom Landesgendarmeriekommando Salzburg.«

Vor ihnen stand ein großer, dünner Mann Ende fünfzig mit akkurat gescheiteltem und in reichlich Makassar-Öl getränktem Grauhaar.

»Und mein Name ist Lord Philip Dabinott, das hier ist meine Nichte Miss Westbrook, daneben Mister Fox und Doktor Pebsworth.«

Der Inspektor zückte seinen Notizblock und schlug die erste Seite auf. »Genau die Herrschaften, die ich sprechen möchte.«

»Worum geht es denn?«

»Um die Ermordung eines Mannes namens Josef König, auch bekannt als Josef von Hartstätten, Giovanni Monzetti oder Jean le Jeune. In einschlägigen Kreisen nannte man ihn Schmuck-Sepp. Ein Juwelendieb.« Er hielt den Gentlemen eine Fotografie unter die Nasen.

»Das ist Pfarrer Huber«, platzte Crispin heraus. Der Doktor nickte zustimmend.

»Dann kannten Sie ihn also?«

»Wie wurde er getötet?«, fragte Doktor Pebsworth.

»Hierzulande ist es üblich, dass die Polizei die Fragen stellt und die Verdächtigen sie beantworten.«

Lord Philip musste an sich halten, um den Inspektor nicht in seine Schranken zu verweisen. Wie konnte er es wagen, mitten in der Hotellobby derart mit ihnen zu sprechen? Die Leute schauten schon. Sie als Verdächtige zu bezeichnen, war ebenso respektlos wie unverfroren.

»Warum setzen wir uns nicht?«, gab er sich dennoch diplomatisch und wies auf eine Sitzgruppe am Fenster, bestehend aus zwei Polstersesseln und einem Sofa. Da Freddie sofort Platz nahm und die Herren ebenfalls, blieb Brunnbauer nichts anderes übrig, als es ihnen gleichzutun, wenn er nicht mit seinem Block in der Hand als Einziger stehen bleiben wollte wie ein Schullehrer vor der Klasse.

Doch auch im Sitzen erweckte er einen äußerst unentspannten, geradezu steifen Eindruck. Philip vermutete, dass er ein penibler Paragrafenreiter war.

»Wir kannten den Toten nicht«, stellte Crispin klar. An seinem Ton erkannte Philip, dass er den Inspektor ebenfalls nicht mochte. »Sondern wir haben ihn ein einziges Mal getroffen, nämlich in der Kirche Sankt Sebastian, als wir im Rahmen unserer Ermittlungen Erkundigungen eingezogen haben. Uns gegenüber gab er sich als Pfarrer aus.«

»Ermittlungen?« Mit gezücktem Bleistift und Missbilligung im Gesicht sah Brunnbauer in die Runde.

»Sicherlich wissen Sie, wer wir sind, und haben sich vorab informiert. Sonst wären Sie nicht hier. Ich vermute, Pfarrer Dusek hat Ihnen von uns erzählt.«

»Wie kommen Sie darauf, Herr Fox?«

»Weil er der richtige Pfarrer der Sebastiankirche ist und wir uns mit ihm getroffen haben, nachdem wir herausgefunden hatten, dass Huber ein Hochstapler war.«

»Hm. Er meinte, Sie hätten sich für das Paracelsusgrab und zwei Klosterschwestern interessiert, die beide mittlerweile verstorben sind. Mindestens eine von ihnen wurde ermordet. Und vergangene Nacht wurde Josef König auf dem

Sebastianfriedhof erstochen. Man fand ihn heute Morgen so gut wie zugeschneit neben einem Grabstein. Es scheint, Sie ziehen eine Spur des Todes hinter sich her, meine Herren.«

»Ich muss doch sehr bitten! Wir sind Detektive, die Morde aufklären und keine verursachen oder gar begehen.«

»Das sagen Sie, Herr Pebsworth.«

»Doktor Pebsworth!«

Ohne darauf einzugehen, zog Inspektor Brunnbauer einen kleinen Gegenstand aus der Tasche. »Darüber hinaus wurde letzte Nacht in die Gabrielskapelle eingebrochen. Ich nehme an, davon wissen Sie natürlich auch nichts. Die Spuren zeigen eindeutig, dass die Bodenplatte über der Gruft geöffnet wurde. Unter dem Sarkophag fanden wir das hier.« Auf seiner Handfläche lag etwas, das aussah wie ein abgeknicktes Stöckchen mit einem dickeren Ende.

»Was soll das sein?«, fragte Crispin.

»Das geschnitzte Bein eines Holzschäfchens. Es stammt vermutlich von einer Krippenfigur.«

Philip bemerkte, wie Freddie unruhig auf dem Sessel hin und her rutschte.

»Wo ist der Rest davon?«

»Wir haben nur diesen Hinterlauf gefunden. Können Sie sich vorstellen, wie der in die Gruft gelangt ist?«

»Nein, Inspektor. Wir haben nicht die geringste Vermutung. Und wenn Sie keine weiteren Fragen haben, ist das Gespräch beendet.«

Eine steile Falte entstand zwischen Brunnbauers Brauen. Er presste die dünnen Lippen aufeinander, was seinen Unterkiefer erschreckend klein wirken ließ. Auch der graue Bart konnte nicht über sein schwaches Kinn hinwegtäuschen. Er erhob sich und sah auf Doktor Pebsworth hinunter.

»Sie wurden gestern spät abends am Tor des Friedhofs gesehen. Ich habe einen Zeugen, der sich dessen absolut sicher ist. Da es hier um Mord und Grabschändung geht, ersuche ich Sie, mich auf die Wache zu begleiten, damit ich Sie eingehend befragen kann. Sollten Sie sich weigern, werde ich Sie hier an Ort und Stelle festnehmen und abführen. Es liegt an Ihnen, wie viel Aufsehen Sie erregen wollen.« Ein boshaftes Glitzern trat in seinen Blick. Brunnbauer genoss seine Macht sichtlich.

Freddie sprang auf und wollte protestieren, doch Crispin griff ihre Hand und hielt sie zurück, wofür Philip ihm dankbar war. Besser war es, den offensichtlich komplexbeladenen Beamten nicht weiter zu reizen. Schon gar nicht durch eine wütende junge Dame, die sich nicht den Mund verbieten lassen würde, um ihre Empörung kundzutun.

Ohne Eile erhob sich Doktor Pebsworth. »Da habe ich wohl keine Wahl. Ich werde mitgehen, liebe Kollegen. Bitte lassen Sie sich durch meine Abwesenheit nicht von unseren Tagesplänen abhalten und genießen Sie die Sehenswürdigkeiten, die wir uns heute ansehen wollten. Sicherlich wird es nicht lange dauern, bis Herr Brunnbauer merkt, dass ich nichts mit seinem Fall zu tun habe.«

»Inspektor Brunnbauer!«

Während der Doktor mit dem Polizeibeamten das Hotel verließ, kamen die Fitzroys und Professor Edwards aus dem Frühstückssaal. Philip hätte wetten können, dass die drei bereits irgendwo hinter einer Ecke gelauert und sie belauscht hatten. Mit abstoßender Sensationsgier im Blick steuerten sie auf ihn zu.

»Nichts wie weg«, signalisierte er den anderen, und eiligst verschwanden sie durch den Seiteneingang aus der Lobby. Lord Fitzroy Rede und Antwort zu stehen, kam überhaupt nicht in Frage.

»Wir werden immer weniger, merkst du das?«

»Freddie, ich bitte dich, sag nicht so etwas. Ich fand es äußerst professionell von Mister Fox, dass er in Salzburg bleiben und sich darum kümmern wollte, Doktor Pebsworth möglichst unverzüglich den Fängen der örtlichen Gendarmerie zu entringen.«

»Wenn es einer schafft, dann Crispin. Er ist ein hervorragender Anwalt, und obwohl das hier nicht England ist, kennt er die grundsätzliche Rechtslage und wird diesem unverschämten Inspektor seine Grenzen aufzeigen.«

Sie saßen in einem Pferdeschlitten, warm eingemummelt in Decken und Schaffelle, und fuhren durch die tief verschneite Landschaft.

»Unglaublich, wie viel Schnee hier liegt!«, rief Freddie aus. »Ich hatte gedacht, dass Salzburg winterlich verschneit ist, aber das hier sieht überwältigend aus. Und dazu die Berge ringsum. Fantastisch!«

»Wir sind nicht zum Vergnügen hier, Frederique. Wie besprochen werden wir diesen Ansitz aufsuchen. Laut meinen Informationen ist das Gebäude verlassen und baufällig. Und sobald wir fertig sind, geht es zurück nach Salzburg, wo hoffentlich Mister Fox und der Doktor am Bahnhof auf uns warten, und dann nichts wie weg. Ich mag zwar die malerische Gegend hier, aber die Mentalität der Menschen ist wirklich eine ganz eigene. Einerseits sind sie derart aufgeschlossen, dass es schon an Aufdringlichkeit grenzt, zumindest die Damenwelt Mister Fox gegenüber.«

Freddie schnitt eine Grimasse. Die Bemerkung hatte Philip sich nicht verkneifen können. Es schadete nicht, wenn seine Nichte merkte, dass der junge Mann, der sich mit einer Engelsgeduld um sie bemühte, durchaus Chancen bei anderen Damen hatte. »Andererseits herrscht hier eine Art morbider Verstaubtheit, eine Steifheit und Obrigkeitshörigkeit, die ich in höchstem Maße als spießig empfinde. Nein, nein, ich bevorzuge unsere britischen Sitten und Gebräuche bei Weitem.«

»Onkel Philip. Wenn man dich reden hört, könnte man meinen, du wärst hundert Jahre alt.«

»Was? Mein Standpunkt ist ein berechtigter. Kein Polizeibeamter ihrer Majestät würde es derart an Takt mangeln lassen, wenn er mit Gentlemen spricht.«

Grummelnd lehnte er sich zurück in die Polster des Schlittens. Freddie neben ihm steckte die Hände in einen Pelzmuff und sah trotz der widrigen Umstände irgendwie zufrieden aus, wie sie durch die Landschaft fuhren. Er musste sich eingestehen, dass es weder für ihn noch für die Kollegen einen Unterschied machte, ob sie als Herr oder Dame ermittelte. Sie war stets ein vollwertiges Mitglied des Detektivzirkels, und allein ihr Einsatz in der Gruft rang Philip allerhöchsten Respekt ab. Wenn er nur daran dachte, in welch bedrückender Enge und Gefahr sie sich befunden hatte, ohne die Nerven zu verlieren, fand er seine Nichte noch großartiger als sonst. Eine enorme Leistung. Außer der Sache mit dem Schaf natürlich.

»Wo ist der Rest der Krippenfigur?«, fragte er unvermittelt. Sie zuckte zusammen. »Das weiß ich nicht. Ich hätte nicht so viele kaufen sollen. Meine Manteltaschen waren voll damit – Schafe, Hirten, ein Engel, die heilige Familie, ach ja, und Ochs und Esel. Aber du hast mir abgeraten, Päckchen mit mir herumzutragen, daher hatte ich sie einfach eingesteckt, um die Hände frei zu haben. Einkaufen und Ermitteln verträgt sich nicht, das weiß ich jetzt. Die Holzfigur muss herausgefallen sein, als ich unter dem Podest lag.«

»Wieso hat die Polizei nur ein Bein davon gefunden?«

Sie sah ihn an. »Die einzige Erklärung, die ich dafür habe, ist, dass das Beinchen abgebrochen ist. Vielleicht als ich wieder rausgekrochen bin. Bevor der Inspektor die Gruft inspiziert hat, muss noch jemand da gewesen sein, der das Schaf gefunden und mitgenommen, aber das Bein übersehen hat. Der Mörder des falschen Pfarrers. Das heißt, der Mann, der uns bei unserer Suche unterbrochen hat, war demnach entweder der Schmuck-Sepp oder derjenige, der ihn erstochen hat – beides im Nachhinein keine angenehmen Möglichkeiten.«

Freddies Theorie ergab einen Sinn. Philip war stolz auf ihren scharfen Verstand. Indes, sollte sie damit richtig liegen, bedeutete dies, dass ihnen ihr Gegner eng auf den Fersen war, sie höchstwahrscheinlich beobachtete. Und jemand, dessen Hemmschwelle zu morden derart niedrig lag, dass er sich eines Mitwissers wie des falschen Pfarrers entledigte, sobald der seine Aufgabe erfüllt hatte, würde nicht davor zurückschrecken, die Gentlemen vom Sebastian Club ausschalten zu wollen.

Trotz des strahlend blauen Himmels, des Sonnenscheins, der den Schnee ringsum zum Glitzern brachte, beschlich Philip ein dunkles Gefühl.

In der Ferne kam der Ort Flachau in Sicht. Ein malerisches Dörfchen wie aus dem Bilderbuch mit hübschen Häusern und Bauernhöfen und einer Zwiebelturmspitze auf der Kirche, hinter der sich ein bewaldeter Bergrücken emporreckte. Sie ließen den Kutscher am Kirchplatz anhalten und stiegen aus. Er würde im Gasthof auf sie warten, so mussten sie ihm ihr eigentliches Ziel nicht mitteilen. Als Philip ihm ein paar Heller für Bier und ein warmes Essen zusteckte, zeigte er sich hocherfreut.

Thurnhof

Ein wenig außerhalb des Ortes, inmitten einer von Bergkämmen umkränzten Ebene, lag ein großer Bauernhof. Etwas abseits und doch eindeutig zum Anwesen gehörend, umgeben von einem Grabenring, der selbst im Tiefschnee als sanfte Einsenkung erkennbar war, stand ein wuchtiger, dreistöckiger Turm von quadratischem Grundriss. Sein Satteldach musste neu sein, sonst könnte es den darauf liegenden Schneemassen niemals standhalten. Das Mauerwerk hingegen war uralt und marode. Nur wenige, kleine Fenster verrieten Freddie, dass es sogar bei Kaiserwetter wie an diesem Tag sicherlich düster in seinem Inneren war. Das Gebäude hatte nichts Schönes, keinerlei Zierwerk oder Augenfälliges. Es strahlte Trutz und Abwehr aus.

»Das ist der Ansitz?« Die Frage war rhetorisch, Freddie würzte sie mit einem Seufzer.

Sie verharrten am Wegesrand, aufgestützt auf knorrige Wanderstöcke, die das Vorwärtskommen im Schnee hoffentlich ein klein wenig erleichtern würden. Beide atmeten schwer, obwohl der Marsch vom Dorf ein kurzer gewesen war und das schwierigste Stück, das über die tief verschneite Wiese, erst noch vor ihnen lag. Lediglich die Einfahrt zum Hof war freigeschippt worden, der Turm stand einsam und unberührt in der Landschaft.

»Unsere Spuren wird man sicher sehen«, stellte Freddie fest.

Philip zuckte die Schultern. »Lässt sich nicht ändern. Wir können leider nicht fliegen. Das ist der Hof des Thurnhof-Bauern. Ein gewisser Michael Laubichler hat Haus, Land und den zugehörigen Ansitz, der dem Ganzen seinen Namen gibt, erst vor vier Jahren gekauft. Aber natürlich existiert das Anwesen seit Generationen und der Turm schon viele Jahrhunderte lang. Die Einheimischen nennen ihn übrigens ›Thurnschlössl‹.«

»Die Bezeichnung scheint mir reichlich geschönt. Was ist, wenn die Bauersleute uns bemerken?«

»Das müssen wir riskieren. Ich klopfe sicher nicht an die Tür und frage, ob wir bitte schön in ihrem Besitz nach einem Schmuckstück suchen dürfen, das wir, so wir es denn finden, mitzunehmen gedenken.«

Das machte Sinn. Überhaupt war es besser, die Sache so rasch wie möglich und mit wenig Aufhebens hinter sich zu bringen. Auch Freddie vermutete, dass sie verfolgt wurden. Und ohne Crispin und den Doktor waren sie nur noch zu zweit.

»Dann mal los.« Mit einer Hand schürzte sie ihren Hosenrock, mit der anderen umfasste sie fest den Wanderstab, sodann schritt sie beherzt hinein in den tiefen Schnee. Der reichte bis zu den Knien, weit über den Rand ihrer Stiefel, und nach ein paar Metern merkte sie, wie eiskalt und anstrengend das Vorwärtskommen war.

»Sieht aus der Nähe noch heruntergekommener aus«, stieß sie atemlos hervor, als sie und Philip endlich am Eingang an der Ostseite des Gebäudes ankamen.

Mit ihren Stöcken und den Händen machten sie sich daran, den Schnee so weit wegzuschaufeln, dass sie die morsche Holztür öffnen konnten. Im Erdgeschoss war es erwartungsgemäß düster.

»Jetzt weiß ich, weshalb nicht abgesperrt war«, konstatierte Philip leise. »Weil es hier sowieso nichts zu holen gibt.«

In dem völlig leeren Raum bröckelte der Putz von den Wänden. Darunterliegende massive Mauersteine waren an den Ecken sichtbar. So verlottert das Ganze aussehen mochte, die Bausubstanz war derart solide, dass der Turm bestimmt noch in hundert Jahren stehen würde.

»Also, Freddie. Schon damals, als Salome hier war, muss der Kasten ein altes Ding gewesen sein. Ihr Aufenthalt war nur von kurzer Dauer. Wolf Dietrich hatte sich nämlich mit Wilhelm von Bayern überworfen und saß in Salzburg in der Festung eingesperrt, und Salome wurde hier in Flachau von bayerischen Truppen verhaftet. Sie versuchte zu retten, was zu retten war, und wusste, dass sie den Pomander nicht einfach in eine Schublade legen konnte, wenn er sicher versteckt sein sollte. Daher ist es ganz praktisch, dass keinerlei Tand herumsteht. Das erleichtert uns den Blick aufs Wesentliche. Wo würdest du ein unermesslich wertvolles Schmuckstück verstecken, das du unbedingt vor dem Zugriff deiner Feinde bewahren willst?«

»Dein Optimismus ist etwas, was ich an dir schätze, lieber Onkel.« Freddie verzog das Gesicht. »Ich weiß es nicht. Aber gut, gehen wir systematisch vor. Fangen wir im Keller an und arbeiten uns nach oben durch. Zusammen. Das dauert zwar länger, doch ist es sicherer.« Sie ließ dahingestellt, ob sie damit meinte, dadurch nichts übersehen zu wollen, oder ob sie auf eine drohende Gefahr durch etwaige Verfolger anspielte.

Etwa eine Stunde brauchten sie, um das Gebäude zu durchforsten. Ohne Ergebnis. Das Kellergewölbe bestand aus soliden, aufeinandergesetzten Steinbrocken und einem jahrhundertealten Erdboden, in dem kein Spaten der Welt etwas hätte vergraben können, so festgestampft war er.

Sie klopften die Wände in jeder Etage ab, sahen auf dem Dachboden nach, testeten die Dielen der Holztramböden, ob sich unter einer ein Versteck verbarg.

»Hier ist nichts.« Frustriert lehnte sich Philip an einen Türrahmen und verschränkte die Arme vor der Brust. »Alles umsonst. Wer weiß, wahrscheinlich war das Ding nie hier. Möglicherweise ist es tatsächlich nur eine Legende.«

»Für die Menschen ermordet werden? Nein. Ich weigere mich, das zu glauben.« Ein Geräusch von draußen ließ Freddie aufschrecken. Im Erdgeschoss gab es statt richtiger Fenster lediglich schmale Schießscharten. Sie spähte hindurch in

Richtung des Bauernhofes. Dort war keine Menschenseele zu sehen. Philip stand an der anderen Seite des Raumes und legte den Finger an die Lippen. Leise lief sie zu ihm und blickte durch die zweite Schießscharte hinaus zum Weg. Ihre Spuren sahen anders aus. Jemand war in ihnen gelaufen, sie waren breiter. Sicher hatte auch Salome damals an derselben Stelle gestanden und hatte sich vor den herannahenden Soldaten gefürchtet. Hatte panisch überlegt, was sie machen sollte. Während Philip hastig die Haustür zuschob und den Riegel vorlegte, trat Freddie an die halbrund ausgemauerte Nische in der etwa einen Meter dicken Hausmauer, in welche die schlitzartige Scharte eingelassen war. Kopf- und Fußende der Aussparung bildeten zwei quer in die Wand eingebaute Steinplatten. Um besser hinausschauen zu können, stützte sie sich mit den Händen auf der unteren ab und beugte sich vor. In diesem Moment krachte ein Schuss, der Freddie herumfahren ließ. Eine Kugel schlug durch das morsche Holz der Eingangstür, Splitter flogen durch die Luft, und ihr Onkel rettete sich mit einem Sprung zur Seite hinter sicheres Mauerwerk. Zwei weitere Schüsse in rascher Abfolge, mehr Holz sauste Freddie und Philip um die Ohren. Wer immer da draußen war, hatte die Schwachstelle des Turms gut erkannt. Es gab keinen Ausweg, sie konnten nirgendwohin und waren dem Angreifer ausgeliefert.

»Lord Philip, Miss Westbrook! Kommen Sie heraus!«, ertönte eine barsche Stimme.

»Wer ist das?«, flüsterte Freddie. »Erkennst du ihn?«

»Nein. Vermutlich verstellt er sich, aber es ist eindeutig ein Engländer.« Und laut rief er. »Auf keinen Fall!«

»Dann komme ich rein! Und hole mir, was mir gehört!«

Weitere Schüsse folgten den Worten, gleich darauf wurde wütend von außen gegen die Tür getreten. Das alte, zersplitternde Holz würde dem nicht mehr lange standhalten. Philip zog eine Pistole aus seinem Mantel, entsicherte sie und bedeutete Freddie, aus der Schusslinie zu gehen. Während sie sich so gut wie möglich in die Nische der Schießscharte drückte, war sie froh darüber, dass ihr Onkel eine Waffe mitgebracht hatte. Gleichzeitig pochte ihr Herz wild gegen den Brustkorb. Wie standen ihre Chancen, lebend flüchten zu können? War da draußen ein Angreifer oder waren es mehrere?

Ihre Gedanken wurden jäh unterbrochen, als ein weiterer Tritt erfolgte, zusammen mit einem hasserfüllten Aufschrei. Noch einer, und die Tür würde brechen. Plötzlich hörte Freddie ein seltsames, unbekanntes Geräusch. Es klang wie ein tiefes Rauschen, nah und zugleich fern, steigerte sich zu einem kurzen Dröhnen, dann war es, als ob draußen vor der Tür mit dumpfem Getöse ein Schatten herabfiele, danach Stille.

»Was ist geschehen?«, flüsterte sie. Ihr Onkel machte vorsichtig einen Schritt auf die Tür zu und spähte durch einen Spalt im Holz.

»Es liegt eine ganze Menge Schnee auf der Schwelle. Unmöglich, die Tür zu öffnen. Und der Schütze scheint verschwunden.«

Hastig rannten sie hinauf in den ersten Stock und blickten aus dem Fenster.

»Sieh dir das an!«, rief Philip aus, griff nach Freddies Hand und drückte sie. »Durch die Schüsse und den Lärm muss sich der Schnee auf dem Turm gelöst haben. Eine Dachlawine ist direkt vor der Haustür abgegangen und hat den Schützen unter sich begraben. Das nenne ich Glück! Dem Himmel sei Dank!«

»Und jetzt regt sich auch im Bauernhaus etwas. Die haben wohl ebenfalls abgewartet, bis das Schießen vorbei war. Siehst du, da kommen zwei Männer.«

»Lass uns verschwinden.«

»Dann erfahren wir nicht, wer uns töten wollte.«

»Bedauerlich, aber das werden wir verschmerzen. Wer weiß, ob die guten Leute hier Englisch sprechen. Wollen wir riskieren, missverstanden und festgesetzt zu werden? Vielleicht halten sie uns für ausländische Tunichtgute. Am Ende werden wir gar noch verhaftet!«

»Wie Salome? Auf keinen Fall.«

»Dann komm! Unten passen wir nicht durch die schmalen Fenster, wir müssen hier oben rausspringen. So hoch ist es nicht, der Schnee wird uns weich auffangen.«

»Warte!«

»Freddie! Wohin willst du denn?«

Es eilte. Aber sie konnte nicht einfach weglaufen, nicht nach dem, was sie vorhin entdeckt hatte. Flugs war sie zurück in der Nische ihrer Schießscharte, griff nach der in die Wand eingelassenen Steinplatte und rüttelte kräftig daran. Wie vermutet, saß sie locker. Mit all ihrer Kraft zog Freddie. Im Nu war ihr Onkel an ihrer Seite und half ihr. Zusammen schafften sie es, die Platte herauszulösen. Dahinter, in der dicken Hausmauer, verbarg sich ein kleiner Hohlraum und darin etwas, das in ein Tuch eingeschlagen und mit einem Bindfaden fest verschnürt war.

»Ist das …«

»Ich weiß es nicht, aber ich hoffe, Onkel Philip. Rasch, steck es ein, und dann nichts wie weg!«

Der Sprung aus dem ersten Stock war in der Tat nicht schlimm, sie überstanden ihn beide ohne Blessuren. Auf der anderen Seite des Gebäudes waren die Bauersleute mittlerweile damit beschäftigt, denjenigen freizuschaufeln, den die Dachlawine begraben hatte.

Unter Aufbietung all ihrer Kräfte kämpften sie sich zurück zur Straße und ins Dorf, wo erfreulicherweise bereits der Kutscher an seinem Gefährt auf sie wartete.

»Schnell, schnell!«, rief Philip. »Nach Salzburg!«

Erst als sie alle vier im Zug saßen, wagte es Freddie aufzuatmen. Sie wusste, sie hatten ungemein Glück gehabt. Ihr Onkel und sie, weil sie dem Schützen entkommen waren. Doktor Pebsworth, weil Crispin sich als ebenso zäher wie schlauer Verhandler entpuppt und ihn aus dem Gendarmeriekommando herausgeholt hatte, bevor diesem seltsamen Inspektor einfallen konnte, ihn wahrhaftig zu verhaften. Und alle zusammen, weil sie rechtzeitig am Bahnhof und der Zug pünktlich gewesen war und sie bald zurück in heimischen Gefilden sein würden. An ihren Fund aus dem Thurnhof wagte Freddie vorerst nicht zu denken, sonst müsste sie vor Neugier platzen.

Nach der Überfahrt nach Dover, als sie in einem Erster-Klasse-Eisenbahnabteil saßen, hielt sie es dennoch nicht mehr aus.

»Onkel Philip, lass uns nachsehen, ich bitte dich. Hier sind wir unter uns, niemand kann uns hören, und wenn wir die Vorhänge an der Tür schließen, kann uns auch keiner beobachten.«

Er runzelte die Stirn. »Ich weiß nicht. Vielleicht ist es zu gefährlich.«

»Wieso? Unseren Verfolger dürften wir abgeschüttelt haben. Wer immer vom Schnee verschüttet wurde, könnte tot sein. Oder zumindest hat er Blessuren. Auf jeden Fall ist es unmöglich, dass er im selben Zug sitzt wie wir.«

Von Crispins Seite kam Unterstützung. »Wir sollten nicht warten, bis wir in London sind. Das wäre nicht fair. Nach allem, was wir durchgemacht haben, verdienen wir zu erfahren, ob Miss Westbrook dieses Schmuckstück gefunden hat.«

»Doktor?«

»Ja, Lord Philip, ich bin auch dafür. Packen Sie es aus, dann hat das Rätselraten ein Ende.«

Er stand auf und zog sorgfältig den Vorhang an der gläsernen Abteiltür zu. Draußen rauschte frostige Landschaft vorbei, durchs Fenster würde niemand hereinschauen können.

Aus der Innentasche seines Mantels zog Lord Philip den eingepackten Gegenstand. Freddie neben ihm sowie Crispin und Doktor Pebsworth auf den Sitzen gegenüber beugten sich erwartungsvoll vor. Vorsichtig nestelte er an der Schnur, konnte jedoch den Knoten nicht öffnen. Er war fest verzurrt. Crispin zückte ein Taschenmesser und ließ die Klinge herausschnappen. Kurz fragte sich Freddie, ob eigentlich alle

Kollegen außer ihr bewaffnet waren und ob sie nicht vielleicht auch in Erwägung ziehen sollte, sich beispielsweise eine kleine Pistole für die Handtasche anzuschaffen. Doch sobald die Schnur durchtrennt war, richtete sie ihre Aufmerksamkeit wieder auf Philip.

Die äußerste Verpackungsschicht bildete eine Art Öltuch. Darunter kam ein ungefärbter Leinenstoff zum Vorschein, der mehrfach um ein Objekt gewickelt worden war, und schließlich ein Stück dunkelroter Samt. Freddie hielt den Atem an, als ihr Onkel die Ecken auseinanderschlug.

»Wunderschön«, hauchte sie.

»Der blaue Pomander«, stieß Doktor Pebsworth andächtig hervor. »Es gibt ihn also in der Tat.«

Auf Samt gebettet lag ein goldener, etwa pflaumengroßer Ball mit einer Öse an seiner Oberseite, an der eine Kette befestigt werden konnte. Er war in sechs vertikale, mit tiefblauen Saphiren besetzte Segmente unterteilt.

Obwohl sie wusste, dass der Pomander nach so langer Zeit sicherlich keinen Duft mehr verströmen würde, neigte Freddie den Kopf und schnupperte. Sie glaubte, einen ganz schwachen Geruch wahrzunehmen, doch war das höchstwahrscheinlich Einbildung. Er sah aus wie neu, wie eben erst hochglanzpoliert, makellos und perfekt. Ein Meisterwerk. Ein Ausdruck des Entzückens drang aus ihrem Mund, ohne dass sie es verhindern konnte, als Lord Philip vorsichtig an der Befestigung der Öse nestelte und die Segmente auseinanderklappten wie die Spalten einer Orange. Mittig blieb ein sechseckiger Zylinder stehen. Die innere Goldoberfläche war ziseliert, jede der Spalten und auch das Mittelstück individuell verziert.

Freddie glaubte, noch nie ein derart wundervolles Schmuckstück gesehen zu haben. Es übte eine geradezu magische Faszination auf sie aus. In diesem Moment war sie davon überzeugt, wenn es auf der Welt einen Gegenstand gab, der das Rezept zur Heilung aller Krankheiten beinhaltete, konnte es wirklich und wahrhaftig nur der blaue Pomander sein. Sie wollte ihn berühren, ihre Finger über seine Oberfläche gleiten lassen, wissen, wie sich das Gold und die erhabenen Saphire anfühlten, doch sie traute sich nicht.

Als Lord Philip ihn wieder zuklappte, die Tücher darum schlang und schließlich alles mit der Schnur umwickelte, blinzelte sie, als würde sie aus einem Traum erwachen.

Es fühlte sich an, als hätte sie eben noch in der wärmenden Sonne gesessen, und nun hatte sich eine Wolke davorgeschoben.

Salome hatte ihn sicher versteckt. Hatte sie die lockere Platte bemerkt, als sie voller Angst durch den schmalen Schlitz der Schießscharte geblickt hatte, genau wie Freddie? War ihr bewusst geworden, welch heilende Kraft dem Schmuckstück innewohnte? Dass sie Paracelsus' Erbe um jeden Preis vor den Feinden ihres geliebten Wolf Dietrich retten musste? Bestimmt war sie eine starke Frau gewesen. Um damals, vor fast dreihundert Jahren, mit einem Kirchenmann zu leben, seine Kinder zu gebären und sie allein großzuziehen, ohne die Chance, jemals eine richtige Familie sein zu können. Ohne den Namen des Fürsterzbischofs tragen zu dürfen. Dazu gehörten Kraft und Intelligenz.

Freddie war auch ein wenig stolz auf sich selbst, weil sie den Pomander gefunden hatte. Eine Frau hatte ihn versteckt, und eine Frau hatte ihn wiederentdeckt. Dann sollte das wohl so sein. Obgleich Salome und Freddie Jahrhunderte trennten, hatten sie auf diese Weise etwas gemeinsam.

Belgravia

»Meine Herren – und Miss Westbrook –, ich gratuliere Ihnen zu Ihrer erfolgreichen Mission.« Professor Brown war hocherfreut.

Sie hatten sich in Lord Philips Arbeitszimmer versammelt, da Freddie als Dame bekanntlich ja nun keinen Zutritt mehr zum Club hatte. Der Vorsitzende respektierte ihre Entscheidung, zu sich selbst zu stehen, daher wäre es unmöglich gewesen, von ihr zu verlangen, sich zu verkleiden, nur damit sie ihren Besprechungsraum nutzen konnten.

Bald war Weihnachten. Brown hoffte, die Vorstandssitzung noch vor den Feiertagen einberufen zu können, es war ihm sehr daran gelegen, Freddie den Weg zu ebnen. Und über Lord Fitzroys Mitgliedschaft musste ebenfalls entschieden werden. Ein leidiges Thema. Doch zunächst einmal erfüllte ihn der Stolz auf seine Detektive. Sie hatten erstklassige Arbeit geleistet und einen Schatz gefunden, der nicht nur jahrhundertelang verschollen, sondern dessen Existenz an sich nicht bewiesen gewesen war. Sie hatten eine Legende entdeckt, einen Mythos. Das würde das Ansehen des Sebastian Club steigern, besonders nach der schlechten Presse durch den Star.

»Bedauerlicherweise waren wir nicht auf ganzer Linie erfolgreich«, merkte Doktor Pebsworth an. »Es war uns nicht möglich, den Mörder zu entlarven.«

Professor Brown lächelte fein. »Das dürfte nun nicht mehr allzu schwer sein. Wir müssen eigentlich nur unsere Verdächtigen in Augenschein nehmen. Niemand, der unter Schneemassen begraben war, kommt ohne Blessuren davon.

Und was Mister Thompkins angeht, über den hätte ich sogar schon konkrete Informationen. Ich hatte erwähnt, dass er ein paar Tage verschwunden war. Nun, seit heute Morgen ist er wieder aufgetaucht. Mein Spitzel, den ich vor seinem Haus postiert habe, hat mir berichtet, dass Nigel Thompkins hinkend und mit gebrochener Nase gesehen wurde.«

Crispin, der neben Freddie vor dem Bücherregal stand, verschränkte die Arme vor der Brust. »Das könnte auch von einer Schlägerei in einem Public House stammen. Oder von Unstimmigkeiten mit einem Partner bei irgendeinem seiner dubiosen Geschäfte.«

»Das wird mein Informant sicher herausfinden.«

»Glauben Sie wirklich, dass uns Nigel Thompkins nach Salzburg gefolgt ist?«, fragte Freddie. »Ich bezweifle das. Ich bin der Meinung, dass ihm diese ganze Sache eine Nummer zu groß ist. Darüber hinaus – woher sollte er die finanziellen Mittel zu einer derartigen Aktion haben? Für mich ist Mister Thompkins ein Kleinkrimineller, der sich zwar gerne bereichern würde, dessen Welt sich aber auf London und Umgebung beschränkt. Er nimmt, was er kriegen kann – innerhalb seines Radius.«

»Mag sein, dass Sie recht haben, Miss Westbrook. Vielleicht liegt Ihr siebter Sinn richtig. Doch um jemanden aus dem Kreis der Verdächtigen auszuschließen, brauchen wir Beweise.«

Freddie neigte zustimmend den Kopf. »Dann bleibt er auf der Liste, bis wir wissen, woher seine Verletzungen stammen.«

»Für mich ist Fitzroy der Hauptverdächtige«, warf Lord Philip mit dunkler Stimme ein, und alle anderen nickten beipflichtend. »Er hat sich auffällig für den Pomander interessiert, der Grund für seine Anwesenheit in Salzburg war mehr als fadenscheinig, und er kann es sich zum Beispiel leisten, einen Kriminellen wie diesen Schmuck-Sepp zu engagieren, damit er sich als falscher Pfarrer ausgibt. Wer weiß, vielleicht war er es nicht einmal persönlich, der uns im Thurnhof erschießen wollte. Er könnte genauso gut einen Handlanger geschickt haben.«

»Darüber kann ich wahrscheinlich schon heute Abend mehr sagen. Lady Fitzroy hat mich nämlich zum Tee eingeladen. Leider. Sie möchte mit mir über eine Zuwendung für einen wohltätigen Zweck sprechen, erfahren, ob der Sebastian Club irgendwelche Waisenhäuser oder dergleichen unterstützt«, sagte Professor Brown.

Doktor Pebsworth runzelte die Stirn. Er hatte neben dem Kamin Platz genommen und wärmte sich am Feuer. »Wieso das denn, bitte schön?«

»Oh, ich vermute, um Schönwetter zu machen. Sicherlich handelt sie im Auftrag ihres Gatten, der bestimmt ebenfalls anwesend sein und mich an den Termin zur Abstimmung über seine Aufnahme in den Club erinnern wird.«

»Die beiden sind absolut unmöglich. Und ihr Schoßhündchen, dieser Professor Edwards, obendrein.«

»Das sehe ich wie Sie, Miss Westbrook. Leute, mit denen man eigentlich nichts zu tun haben will, weil sie nur danach streben, sich mit ihrem Reichtum Einfluss zu verschaffen. Aber da Fitzroy nun einmal rechtmäßig vorgeschlagen wurde, muss ich darüber abstimmen lassen.«

Es klopfte an der Tür, und der Hausdiener trat ein, in der Hand die aktuelle Ausgabe der Times. »Das hier wurde für Professor Brown abgegeben.«

Der bedankte sich und meinte: »Ich hoffe, es ist in Ordnung, dass ich den Zeitungsjungen gebeten habe, hierher zu liefern? Normalerweise bringt er die Zeitung immer in den Club, und gerade heute schien es mir wichtig, gleich nachzuschlagen, ob ich mit meiner Aktion Erfolg hatte. Ich dachte mir, ich beschleunige die Suche nach unserem Mörder ein wenig.«

Auf Nachfrage der Kollegen hin erklärte er, seine guten Verbindungen zu einem Journalisten der Times genutzt zu haben, um die Entdeckung des blauen Pomanders publik zu machen. »Wissen Sie, auch wenn uns dieser Clifford Fowl ständig verunglimpft, haben wir doch Freunde, die dafür sorgen, dass unsere Erfolge unters Volk gebracht werden. Und wer liest bitte den Star? Die Times ist so viel weiter verbreitet, besonders in den Kreisen, die wir anzusprechen gedenken.«

Er schlug die betreffende Seite auf und las den Artikel vor, in dem stand, was für eine sensationelle Leistung der Detektive des Sebastian Club es doch war, das sagenumwobene Schmuckstück gefunden und nach London verbracht zu haben, wo es sich derzeit in geheimer und sicherer Verwahrung befand.

»Damit wollen Sie den Täter aus der Reserve locken, nicht wahr?«, mutmaßte Doktor Pebsworth.

Professor Brown nickte. »Eine Methode, die sich bereits mehr als einmal als äußerst hilfreich herausgestellt hat. Ich habe den Artikel sofort setzen lassen, als Sie mir von dem Fund telegrafiert haben. Und nun zeigen Sie mir bitte das gute Stück.«

Wie vorher schon seine Kollegen war Professor Brown ebenfalls außerordentlich fasziniert von der kunstvollen Arbeit. Er besah sich den Bisamapfel von allen Seiten. Auch er schnüffelte unwillkürlich daran. Er klappte die Spalten auseinander und inspizierte die feine Ziselierung unter der Lupe. »Es sieht so aus, als wäre das hier nicht nur Verzierung, sondern als wären zwischen den Mustern Wörter versteckt. Lateinische. Wenn wir Glück haben, verbirgt sich dahinter die Zusammensetzung des Duftstoffes.« Er schloss den Pomander und reichte ihn dem Doktor.

»Nehmen Sie ihn an sich. Untersuchen Sie ihn. Wenn jemand hinter sein Geheimnis gelangen kann, dann Sie, da bin ich mir sicher, mein Lieber. Und nun muss ich Sie bitten, mich zu entschuldigen. Ich fürchte, mein Zusammentreffen mit den Fitzroys ist unausweichlich. Aber ich werde berichten, was die beiden für einen Eindruck auf mich machen und ob sie die Times schon gelesen haben.«

Augenzwinkernd und gut gelaunt verabschiedete er sich von den anderen, und Lord Philip brachte ihn zur Tür.

Draußen im Flur, als sie allein waren, erwähnte Professor Brown seinen Besuch bei Annabel Arnholtz. »Vor Ihrer Abreise meinten Sie, ich sollte nach Ignatius sehen, ob er sich eingewöhnt. Also habe ich einen Ausflug hinaus nach Greenwich unternommen.«

»Wie geht es ihm und Annabel? Kommen sie miteinander aus?« Unsicherheit lag in Lord Philips Stimme.

»Keine Sorge, die zwei verstehen sich blendend. Es scheint, als hätten sie sich gesucht und gefunden.«

»Wie meinen Sie das? Wir waren nur einige Tage weg, was ist geschehen?«

Der Professor legte eine Hand auf Lord Philips Schulter und tätschelte sie beruhigend. »Es ist alles in Ordnung, werter Freund. Ich wurde von Mrs Arnholtz sehr gastfreundlich empfangen und hatte den Eindruck, dass unser Mister Hegan keineswegs als Hausdiener bei ihr fungiert, sondern im Begriff ist, in die Rolle eines Ziehsohnes hineinzuwachsen.«

»Wie bitte?«

Brown trat ein wenig näher an Lord Philip und sprach leise. »Auch wenn wir nicht oft über Dinge des Herzens sprechen, ist mir wohl bewusst, was Sie für Mrs Arnholtz empfinden. Ebenso sehe ich Ihrer beider unterschiedliche gesellschaftliche Position. Und nun kommt Ignatius Hegan ins Spiel, fast noch ein Junge, aus ärmlichsten Verhältnissen, für den es eigentlich undenkbar ist, eine Stelle in einem Haushalt wie dem von Mrs Arnholtz zu erlangen. Und dennoch gibt sie ihm eine Chance. Ich habe ehrliche Zuneigung zwischen den beiden gesehen. Geschundene Seelen, die einander erkannt haben. Wenn Annabel Arnholtz dazu bereit ist, jemanden, der so weit unter ihr steht, in ihr Leben zu lassen, wer weiß …« Er machte eine kurze Pause. »Das Schicksal führt die Richtigen zusammen. Sehen Sie unsere Ermittlerriege an, da hat es auch geklappt. Vertrauen Sie weiterhin auf Ihre Menschenkenntnis, Philip, dann werden Sie Ihr Glück schon finden.«

In der Kutsche, auf dem Weg zum Haus der Fitzroys, dachte Professor Brown darüber nach, dass es viel einfacher war, anderen einen guten Rat zu geben, als selbst danach zu handeln. Hätte er damals in Indien nicht einem falschen Freund vertraut, der sich später als Verräter herausgestellt hatte, wäre er nun vermutlich mit der Frau seines Herzens glücklich. Stattdessen hatte er sein Leben einer Organisation gewidmet, die Verbrecher jagte. Das erfüllte ihn auch mit Freude, jedoch war es weit weniger romantisch. Er wünschte Philip wirklich, dass er es schaffen möge, beides zu vereinen – den Sebastian Club und die Liebe.

Darüber sinnierte er noch immer, als er sich zu Lady Fitzroy an den schön gedeckten Tisch setzte und ihm eine Etagere mit kleinen Sandwiches gereicht wurde. Gedankenverloren aß er ein paar davon und beteiligte sich fast automatisch an der Konversation. Vom Tee ließ er sich gerne zweimal nachschenken. Freilich waren auch Lord Fitzroy und Professor Edwards anwesend, und bald lenkten sie das Thema auf die Clubaufnahme und die geplante Spende. Es ermüdete Brown, gute Miene machen zu müssen.

»Ich werde mich bemühen, die Vorstandssitzung noch vor den Weihnachtsfeiertagen einzuberufen, Sie haben mein Wort«, versicherte er dem drängenden Hausherrn. »Und was Ihre Zuwendung für eine wohltätige Organisation angeht, das entscheiden Sie bitte nach eigenem Gutdünken. Ich bin mir sicher, Sie werden das Richtige tun, Mylady, Sie scheinen mir eine Dame zu sein, die das Herz am rechten Fleck hat.«

Zu seiner großen Überraschung bekam Lady Fitzroy daraufhin glasige Augen, als müsste sie Tränen unterdrücken. Verlegen widmete sie sich der Teekanne und goss allen erneut ein. Ihr Gatte beeilte sich, das Thema zu wechseln. »Da haben Sie ja mächtig Glück gehabt, den Pomander zu finden. Die Times lobt die Fähigkeiten Ihrer Detektive über den grünen Klee. Das grenzt an Übertreibung.«

»Mitnichten. Wir sind sehr zufrieden mit dem Ausgang der Reise nach Salzburg. Glück hatte damit wenig zu tun.

Eher eine gute Zusammenarbeit. Sie haben meine Kollegen im Österreichischen Hof getroffen, wie ich hörte?«

»Ja, wir waren zufällig zur selben Zeit dort.« Er beugte sich vor, um nach dem Milchkännchen zu greifen, hielt dann aber inne. »Geben Sie mir bitte die Milch, Edwards.«

»Haben Sie ein Problem mit Ihrem Rücken? Ich konnte nicht umhin zu bemerken, dass Sie Schmerzen haben.«

»Was Ihnen nicht alles auffällt, werter Brown.«

»Lord Fitzroy ist in Salzburg gestürzt«, warf Edwards mit zaghafter Stimme ein. »Es geschah kurz vor unserer Abreise. Der Gehweg war eisig, und Mylord ist ausgerutscht und hingefallen. Ein Glück, dass er sich nicht ernsthaft verletzt hat.«

»Was soll das heißen?«, protestierte Fitzroy. »Ich leide Höllenqualen!«

»Natürlich, mein Lieber. Ich bin mir sicher, Professor Edwards wollte deinen schweren Unfall nicht mindern.« Viola tätschelte die Hand ihres Mannes, woraufhin der sie ruckartig wegzog. Jenes erstaunlich brüskierende Verhalten wunderte Brown. Eine unangenehme Stille entstand, die Edwards glücklicherweise beendete.

»Wie sieht er denn nun aus, dieser Pomander?«, fragte er.

Dankbar nahm Brown den Faden auf. »Ah, er ist wahrhaft prächtig. Pures Gold und zahlreiche Saphire, eine meisterliche Arbeit.«

»Und?« Die Hausherrin blickte ihn aus ihren warmen braunen Augen an. »Hält er, was er verspricht? Kann er Krankheiten heilen?«

Brown wartete bewusst mit der Antwort. Ließ seinen Blick in die Ferne schweifen, als müsse er nach Worten suchen. In Wirklichkeit sah er sich im erlesen möblierten Salon um. Viola Fitzroy hatte Geschmack, das war nicht abzustreiten. Er wusste, dass ihr Gatte ein arger Frauenheld war, dessen amouröse Eskapaden lange nicht so unauffällig abliefen, wie er es gerne hätte. Im Gegenzug für diese Demütigung durfte sich seine Gattin finanziell austoben, wie sie wollte. Statt sich beschenken zu lassen, kaufte sie lieber selbst ein, mit Vorliebe Porzellan. In den Glasvitrinen ringsum erkannte Brown Meisterwerke aus Meißen, Kopenhagen und sogar einige antike ägyptische Fayencearbeiten. Dabei war er mitnichten ein Fachmann, was derlei Kostbarkeiten betraf, und hatte keine realistische Vorstellung davon, welcher Wert im Salon der Fitzroys schlummerte.

»Das weiß niemand, Mylady. An was auch immer sich im Inneren des Duftapfels befand, hat der Zahn der Zeit ordentlich genagt. Vermute ich zumindest, denn wir haben noch nicht nachgesehen.«

»Wie bitte? Weshalb nicht?«

»Weil die Gentlemen vom Sebastian Club nicht an Wundermittel glauben. Wir haben bewiesen, dass der blaue Pomander existiert. Unser nächster Schritt wird es sein, ihn zu verkaufen. Einen Interessenten, der anonym bleiben will, haben wir bereits«, log er. »Und den Erlös spenden wir selbstredend wohltätigen Zwecken.«

»Sind Sie wahnsinnig?«

»Viola, bitte!« Mit scharfer Stimme brachte Lord Fitzroy seine Frau zum Schweigen. »Entschuldigen Sie diesen weiblichen Ausbruch. Manchmal hat sie sich schlichtweg nicht unter Kontrolle. Dabei habe ich ihr schon mehrfach vorgeschlagen, sich wegen Hysterie behandeln zu lassen.«

Daraufhin erhob sich Lady Fitzroy vom Tisch und verließ wortlos den Raum. Vermutlich hätte sie am liebsten die Tür zugeknallt, vermutete Brown. Ihm an ihrer Stelle würde es so ergehen.

»Wann wollen Sie das Ding verkaufen?«

»In Bälde, Mylord, in Bälde.«

Sobald die Etikette es erlaubte, verabschiedete sich Professor Brown und fuhr in den Club. Kurz hatte er überlegt, nach Hause zu gehen, doch dort wartete niemand auf ihn, und irgendwie war ihm das Büro mehr Heimat geworden als sein Stadthaus.

Am Schreibtisch lockerte er die Krawatte und knöpfte das Jackett auf. Er steckte seine Pfeife an und paffte ein paar Minuten, dann löschte er sie wieder, weil er eine seltsame Beklemmung in der Brust fühlte.

»Es sind stets die alten Geister, die mich plagen«, murmelte er vor sich hin. Professor Brown spürte eine Müdigkeit, eine Erschöpfung, als wäre er am Ende einer langen Reise angekommen. Er dachte an die Frau, die er einst geliebt hatte. Immer öfter schlich sie sich in seine Gedanken, dabei war sie seit vielen Jahren tot und begraben, Teil einer vergangenen Zeit. Was, wenn der blaue Pomander tatsächlich Heilkräfte besaß? Hätte er auch ihr helfen können, wenn Brown ihn damals schon besessen hätte? War es überhaupt wünschenswert, alle, die krank waren, zu heilen? Was würde dann mit der Welt passieren? Er lehnte sich zurück und schloss die Augen.

Erst spät am Abend fuhr er nach Hause. Morgen würde er den anderen von seinem Nachmittagsgespräch bei den Fitzroys berichten.

Die Haushälterin hatte Professor Brown die Abendpost auf ein Tablett im Flur gelegt. Es stand auf einem zierlichen indischen Schränkchen, das er von seinen Reisen mitgebracht hatte. Bevor er das Haus verließ, war es das Letzte, was er sah, wenn er es betrat, das Erste. Es sollte ihn daran hindern zu vergessen. Und ihn erinnern, keinen Menschen leichtfertig zu beurteilen, sondern alles zu hinterfragen, was gesagt wurde, und noch viel mehr das, was unausgesprochen blieb. Bisher war er gut damit gefahren.

Eine leichte Übelkeit stieg in ihm auf. Der Tag war anstrengend gewesen. Das Dinner hatte Brown ausgelassen. Vermutlich war es Hunger, was er als flaues Gefühl wahrnahm.

Er schlüpfte aus Mantel und Handschuhen, setzte den Hut ab. Die Haushälterin war längst zu Bett gegangen, daher hängte er alles selbst sorgfältig auf.

Zwei Briefe lagen auf dem Tablett. Einer davon war von einem Clubmitglied, sicher eine Einladung. Der andere machte ihn stutzig, denn es klebte keine Marke darauf. Man hatte ihn persönlich eingeworfen. Der Umschlag bestand aus blütenweißem, gehämmertem Büttenpapier, auf das jemand mit schwarzer Tinte und äußerst präziser Hand seine Adresse geschrieben hatte.

Er öffnete ihn an Ort und Stelle, unter der Flurlampe, und las die kurze Nachricht darin. Ihre Bedeutung schnitt in sein Herz wie ein Messer. Am besten, er schickte sofort nach den Gentlemen – und natürlich nach Freddie, besonders nach ihr. Doch dann überlegte er es sich anders. Die Angelegenheit würde bis morgen warten müssen. Viel eiliger war es, die Vorstandssitzung so zeitnah wie möglich einzuberaumen.

Archie Bain wunderte sich, den Clubvorsitzenden ein zweites Mal an diesem Abend und zu derart fortgeschrittener Stunde wieder im Club zu begrüßen, Brown sah es ihm an.

»Ich brauche Ihre Hilfe«, sagte er zu ihm. »Wir müssen eine dringende Sitzung vorbereiten, und ich fürchte, außer Ihnen ist niemand hier, der mir dabei zur Hand gehen könnte.«

Im Club

»Ich verstehe nicht, warum ich mich noch einmal als Mann verkleiden sollte. Auf Ihren ausdrücklichen Wunsch hin, Professor Brown. Ihre Nachricht war mehr als geheimnisvoll.«

»Und jetzt erwarten Sie eine Erklärung?«

Sie lächelte ihn an. »Das wäre schön. Aber wie ich Sie kenne, werden Sie mir die nicht einfach so geben, nicht wahr?«

»Da täuschen Sie sich ausnahmsweise, Miss Westbrook. Leider habe ich nicht die Zeit, mich in meinen ansonsten gerne kryptischen Sprüchen zu ergehen.« Auch er schmunzelte. Die Ermittlerriege war trotz früher Morgenstunde – es war noch nicht einmal acht Uhr – vollzählig in Professor Browns Büro versammelt. Auf Freddie machte er einen absonderlichen Eindruck. Sie vermutete, dass er die Nacht hier verbracht hatte, denn er wirkte müde und trug dieselben Sachen wie am Vortag.

»Daher sage ich es Ihnen geradeheraus – Ihr Herrenauftritt ist notwendig, damit Sie an dieser Besprechung teilnehmen dürfen und an der Vorstandssitzung, die ich für heute einberufen habe.«

»Heute schon? Weshalb die Eile?« Doktor Pebsworth kniff die Augen zusammen und musterte den Clubleiter eingehend. Sicher fiel auch ihm auf, dass er anders war als sonst.

»Da es mir ein wichtiges Anliegen ist, die Sache für Miss Westbrook persönlich zu regeln. Ich will, dass sie ein vollwertiges Clubmitglied bleibt, egal ob als Mann oder Frau. Weil sie es verdient. Weil sie zu uns gehört.«

Eine Welle warmer Zuneigung breitete sich in Freddie aus. Sie hatte sich nicht in Professor Brown getäuscht. Er war ein modern denkender Gentleman und ein loyaler Freund.

»Das wünschen wir uns alle. Trotzdem verstehe ich das frühe Zusammentreffen nicht. Gibt es dafür noch einen anderen Grund?«

»Leider ja, Mister Fox. Diesen Brief erhielt ich gestern Abend. Er wurde bei mir eingeworfen. Ich habe ihn genauestens untersucht, finde aber keinen Hinweis auf seinen Verfasser. Außer dass es sich dabei um eine kühl kalkulierende und methodisch vorgehende Person handeln muss. Tun Sie mir den Gefallen, und lesen Sie ihn vor. Ich fürchte, mir fehlt die nötige Selbstbeherrschung, dies zu tun.«

Mit zitternden Fingern überreichte er Crispin ein weißes Blatt Papier.

»Werter Professor Brown, hiermit teile ich Ihnen mit, dass Sie noch drei Tage leben werden, bevor Ihr Herz für immer stehen bleibt. Sie wurden vergiftet. Bitte vergeuden Sie Ihre verbleibende Zeit nicht damit, die Art des Giftes und ein eventuelles Gegenmittel herausfinden zu wollen. Sie und auch Ihre Kollegen würden daran scheitern. Vielmehr fordere ich Sie dazu auf, den Inhalt des blauen Pomanders zu entschlüsseln und an sich selbst zu beweisen, dass er Kranke heilen kann. Ihre Uhr tickt.«

Crispin ließ das Blatt sinken und starrte den Clubvorsitzenden mit schreckgeweiteten Augen an. »Dabei muss es sich um einen grausamen Scherz handeln! Das kann unmöglich ernst gemeint sein.«

»Ich fürchte doch, mein junger Freund. Mir geht es zwar noch recht gut, aber ich spüre, dass der Schreiber die Wahrheit sagt.«

»Er muss wahnsinnig sein!« Freddie stand von ihrem Stuhl auf und begann im Raum auf und ab zu laufen. Sie konnte sich nicht länger still halten. Am liebsten wäre sie schreiend aus dem Haus gelaufen.

»Das eher nicht. Ich habe die ganze Nacht darüber nachgedacht und bin zu dem Schluss gekommen, dass es sich bei dem Sender der Nachricht um jemanden handeln muss, der von der Heilkraft des Pomanders absolut überzeugt ist. Jemand, der seine Hilfe selbst dringend benötigt, weil es für ihn ebenfalls um Leben und Tod geht.«

»Und da die Times groß von unserem tollen Fund berichtet hat, dachte er sich wohl, er setzt uns das Messer auf die Brust. Wie könnte man den Sebastian Club rascher zum Handeln zwingen, als wenn man seinen Vorsitzenden vergiftet?« Wütend hieb Lord Philip mit der Hand auf die lederne Armlehne des Sessels.

»Leider wissen wir nur zu gut, dass wir nicht gewinnen können. Selbst falls es uns gelingt, das Geheimnis des blauen Pomanders zu lösen. Es gibt kein pauschales Wunderheilmittel«, flüsterte Doktor Pebsworth.

Freddie sah ihn flehentlich an. »Sagen Sie doch so was nicht. Wir alle haben gespürt, wie besonders das Stück ist. Wir müssen das Unmögliche möglich machen. Wie weit sind Sie mit Ihrer Untersuchung, Doktor?«

»Ich habe den inneren Zylinder und jede der sechs Spalten geöffnet und in allen Reste einer Substanz gefunden. Ob es ein und dieselbe ist oder ob es sieben unterschiedliche sind, vermag ich noch nicht zu sagen. Meine Versuche hierzu laufen.«

»Kann ich Ihnen zur Hand gehen?, fragte Crispin.

»Das wäre hilfreich.« Er wies auf seinen Arztkoffer. »Warum sollte ich den mitbringen? Brauchen Sie ein Schmerzmittel, Professor?«

Brown schüttelte den Kopf. Er zog sein Jackett aus, rollte den Ärmel des Hemdes hoch und setzte sich auf den Schreibtischstuhl. »Nein. Aber ich würde in einer derart prekären Situation nur ungern auf ein einziges Pferd setzen wollen.«

Pebsworth nickte. »Verstehe.« Er holte eine Spritze aus der Tasche und nahm dem Professor Blut ab. Freddie konnte nicht hinsehen. Stattdessen schaute sie aus dem Fenster und dachte an ihren ersten Besuch in diesem Büro. Es war der Auftakt eines neuen und aufregenden Lebens für sie gewesen, ein

Meilenstein. Aus Miss Frederique war Mister Freddie geworden, und nun wollte ein sterbender Professor Brown dafür sorgen, dass sie zu ihrem eigentlichen Ich zurückkehren durfte, ohne etwas von ihrer wertvollen gewonnenen Freiheit einzubüßen. Ein Sebastian Club ohne Brown war unvorstellbar. Sie würden alles daransetzen, ihn zu retten.

Tränen schnürten Freddies Kehle zu. Sie schluckte sie tapfer hinunter und wendete sich sodann wieder den Herren zu.

»Wie war der Tee bei den Fitzroys?«

»Reichlich seltsam. Es herrscht eine recht lieblose Spannung zwischen den Eheleuten, die sich beide immer weniger darum bemühen, dies vor einem Außenstehenden wie mir zu verbergen. Erfreulicherweise war Professor Edwards zugegen, der als Schlichter fungierte.«

»Ich bin überzeugt, das beherrscht er gut. Immerhin kann er sich ohne Rückgrat problemlos in alle erforderlichen Richtungen verbiegen.«

»Sie mögen ihn nicht, Philip?«

»Merkt man das?«

Crispin, blass im Gesicht und zweifelsohne noch immer schockiert, warf ein: »Ich wette, der Brief stammt von Ernest Fitzroy. Bestimmt hat er versucht, Sie über den Pomander auszufragen, und ist in Panik verfallen, als er hörte, dass wir darin kein Wundermittel gefunden haben.«

»Den Gedanken hatte ich ebenfalls, Mister Fox. Wie gesagt, ich habe die ganze Nacht gegrübelt. Aber wenn wir es objektiv betrachten – Fitzroy verfügt zwar über die Mittel, nach dem Objekt suchen zu lassen, und er war auch in Salzburg. Doch hat er kein Motiv, kein lebensbedrohliches Problem. Verstehen Sie? Falls er es auf den Pomander abgesehen hat, dann allein auf dessen materiellen Wert.«

»Was ist mit Edwards?«

Nun ergriff Freddie das Wort. »Ob er genügend Geld hat, Helfer und Helfershelfer zu engagieren, weiß ich nicht. Was Salzburg betrifft – Professor Edwards hatte nachweislich als Einziger einen triftigen Grund, dort zu sein. Das haben wir mit eigenen Augen beobachtet. Er traf sich zur Beratung mit einem Kollegen namens Professor Kassowitz. Und was sein Motiv angeht – er ist Mediziner, glaubt bestimmt nicht an Wunder. Und selbst wenn, wofür sollte er eines benötigen? Darüber hinaus scheint er mir eher ein Mitläufer als ein Macher zu sein.«

»Viola Fitzroy?«

»Hat die Mittel, die Möglichkeiten, aber auch hier fehlt das Motiv.« Professor Brown strich nachdenklich über seinen Bart.

»Nigel Thompkins?«

»Ganz recht, Mister Fox, gehen wir alle Verdächtigen durch.« Doktor Pebsworth hatte seine Utensilien wieder in der Tasche verstaut und blickte auf. »Thompkins hat Syphilis. Um die zu heilen, bedürfte es tatsächlich eines Wunders. Hier hätten wir folglich ein Motiv. Allerdings mangelt es ihm eindeutig an den Mitteln. Und seine Möglichkeiten schätze ich ebenfalls als eher beschränkt ein.«

»Es sieht so aus, als hätte ich mir mit meinem vorschnellen Zeitungsartikel dieses Mal selbst ein Bein gestellt. Zu hoch gepokert und verloren. Im Grunde könnte auch jemand völlig Unbekanntes dafür verantwortlich sein.«

»Wir werden das wieder hinkriegen, Aristotle. Da haben wir schon viel schwierigere Probleme gelöst, verzagen Sie nicht.« Pebsworth setzte seinen Hut auf. »Kommen Sie, Mister Fox, wir haben zu arbeiten. Zunächst bringen wir das Blut zu meinem Freund Albert nach Chinatown. Wenn einer herausfinden kann, womit unser Vorsitzender vergiftet wurde, dann er. Und danach machen wir zwei mit dem Pomander weiter. Äh, wegen der Sitzung …« Der Doktor steckte Professor Brown ein Stück Papier zu und sah ihn eindringlich an.

Als die beiden gegangen waren, kontrollierte der Clubvorsitzende seine Taschenuhr. »Es ist so weit. Kommen Sie.« Er wollte aufstehen, griff sich an den Bauch und sackte zurück auf den Stuhl.

Sein schmerzverzerrtes Gesicht sprach Bände. Freddie und ihr Onkel traten besorgt näher. Schließlich erhob sich Brown, ohne seinen Zustand zu kommentieren, und ging voraus durch die Gänge des Clubs in den großen Konferenzraum, der mit seiner langen Tafel wichtigen Besprechungen und Veranstaltungen vorbehalten war. Freddie bemerkte die Schweißperlen auf der Stirn des Professors. Sie bewunderte die Selbstdisziplin, die er an den Tag legte.

Der Clubvorstand bestand aus neun Herren, den Vorsitzenden mitgezählt. Lord Philip Dabinott war einer davon, was Freddie überraschte, als er seinen Platz einnahm, denn er hatte diesen doch bedeutenden Umstand nie mit einem einzigen Wort erwähnt. Acht Gentlemen hatten sich eingefunden, einer war entschuldigt, als Archie die Tür schloss und die Sitzung offiziell begann.

Zuerst wurde über Lord Fitzroys Antrag auf Aufnahme in den Club abgestimmt. Freddie musste währenddessen in einen Nebenraum gehen, konnte sich aber denken, wie die Abstimmung ausgegangen war, als sie nach ihrer Rückkehr in das zufriedene Gesicht ihres Onkels blickte.

Sodann ergriff Professor Brown das Wort für den zweiten Punkt auf der Tagesordnung.

»Meine Herren, was ich Ihnen nun vorschlage, ist ein völliges Novum. Etwas, was noch nie in einem englischen Gentlemenclub vorgenommen wurde und was ich selbst bis vor ein paar Jahren für absolut unmöglich gehalten habe. Doch ich habe meine Meinung geändert, mich eines Besseren belehren lassen – von Intelligenz, Loyalität und Herzenswärme. Und was, frage ich Sie, könnte für den Dienst des Sebastian Club an der gerechten Sache der Verbrechensbekämpfung wichtiger sein als diese Attribute?« Er machte eine kleine Pause und sah in die Runde, bis sein Blick an Freddie hängen blieb, der man einen Platz abseits des Abstimmungstisches auf einem an der Wand neben der Tür stehenden Stuhl zugeteilt hatte. Ihr Atem beschleunigte sich. Die Stunde der Wahrheit war gekommen, jetzt würde es sich entscheiden. Sie atmete tief durch. Die Anwesenden hatten sich ihr zugewandt, sahen sie mit unverhohlener Neugier an. Wahrscheinlich fragten sie sich, warum der Professor sie mitgebracht hatte, wo sie doch längst Mitglied war. Neben ihrem Onkel saß Lord Cranmore, das älteste Clubmitglied, daneben James MacWill, der Viscount of Ucksfird. Von zwei weiteren Herren kannte sie die Namen nicht, sie erinnerte sich jedoch, dass der eine ein Bankier und der andere ein Richter war. Den beiden verbleibenden war sie das ein oder andere Mal im Smoking Room oder bei Clubveranstaltungen begegnet, wusste aber nichts über sie.

Auf ein Kopfnicken des Professors hin stand sie auf und stellte sich neben ihn an den Kopf des Tisches.

»Mister Freddie Westbrook, der Neffe von Lord Philip, ist das jüngste Mitglied der Sebastian-Club-Detektive. Um ihn geht es. Er ist reichlich gesegnet mit den Eigenschaften, die ich eben aufgezählt habe. Intelligenz, Loyalität, Herzenswärme. Wir können uns glücklich schätzen, dass er sie uns voller Freude schenkt. Ohne Mister Westbrook wären wir nicht dazu imstande, unsere Aufklärungsrate zu halten und Leistungen zu vollbringen, die Mörder dingfest machen. Wir brauchen ihn. Ich kann aus eigener Erfahrung sagen, dass er ohne zu zögern sein Leben für das seiner Kollegen riskiert und dass die bereit sind, das ihre für ihn zu geben. Deshalb wäre es ein unannehmbarer Nachteil für den Club und dessen Aufgabe, würden wir Mister Westbrook verlieren.«

»Will er uns denn verlassen? Das wäre in der Tat eine Katastrophe.« Nie hatte sich Freddie so gefreut, die krächzige Stimme von Lord Cranmore zu hören, wie in diesem Augenblick. Der steinalte Exzentriker verbrachte noch mehr Zeit im Clubhaus als der Vorsitzende, verließ es genau genommen so gut wie überhaupt nicht. Was für Augenrollen bei einigen Mitgliedern sorgte.

Der Professor schüttelte den Kopf. »Oh nein. Mister Westbrook möchte nichts lieber, als viele weitere Jahre für uns tätig zu sein. Das kann er allerdings nur, wenn Sie, Gentlemen, hier und heute einer Änderung der Statuten zustimmen. Ich beantrage hiermit die Aufnahme von The Honourable Frederique Westbrook in den Sebastian Club.«

Auf sein Zeichen hin zog Freddie ihre Perücke vom Kopf und schüttelte ihre blonden Locken frei.

»Sie sind eine Frau?«, ächzte der Bankdirektor nach einer allgemeinen Schrecksekunde verblüfft. »Haben Sie uns mutwillig getäuscht, Professor Brown?«

Aus dem Augenwinkel sah Freddie, wie ihr Onkel einschreiten und zweifelsohne die Verantwortung auf sich nehmen wollte, aber der Vorsitzende gab ihm einen Wink, und Philip klappte seinen Mund wieder zu.

»Wie heißt es doch – der Zweck heiligt die Mittel. Ja, ich wusste, dass sich unter dem Anzug eine junge Dame verbarg, und nahm dies anfangs billigend, mittlerweile stolz in Kauf. Ich sage es noch einmal: Wir brauchen Miss Westbrook! Selbstverständlich trage ich die Konsequenzen für mein Handeln. Diese Sitzung wird mein letzter Akt als Clubvorstand sein. Ich ziehe mich zurück und gebe das Amt ab. Aber ich bitte Sie inständig, für den Moment über mein Fehlverhalten hinwegzusehen und Miss Westbrooks Aufnahme zu genehmigen.«

Es folgte Gemurmel und Getuschel. Der Professor und Freddie gingen hinaus, um es den Herren zu gestatten, sich untereinander auszutauschen. Nach ein paar Minuten nahm er die Abstimmung vor und bat Freddie anschließend wieder in den Raum.

Die Auszählung der Stimmen ergab einen Gleichstand. Im Grunde hatte sie damit gerechnet, dass alle außer dem Professor und ihrem Onkel gegen sie sein würden, daher betrachtete sie es als Genugtuung, viermal ein Ja erhalten zu haben.

Ein kleines Lächeln umspielte Browns Lippen, als er einen Zettel aus der Tasche zog. »Unser neuntes Vorstandsmitglied kann dieser Sitzung leider nicht beiwohnen. Doch hat mich Doktor Pebsworth vorab mit einer Vollmacht ausgestattet, die ich Ihnen hier präsentiere.« Er legte das Schreiben auf den Tisch. »Im Sinne des Doktors stimme ich für die Aufnahme von Frederique Westbrook in den Club, die somit beschlossen ist.«

Fleet Street

Vor der St. Bride's Kirche in der Fleet Street stand ein Chor, bestehend aus sechs Männern, die in der spätnachmittäglichen Dämmerung Weihnachtslieder sangen und Spenden für die Kirchenmission sammelten. Als Freddie und Crispin ein paar Münzen in die Sammeldose warfen, schmetterten sie gerade voller Inbrunst »O come, all ye faithful«.

Sie hatte ihn mit einem Hansom Cab bei Doktor Pebsworth abgeholt, da die meisten der Versuchsreihen über Bunsenbrennern köchelten und es nicht mehr als eine Person brauchte, um abzuwarten, bis sie die Ergebnisse der Proben ablesen konnten.

»Habe ich dir eigentlich schon zu deiner zweiten Aufnahme in den Sebastian Club gratuliert?« Beim Überqueren der Straße bot ihr Crispin seinen Arm an.

»Mehrfach. Und wenn wir nicht an einem öffentlichen Ort und unsere Herzen nicht schwer vor Sorge um den Professor wären, würde ich das Ganze gerne mit dir feiern. Ich meine, ist es nicht eine herrliche Sensation?« Sie drückte seine Hand, um ihn ihrer Zuneigung zu versichern. Seit Salzburg musste sich Freddie eingestehen, dass ihre Gedanken ständig um Crispin kreisten, öfter als je zuvor. Falls die Ereignisse sich nicht derart überstürzt hätten, wäre sie einer Wiederaufnahme ihrer leicht abgekühlten Romanze gegenüber nicht abgeneigt. Doch wie zumeist nahm der Sebastian Club den ersten Platz in ihrer beider Leben ein, und alles andere musste dahinter zurückstehen.

Vor der Geschäftsstelle des Star blieb sie stehen.

»Ehe wir hineingehen, muss ich dir sagen, wie sehr ich es

bedaure, dass unsere Gefühle aufgrund unserer Arbeit stets die zweite Geige spielen. Und dass ich künftig daran gerne etwas ändern würde.« Sie stockte. »Also ich meine, ich möchte privat mehr Zeit mit dir verbringen, falls du das auch immer noch willst. Wenn nicht, würde ich es durchaus verstehen, und eigentlich ist jetzt sowieso nicht der richtige Moment, dieses Thema anzuschneiden, aber …«

»Freddie.« Er nahm ihre Hände in die seinen und zog sie aus dem Strom der Passanten in den überdachten Eingang des Gebäudes. »Ich würde ebenfalls gerne mehr Zeit mit dir verbringen. Und ich freue mich, dass du mit mir darüber reden wolltest, passender Augenblick oder nicht. Weißt du, ich bin mit Begeisterung Ermittler für den Sebastian Club. Aber es ist nicht verwerflich, wenn man auch noch ein Privatleben hat. Und in meinem spielst du nach wie vor die Hauptrolle. Deine Entscheidung, aus dem Schatten der männlichen Verkleidung zu treten, ist schlichtweg großartig. Du hast es nicht nötig, so zu tun, als wärst du jemand anderes. Du musst dich nicht verstellen, für niemanden.«

Sie strahlte ihn an. Einen Moment lang dachte sie, er würde sie küssen, hoffte es, doch er ließ ihre Hände wieder los und hielt ihr die Tür auf. »Und nun geben wir unser Bestes, um möglichst viel aus diesem Schreiberling herauszubekommen.«

Sie hatten einen Termin bei Clifford Fowl, der sie mit wichtiger Miene hinter seinem Schreibtisch in einem kleinen Büro im dritten Stock bereits erwartete. Vor ihm stand ein Aschenbecher, der überquoll mit Zigarettenstummeln, und die Luft im Raum roch entsprechend. Er bot ihnen Platz auf zwei ungepolsterten Holzstühlen an, die aussahen, als hätte er sie eben noch rasch aus einer Abstellkammer herbeigeholt. Freddie war enttäuscht von seinem Aussehen. Schwere Augenlider verliehen ihm einen blasierten Eindruck. Dazu kam dünnes, in einem tiefen und exakten Seitenscheitel frisiertes Haar, äußerst blasse Haut und der armselig wirkende Versuch, einen Bart züchten zu wollen, wo offensichtlich kaum etwas wuchs. Sein Anzug war vernünftig geschnitten, doch stark abgetragen, sodass er Flicken an den Ellenbogen vertragen könnte. Und besonders als er anfing zu sprechen, mit heller, kraftloser Stimme, entsprach er überhaupt nicht mehr dem Bild von einem rasenden Reporter, das Freddie sich von ihm gemacht hatte. Vor ihr saß ein unscheinbarer, mittelalter Schreibtischhengst mit nikotingelben Fingern und Tintenflecken auf dem Hemd.

»Es hieß, zwei Ermittler des Sebastian Club würden mich heute aufsuchen. Haben Sie statt eines Kollegen Ihr Liebchen mitgebracht?«

Zumindest seine Zunge war scharf, stellte Freddie mit Erleichterung fest. Sonst wäre der Mann eine Enttäuschung auf ganzer Linie gewesen. So aber hörte er sich wenigstens an wie ein Hündchen, das vom sicheren Schoß seines Frauchens herabkläfft. Zeit, ihm zu zeigen, wo seine Grenzen lagen.

»Mein Name ist Crispin Fox, ich bin Rechtsanwalt und für den Sebastian Club tätig. Und das hier ist meine Kollegin Miss Westbrook. Wir ziehen in Erwägung, Sie und Ihren Arbeitgeber aufgrund der haltlosen Verleumdung unseres Clubs in zwei kürzlich erschienenen Artikeln zu verklagen.«

Fowls aufgesetztes Lächeln gefror. »Wollen Sie damit sagen, Sie sind als Frau Mitglied in einem Gentlemen Club?« Er starrte Freddie an, Crispins Anschuldigung ignorierend.

»Nicht nur das. Ich bin auch Teil jener Ermittlerriege, die Sie verunglimpft haben, und werde mich an der Klage gegen Sie beteiligen.«

»Aber …«

»Anstatt sich über das Geschlecht meiner Kollegin zu wundern, sollten Sie lieber darüber nachdenken, wie Sie den Schadenersatz begleichen wollen, auf den wir Sie verklagen werden.«

»Welchen Schadenersatz? Worauf beziehen Sie sich bitte?«

Crispin haute ihm ein paar Paragrafen um die Ohren, auf äußerst überzeugende Weise, sodass nicht einmal Freddie klar war, ob er bluffte oder seine Schelte tatsächlich rechtlich fundiert war. Bei dem Journalisten schien dies jedenfalls zu wirken.

»Man braucht ja nicht gleich mit Kanonen auf Spatzen zu schießen. Wir bieten in unserem Blatt Unterhaltung für die breite Masse, so muss man das sehen. Da wird eben ein etwas salopperer Ton angeschlagen als in der Times. Mir war nicht bekannt, dass der Sebastian Club derart zart besaitet ist. Sicher wird es eine Möglichkeit geben, dass wir uns außergerichtlich einigen?«

»Das glaube ich nicht. Um ungeschoren davonzukommen, müssten Sie schon mutwillig von einer Quelle falsch informiert worden sein. Nur dann könnten Sie sich Ihrer Verantwortung unter Umständen entziehen.«

»Vielleicht bin ich das!«

Freddie sah Crispin an. »Wobei man trotzdem argumentieren könnte, dass es in der Pflicht des Reporters liegt, sich vom Wahrheitsgehalt seiner Behauptungen zu überzeugen, bevor sie gedruckt werden.«

»Völlig korrekt, Miss Westbrook. Hm. Wie könnten wir Mister Fowl weiterhelfen? Eine Argumentationsmöglichkeit wäre, dass er dazu gezwungen wurde zu schreiben, was in den Artikeln stand?«

Dankbar schnappte ihr Gegenüber nach dem hingeworfenen Brocken. »Aber genauso war es tatsächlich!«

»In dem Fall – nennen Sie uns Ihren Informanten. Nur so können wir vielleicht von einer Klage absehen. Wir sind ja schließlich keine Unmenschen. Sie merken, dass wir Ihnen helfen wollen, ja?«

»Vielen Dank. Wird die betreffende Person Schwierigkeiten bekommen?«

Crispin schenkte ihm ein Lächeln, das an Arroganz nicht zu überbieten war und für das Freddie ihn auf der Stelle hätte küssen können. Sein Auftreten war denkwürdig. »Gewiss. Irgendjemand wird sich für die Verleumdung verantworten müssen. Das wird teuer. Wollen Sie das sein, Mister Fowl, oder soll dieser Kelch an Ihnen vorübergehen? Sie haben die

Wahl. Aber möglicherweise haben Sie vor, sich als Gentleman zu erweisen und zu schweigen. Das würden wir durchaus verstehen. Doch dann sehen wir uns vor Gericht wieder.«

Schweißperlen traten auf die Oberlippe des Reporters. Freddie sah sie deutlich durch die spärlichen Barthaare hindurch glitzern. Die ganze Sache war eindeutig zu viel für ihn, er wusste nicht, was er tun sollte. Verlegen griff er nach einer kleinen Porzellanfigur, die neben der Schreibmaschine auf seinem Tisch stand. Es war ein naturgetreu nachgebildetes Rotkehlchen mit einem Brief im Schnabel, eine wundervolle Arbeit. Als Fowl gedankenverloren über das Köpfchen strich – eine Geste, die er wahrscheinlich unbewusst machte, immer wenn er nachdachte – und den Vogel anhob, sah Freddie das Symbol der gekreuzten Schwerter unter dem Sockel.

Demonstrativ stand Crispin auf, Freddie tat es ihm gleich, und als der Journalist die Figur wieder abstellte und unsicher zu ihnen hochsah, beugte sie sich über den Schreibtisch zu ihm.

»Es war Viola Fitzroy, die Ihnen aufgetragen hat, den Sebastian Club öffentlich zu schmähen, nicht wahr?«

Er zögerte zu lange mit der Antwort, druckste herum. Schnell schnappte sich Freddie das Rotkehlchen. »Wissen Sie, wie viel so eine Meissner Porzellanfigur kostet? Das ist nicht gerade das, was sich ein Zeitungsschreiber nebenher gönnt. Lady Fitzroy ist bekannt für ihre Sammelleidenschaft. Die Mutter meiner Freundin Mabel bemerkte einmal, dass im Hause Fitzroy mehr Geld in Porzellan als in Schmuck investiert wird und dass die Hausherrin jedes Stück eigenhändig abstaubt, weil sie fürchtet, ihre Angestellten machen etwas kaputt.« Sie zuckte die Schultern. »Nun ja, exzentrisches Verhalten ist in gewissen Kreisen durchaus nichts Außergewöhnliches. Was mich interessieren würde, Mister Fowl – in welcher Art von Beziehung stehen Sie zu Lady Fitzroy? Wenn ich mich nicht täusche, hängen Sie sehr an diesem kleinen Vögelchen.«

Achtlos warf sie es zu Crispin, der es auffing.

»Nicht!«, rief Fowl, Panik im Blick. »Lassen Sie das!«

»Ganz nette Arbeit.« Abschätzig drehte Crispin die Figur hin und her und warf sie zurück zu Freddie.

»Ich flehe Sie an, stellen Sie es wieder hin!«

»Wie wäre es damit: Sie beantworten zuerst meine Frage, und dann gebe ich es Ihnen unversehrt zurück?«

»Ja! Wenn Sie es unbedingt wissen müssen. Ja! Ich kenne Viola Fitzroy seit vielen Jahren. Meine Mutter war Angestellte im Haushalt ihrer Familie.«

»Und Sie hegten schon immer eine geheime Vorliebe für die Gute, aber sie war natürlich stets unerreichbar für Sie? Die alte Geschichte …«

»Nein, das stimmt nicht. Viola und ich … uns verbindet eine tiefe Freundschaft. Nur Freundschaft, mehr nicht. Allerdings hatte ich sie seit Jahren nicht gesehen, bis sie mich vor Kurzem plötzlich hier aufsuchte und wir über vergangene Zeiten sprachen. Sie erkundigte sich sogar nach Mutter. Und natürlich erkannte sie sofort den Vogel wieder. Er stand früher auf dem Frisiertisch in ihrem Zimmer.«

»Ah.« Freddie verstand. »Sie haben ihn gestohlen.«

»Vor vielen Jahren. Als Erinnerung an sie. Wer kann denn ahnen, dass Lady Fitzroy irgendwann unangemeldet vor mir stehen würde?«, jammerte Fowl.

»Tja, da musste sie Ihnen nicht einmal Schmiergeld bieten, damit Sie genau das schreiben, was sie verlangte. Die Drohung mit der Polizei war bestimmt ausreichend. Auch nach Jahren wäre es Ihrer Karriere abträglich, wenn ein Mitglied der Aristokratie Sie des Diebstahls bezichtigt. Ihr Verleger würde Sie mit Sicherheit hinauswerfen. Aber trösten Sie sich, immerhin durften Sie das Rotkehlchen behalten, das war doch großzügig von Ihrer alten Freundin.« Crispins Stimme triefte vor Verachtung, als er sich den Hut aufsetzte. Er hielt Freddie die Tür auf, und die beiden verließen das Verlagshaus des Star.

»Was für ein armseliger kleiner Mann. Unglaublich, dass so jemand Dinge schreiben darf, welche die breite Masse dann zu lesen bekommt. Schockierend. Lass uns zurück zu Doktor Pebsworth fahren«, sagte er draußen. »Sicherlich liegen die ersten Ergebnisse bereits vor. Und er will bestimmt wissen, was wir herausgefunden haben. Wir werden Professor Brown retten, Freddie, davon bin ich überzeugt.« Er hielt eine Kutsche an und öffnete die Tür für sie.

»Meinst du, dass Viola Fitzroy im Auftrag ihres Mannes gehandelt hat? Was hat sie zu gewinnen, wenn sie uns schlechtmacht?«

»Das würde mich auch interessieren. Fragen wir sie doch einfach.« Er rief dem Fahrer eine neue Adresse zu, nämlich die von Lord Fitzroy, und die Kutsche wendete unter lautstarkem Protest der anderen Verkehrsteilnehmer.

»Sollten wir diesen Schritt nicht zuerst mit unseren Kollegen abklären?«

»Dafür haben wir keine Zeit, Freddie.«

Zu ihrer beider großer Überraschung trafen sie vor dem Eingang zum Stadthaus der Fitzroys auf Professor Brown, der ebenfalls aus einer Kutsche kletterte.

»Was machen Sie hier?«, wollte er sichtlich erstaunt wissen.

Er wirkte aufgeräumt, beinahe heiter. Nicht wie jemand, der kürzlich sein eigenes Todesurteil vernommen hatte und dessen Zukunft nun nicht mehr in seiner Macht lag. Sie fragte sich, wie sie sich an seiner Stelle geben würde? Wahrscheinlich weit weniger ruhig.

Während sie den Clubvorsitzenden noch immer besorgt musterte, erzählte ihm Crispin, was sie herausgefunden hatten.

»Sehr gut!« Brown stieß seinen Spazierstock in den Boden. »Lassen Sie uns hineingehen. Und, Miss Westbrook, sehen Sie mich bitte nicht mit diesem traurigen Blick an, sonst bleibt mir das Herz stehen. Früher als angedroht.« Er schmunzelte über seinen makabren Scherz. Freddie und Crispin konnten nicht darüber lachen. »Ach kommen Sie, gönnen Sie mir ein wenig Galgenhumor. Wenn es Sie beruhigt, ich habe mich vorhin hingelegt und ein Stündchen geschlafen, danach ein paar Briefe geschrieben, und momentan fühle ich mich absolut normal. Wer weiß, wie lange noch, also machen wir das Beste daraus.«

Lord Fitzroy war nicht zugegen, seine Gattin schon, und sie hatte Mühe, ihre Überraschung wegen des unangemeldeten Besuchs zu verbergen. Der gute Ton gebot es, sie hereinzulassen und ihnen eine Erfrischung anzubieten.

»Vielen Dank, machen Sie sich keine Umstände, wir werden Sie nicht lange aufhalten. Meine beiden jungen Kollegen und ich sind lediglich vorbeigekommen, um Sie vom Ergebnis der Abstimmung über die Aufnahme Ihres Gatten in den Sebastian Club zu informieren.

Viola Fitzroy sah zur Tür, danach zur großen Standuhr in der Ecke und schließlich wieder zu ihrem Besuch. »Wollen Sie das meinem Mann nicht lieber persönlich mitteilen?«

Professor Brown machte ein ernstes Gesicht. »Mylady, ich würde es ehrlich gesagt bevorzugen, wenn Sie ihm die Nachricht überbringen könnten, denn es ist keine gute.«

»Er wurde nicht aufgenommen?«

»Ich fürchte, nein.«

Sie griff zur Perlenkette, die sie um den Hals trug, und atmete tief durch.

»Sind Sie etwa erleichtert?«

»Das bin ich, Miss Westbrook.«

Eine Anspannung schien von ihr abzufallen, die braunen Augen blickten nicht mehr besorgt drein, und eine feine Röte breitete sich auf ihren Wangen aus.

»Warum?«

»Weil ich befürchtet hatte, eine noch geringere Rolle als bisher im Leben meines Gatten zu spielen, wenn er erst einmal bei Ihnen aufgenommen wurde. Ehrlich gesagt begegnen wir uns sowieso bereits viel zu selten hier in unserem Haus, denn er ist Mitglied im Travellers Club und im Athenaeum und so gut wie ständig weg. Falls er nun auch noch in den

Sebastian Club eingetreten wäre …« Sie hob die Hände in einer machtlosen Geste. »Glücklicherweise ist das nun nicht der Fall. Allerdings vermute ich, er wird sich gehörig darüber echauffieren. Mir jedenfalls haben Sie mit dieser Ablehnung einen Gefallen getan.« Äußerst zufrieden zupfte sie an ihrer Kette.

Aber Professor Brown war noch nicht fertig. »Dann gestatten Sie mir, gleich zum zweiten Grund unseres Besuches überzugehen. Der betrifft Sie. Meine beiden Kollegen hier haben von einem gewissen Mister Clifford Fowl erfahren, dass er in Ihrem Auftrag den Sebastian Club in Zeitungsartikeln im Star verleumdet hat. Es wurden unwahre Behauptungen aufgestellt, die dem Ansehen meiner Detektive schaden sollten. Auf Ihren ausdrücklichen Wunsch hin. Bitte erklären Sie sich.«

Freddie hoffte, Lady Fitzroy würde ihre wertvolle Zeit nicht mit Leugnen vergeuden. Zeit, die sie besser in Doktor Pebsworths Labor oder mit Nachforschungen verbringen sollten.

Die Dame ließ die Perlen los und straffte die Schultern. In ihrem blassrosafarbenen Kleid mit weißen Spitzendetails wirkte sie zart und unschuldig, aber das war sie beileibe nicht. Ihr Gesichtsausdruck wurde hart, ebenso wie ihre Stimme. »Sie sind doch angeblich so schlau. Warum raten Sie nicht?«

Nun war es Crispin, der ob dieser Respektlosigkeit dem Professor gegenüber aufbrausen wollte, und Freddie griff sanft nach seiner Hand, dem missbilligenden Blick von Lady Fitzroy standhaltend.

»Da muss ich nicht raten«, bemerkte Brown leichthin, »sondern lediglich kombinieren. Sie wollten um jeden Preis einen Eintritt Ihres Mannes in den Sebastian Club verhindern. Weil Sie wissen, was für ein oberflächlicher und dünkelhafter Mensch er ist, haben Sie damit gerechnet, dass er von sich aus seine Bewerbung zurückziehen würde, sobald das Ansehen des Clubs besudelt wird. Der Travellers Club und der Athenaeum Club sind beide altehrwürdig und sehr prestigeträchtig. Wenn ich und meine Detektive wie Dilettanten dastehen, oder noch schlimmer, so als hätten wir selber etwas zu verbergen, dann wäre der Sebastian Club bestimmt nichts, womit der vornehme Lord Fitzroy in Verbindung gebracht werden will. Wie mache ich mich?«

Langsam klatschte Viola Fitzroy in die Hände. »Korrekt in allen Punkten. Was sind Sie doch für ein schrecklicher Besserwisser. Ich würde es begrüßen, wenn Sie jetzt gehen.«

»Gern.«

Die Hausherrin läutete nach einem Bediensteten, der sie hinausbringen sollte, sie selbst blieb sitzen. Crispin griff im Aufstehen nach einer Flasche Cognac und reichte sie ihr. »Hier, danach lechzen Sie doch schon die ganze Zeit. Auch nicht geraten, sondern beobachtet.«

Als sie wütend nach Luft schnappte, fügte er hinzu: »Bezüglich der Verleumdungssache bekommen Sie in den kommenden Tagen Post von meiner Anwaltskanzlei. Wird schwer werden, das vor Ihrem Gatten geheim zu halten.«

Und draußen in der Kutsche meinte er noch: »Professor Brown, es ist bisweilen nicht einfach, Respekt vor den hochgestellten Persönlichkeiten der Gesellschaft aufzubringen.«

»Manche davon haben ihn auch nicht verdient, Mister Fox. Und wie ich Sie kenne, beurteilen Sie die Leute sowieso nie nach ihrer Klassenzugehörigkeit. Bewahren Sie sich diesen unvoreingenommenen Blick.«

Greenwich

Mit Verspätung traf Philip die ganze Wucht des Abstimmungsergebnisses. Seine Nichte war mit sofortiger Wirkung das erste weibliche Mitglied im Sebastian Club. Keine Verkleidungen mehr. Keine Lügen. Künftig würde sie offiziell auf Verbrecherjagd gehen dürfen. Es würde sicher nicht lange dauern, bis sich der unerhörte Umstand herumsprach, dass eine Frau in einen Herrenclub aufgenommen worden war. In seinem Herzen wusste er, dass dies Professor Browns Erbe war. Er hatte die Tür geöffnet, sie weit aufgestoßen für Freddie und möglicherweise für andere, die nach ihr kommen würden. Der Gedanke, dass es sein Abschiedsgeschenk gewesen sein könnte, schnürte Philip die Kehle zu. Er stand an der Anlegestelle des Raddampfers in Greenwich, seit über einer Stunde schon, weil er zu Annabel wollte, und doch auch wieder nicht. Weil er allein sein musste und sich gleichzeitig nach Gesellschaft sehnte. Weil es außer ihr keinen Menschen auf der Welt gab, bei dem er es wagen würde darüber zu sprechen, was wirklich in ihm vorging. Wie ein Ertrinkender sog er tief die feuchte Flussluft ein, klammerte sich mit beiden Händen ans Geländer des Kais und versuchte sich zu beruhigen. Wie vermochte Brown nur so gelassen damit umzugehen, dass er in wenigen Tagen tot sein könnte? Er, Lord Philip Dabinott, kam mit der Androhung dieses Verlustes in keiner Weise klar.

Als Regen einsetzte und eine durchdringende Kälte in ihn kroch, wandte er endlich den Blick vom Fluss ab und ging langsam in Richtung von Annabels Haus.

Iggy öffnete die Tür und rief: »Mylord! Was ist geschehen? Sie sind ja völlig durchnässt und leichenblass!« Er griff nach seinem Arm und zog ihn herein, direkt in den Salon, wo Wasser aus Hut und Kleidung auf den Perserteppich tröpfelte.

»Philip!« Auch Annabel schien schockiert. Sie sprang von ihrem Platz auf dem Sofa auf, wo sie in einem Buch gelesen hatte. Während Iggy ihm aus dem Mantel half und den ruinierten Zylinder entgegennahm, dirigierte sie Lord Philip zu einem Sessel vor dem Kaminfeuer.

»Lauf zu Freda in die Küche, wir brauchen heißen Tee«, wies sie den Jungen an. »Das Hochprozentige gieße ich dann selber dazu.« Trotz seiner Proteste breitete sie eine Decke über Philips Beine und setzte sich sodann ihm gegenüber. Seltsam, wie lebendig dieses Haus war, welche Wärme Annabel ausstrahlte, während in Philip die eigene Machtlosigkeit im Angesicht des unbekannten Feindes als kalter Zorn wütete. Er wusste, dass Freddie und Crispin mit allen Mitteln darum kämpften, den Professor zu retten, und davon überzeugt waren, etwas herauszufinden zu können, was ihm helfen würde. Wenn Philip selbst doch nur einen winzigen Funken ihrer Zuversicht besäße.

»Du siehst aus, als stündest du vor einem dunklen Abgrund«, sagte Annabel leise.

Iggy kam mit dem Tee zurück, und Philip erzählte den beiden von Browns Todesdrohung.

»Es tut mir so leid.« In Annabels Augen schimmerten Tränen. Auch sie glaubte offenbar nicht, dass der Clubvorsitzende eine Chance hatte. »Ich weiß, dass er dein Freund ist. Vor Kurzem war er hier, um nach Ignatius zu sehen. Er wollte sich davon überzeugen, dass er in Sicherheit ist. Wenn es irgendetwas gibt, was ich tun kann, um zu helfen?«

»Danke, aber eigentlich wollte ich Iggy etwas fragen.«

»Natürlich, Mylord.« Der Junge stellte sich neben Annabels Sessel, und Philip fiel auf, dass die beiden in der Tat wie Mutter und Sohn wirkten. Dunkelhaarig, schlank und mit heller Haut, war es dennoch nicht das Aussehen, was ihn zu diesem Eindruck brachte, sondern eine unsichtbare Verbindung, die zwischen ihnen bestand. Oder bildete er sich das nur ein, weil Brown davon gesprochen hatte? Kaum zu glauben, dass Annabel und Ignatius vor Kurzem noch Fremde gewesen waren.

Der Junge war neu eingekleidet. Er trug einen schlichten, aber hochwertigen Anzug aus dunklem Wollstoff mit Weste und Krawatte. Weit entfernt von seinen alten Lumpen und nichts, was er sich jemals selbst hätte leisten können. Das Haar war gewaschen, geschnitten und ordentlich gekämmt und verströmte den charakteristischen Duft von Rowland's Macassar Oil.

Lediglich das fehlende kleine Stück Kante an einem oberen Schneidezahn verriet Iggys gefährliche Straßenvergangenheit. Und genau darüber wollte Philip sprechen.

»Kannst du dich inzwischen an weitere Details deines Angreifers erinnern? Irgendetwas, was uns einen Hinweis auf seine Identität geben könnte? Manchmal fällt einem erst später etwas ein, wenn der Körper den Schock verkraftet hat und der Geist sich wieder öffnet.«

Der Junge sah Lord Philip lange an. Er schien zu überlegen und in sich zu gehen, bevor er antwortete.

»Es war dunkel, als er mich angegriffen hat. Sehen konnte ich nichts. Aber riechen.«

Philip horchte auf. »Schließ die Augen. Gut so. Und jetzt leg auch noch deine Hände darüber, damit es stockfinster ist, genauso wie in jener Nacht. Stell dir vor, du bist wieder draußen im Gebüsch vor dem Haus, und er schlägt dich. Was riechst du?«

»Zuerst Erde, als er mich runterdrückt. Dann packt er mich, reißt mich hoch, wirft mich hin und tritt nach mir, und in dem Moment, als ich ganz nahe an ihm dran bin, fällt mir auf, wie seine Haut stinkt.«

»Wonach? Ist er ungewaschen?«

»Das auch, aber da ist noch was Stärkeres. Es ist stechend und unten drunter faulig, und ich kenne es.«

»Woher?«

Ignatius nahm die Hände weg und öffnete die Augen. Er blinzelte im hellen Licht. »Die Dirnen in Whitechapel, die in den finstersten Gassen anschaffen, damit die Freier ihre entstellten Gesichter nicht so gut sehen können, die schmieren sich 'ne Paste aus Quecksilber und Schweineschmalz auf die Pusteln. Wenn die ranzig ist, dann riecht sie so. Ist billiger als das frische Zeug. Man bekommt es an der Hintertür der Apotheken.«

»Gut, mein Junge!« Begeistert sprang Philip auf, packte Iggy bei den Schultern und drückte ihn kurz an sich. »Siehst du. Du hast dich an etwas erinnert. Jetzt bin ich mir sicher, dass es Nigel Thompkins war, der dich angegriffen hat. Fragt sich nur, warum und inwieweit er in die Pomander-Sache verwickelt ist. Genau das gedenke ich nun herauszufinden, denn es eilt.«

»Ich komme mit. Warten Sie einen Augenblick, bitte, Mylord, ich muss nur noch rasch hoch in mein Zimmer.« Damit war er auch schon aus der Tür.

»Hoch in sein Zimmer«, wiederholte Philip. »Gehe ich recht in der Annahme, dass er nicht in einer Dienstbotenkammer wohnt?«

Annabel neigte den Kopf. »Es gibt nur zwei davon ganz oben unter dem Dach, und die habe ich beide Freda zur Verfügung gestellt, damit sie mehr Platz hat. Ignatius schläft in einem Gästezimmer, das die Vorbesitzer als Kinderzimmer genutzt haben. Es geht nach hinten auf den Garten hinaus, und dort hat er genügend Ruhe und Privatsphäre. Bei jungen Männern in seinem Alter ist das wichtig.«

Darauf hätte Philip gern etwas gesagt, doch er fand, das stand ihm nicht zu, also verkniff er sich eine Erwiderung und bemerkte stattdessen: »Ich weiß nicht, wie lange wir weg sein werden. Es dauert eine Weile, um von hier nach Caversham zu gelangen.«

»Pass auf ihn auf, ich bitte dich! Seine Blessuren sind noch nicht vollständig verheilt, und dieser Mister Thompkins scheint mir ein gewalttätiger Mann zu sein.«

»Um meine Sicherheit machst du dir keine Sorgen?«

Sie trat auf ihn zu und legte eine Hand an seine Wange. »Du weißt, ich meine natürlich euch beide. Sollte dir etwas zustoßen, wüsste ich nicht, was ich tun würde.« Langsam zog sie sein Gesicht zu sich heran und küsste ihn.

»Und du weißt, dass er nicht dein Kind ist?«, flüsterte er. Da. Nun hatte er gesagt, was ihm vorhin auf der Zunge gelegen hatte. Er hoffte, sie würde deswegen nicht aus der Haut fahren. Doch Annabel schmiegte sich an ihn. »Natürlich. Aber Iggy und ich brauchten beide eine Familie, und du hast uns einander geschenkt.«

»Es ist nicht mehr viel übrig von der kühl kalkulierenden Bordellbesitzerin aus dem East End. Mir scheint, du hast deine mitfühlende Seele wiederentdeckt.«

»Und Schuld daran bist du, Lord Philip Dabinott. Wer hätte das für möglich gehalten?« Sie machte einen Schritt zurück und blickte zu ihm auf. »Aber täusche dich nicht. Wenn jemand denen schadet, die mir am Herzen liegen, dann würde ich denjenigen eigenhändig in Stücke reißen.«

»Es wird bestimmt nicht notwendig werden, dass du zu Nemesis wirst, Annabel. Lass mich für dich sorgen. Und für Iggy.«

»Ich denke darüber nach.«

Diese Antwort überraschte ihn. Anscheinend war sie tatsächlich im Begriff, weicher zu werden. Sie stieß ihn nicht weiterhin von sich, erteilte ihm keine eindeutige Abfuhr mehr. Das war als Fortschritt in ihrer Beziehung zu werten, beschloss er. Doch zunächst einmal musste er sich um die Rettung von Professor Brown kümmern. Hatte vorhin am Kai noch die nackte Verzweiflung von ihm Besitz ergriffen, war er nun von einer leichten Zuversicht erfüllt. Annabel hatte durch ihre bloße Anwesenheit einen Funken Hoffnung in ihm entfacht.

Zusammen mit Ignatius machte er sich auf den langen Weg nach Caversham. Als sie endlich dort ankamen, war es dunkel und feuchtkalt. Der gefrorene Boden war wieder getaut und die Wege durch den Ort schlammig, sodass jeder Schritt ein schmatzendes Geräusch erzeugte.

Im Fenster von Nigel Thompkins' Wohnung war Licht zu sehen. Unwillkürlich ging Lord Philips' Blick zum Nachbarhaus, und er stellte sich vor, wie Amelia Dyer darin gehaust hatte. Inmitten der Kleidung toter Kinder und der Gewissheit, deren unschuldigen Besitzer ermordet zu haben. Waren sie ihr nachts in ihren Träumen erschienen? Oder war sie derart kaltherzig gewesen, dass nicht einmal die eigene Grausamkeit ihr den Schlaf hatte rauben können?

Iggy sah ebenfalls zum dunklen Haus hinüber. »Mrs Dyer war ein böser Mensch. Ich hab sie 'ne lange Zeit beobachtet, als ich noch Hoffnung hatte, meine Schwester zu finden. Wenn Sie mich fragen, war sie nicht verrückt; sie wusste genau, was sie tat und war unheimlich raffiniert. Die Dyer und die Nonne hatten beide kein Gewissen. Sobald die zwei die Köpfe zusammensteckten, wurde die Luft um sie rum ein paar Grad kälter.«

»Schrecklich.« Philip zog seinen Mantel enger um sich. Er klopfte an Nigel Thompkins' Tür. Es dauerte eine Weile, bis sie sich einen Spaltbreit öffnete. Mit einem festen Schubs drückte Philip sie vollends auf, Thompkins stolperte rückwärts und wäre beinahe gestürzt, wenn die Tischkante ihn nicht daran gehindert hätte. Er jaulte auf vor Schmerz.

»Wer sind Sie? Was wollen Sie hier? Scheren Sie sich raus!«

»Ich komme vom Sebastian Club. Zwei meiner Kollegen waren kürzlich hier, nette Herren. Viel weniger angriffslustig als ich. Und Mister Hegan hier dürften Sie kennen.«

Thompkins spuckte auf den Boden. Er hielt den Kopf leicht gesenkt wie ein Stier, bevor er angreift, und warf ihnen einen wilden Blick unter seinen hervorstehenden Augenbrauenwülsten zu. Ein wahrhaft bulliger Kerl. Hoffentlich war er so dumm und würde losschlagen. Philipp nahm seit Jahren regelmäßig an seinem Boxtraining teil, zudem war er heute in der Stimmung, austeilen zu wollen.

»Den Jungen hab ich noch nie gesehen.«

»Nun ja, es war dunkel das letzte Mal, und Sie haben ihn von hinten angegriffen und auf ihn eingetreten. Da kann einem schon mal entgehen, wie sein Opfer aussieht. Ziemlich feige für einen großen Kerl wie Sie, einen wesentlich schwächeren Gegner auf diese Weise zu attackieren.«

»Kommen Sie mir nicht mit Ihrem Gentleman-Humbug.« Mit einer überraschend behänden Bewegung schnappte sich Thompkins die irdene Branntweinflasche auf dem Tisch und zerschlug sie, sodass er den abgebrochenen Hals als Waffe benutzen konnte. »Wenn Sie auf der Straße überleben müssten, würden Sie nicht so 'nen Unsinn verzapfen.«

»Dann geben Sie also zu, meinen Freund verprügelt zu haben?«

»Einen Dreck gebe ich zu. Und jetzt hauen Sie ab, bevor ich Ihnen das Gesicht zerschneide.«

Ohne darauf zu warten, dass seiner Forderung Folge geleistet wurde, stürzte er nach vorne, mit der Waffe auf Philips' Hals zielend. Der jedoch wich im letzten Moment so geschickt aus, dass Thompkins mit voller Wucht gegen die Tür prallte und sich dabei selbst mit den Scherben an der Hand verletzte. Weil er sich erneut wütend auf Philip werfen wollte, versetzte der ihm einen Kinnhaken, der ihn erst einmal bewusstlos zu Boden sinken ließ.

»Das war nicht sehr sportlich von mir. Immerhin war der Gute vorgeschädigt und leicht zur Strecke zu bringen.«

»Das müssen Sie mir nicht erklären, Mylord. In diesem einen Punkt stimme ich nämlich mit dem Kerl überein – wer auf der Straße nicht unter die Räder kommen will, kann nicht einen auf Ehrenkodex machen. Bei Leuten wie dem hier und mir gehts meistens ums nackte Überleben, nicht um ein vornehmes Duell im Morgengrauen oder so was.«

Während Philip Nigel Thompkins mit Iggys Hilfe hochzog, ihn auf einen Stuhl verfrachtete und ihn mit dessen Gürtel daran festzurrte, ließ er sich das durch den Kopf gehen. Es würde eine Weile dauern, aus dem Jungen einen Herrn zu machen, doch er war zuversichtlich, irgendwann damit Erfolg zu haben.

Er sah sich um, fand aber außer dem Nachttopf unter dem Bett keinerlei Flüssigkeit, da sich der Branntwein auf der Tischplatte verteilt hatte und zu Boden tröpfelte. Also kippte er kurzerhand diesen über Thompkins' Kopf aus, was ein schlagartiges und äußerst zorniges Aufwachen zur Folge hatte.

»So was hätte ich Ihnen nun wiederum nicht zugetraut. Von wegen Gentleman und so«, flüsterte Iggy Philip zu.

»Leider haben wir keine Zeit, darauf zu warten, bis er von allein zu sich kommt.« Und an den Gefesselten gewandt bemerkte er: »Hören Sie auf, am Gürtel zu zerren, der wird nicht nachgeben. Sie können sich entscheiden, ob Sie auf meine Fragen antworten wollen oder ob ich ihnen Nachdruck verleihen soll. Und nur damit Sie Bescheid wissen: Ich bin in Eile. Also«, er deutete auf Thompkins' Gesicht, »wer hat Sie so zugerichtet?«

»Wüsste nicht, was Sie das interessieren könnte.«

Er hatte noch nicht einmal ganz zu Ende gesprochen, da hatte Philip schon ausgeholt und ihm auf die Wange geschlagen, auf ebendiese Stelle, an der bereits ein dunkelblauer Bluterguss prangte.

»Is ja gut!«, schrie Thompkins auf.

»Vergeuden Sie nicht meine Zeit.«

»Irgendein Kerl in 'ner Spelunke im East End. Ich war für ein paar Tage in London, hab gesoffen und mich mit Weibern getroffen. Bis mir das Geld ausgegangen ist. Konnte nicht bezahlen und hab 'ne Abreibung kassiert.«

»Warum haben Sie Iggy im Gebüsch im Wilton Crescent angegriffen?«

Thompkins sah erbärmlich aus. Nur noch an wenigen Stellen befanden sich kurz geschorene Büschel auf seinem Kopf, das meiste Haar war ausgefallen. Am Hals, direkt unter dem Ohr, prangte eine große, eitrige Pustel. Darüber hinaus war seine gebrochene Nase im Begriff, schief zusammenzuwachsen. Und er stank. Nicht nur nach dem alten Urin aus seinem Nachttopf. Ein tiefer liegender, fauliger Geruch schien aus ihm zu strömen, gepaart mit dem üblen Aroma von ranzigem Fett. Nigel Thompkins hatte mehr als ein Problem. Die äußeren Verletzungen würden heilen, doch die Franzosenkrankheit fraß ihn von innen auf. Am liebsten hätte Philip sich die Nase zugehalten.

»Den da?« Mit einem abfälligen Kopfnicken wies der Gefesselte auf den Jungen. »Hast dich ordentlich rausgeputzt, was, Bürschlein? Neulich hattest du nur Lumpen an. Und die Male davor, als ich dich hier rumlungern sah, auch. Warum ich ihm eine Lektion erteilt hab, wollen Sie wissen? Damit der Rotzlöffel seine Nase nicht weiterhin in anderer Leute Angelegenheiten steckt.« Erneut spuckte er aus. »Dachtest wohl, du bist mächtig schlau, und keiner sieht dich, was? Aber ich kenne jeden, der in dieser Straße wohnt. Und wenn einer hier nichts verloren hat, fällt mir das auf. Hab gemerkt, wie du ums Haus geschlichen bist. Die alte Dyer übrigens auch. Hat von mir verlangt, ich soll dich verscheuchen, und wollte nichts dafür springen lassen. Ohne Bezahlung mache ich nichts, hab ich ihr gesagt. Und später, als sie weg war und der Bursche noch immer hier herumhing, dachte ich, er schnüffelt mir hinterher.«

»Blödsinn!«, rief Iggy. Philip bedeutete ihm zu schweigen.

»Jedenfalls hab ich den Spieß umgedreht und hab ihn verfolgt. Aber richtig, ohne dass er es gemerkt hat. Bis zurück nach London. Bist ein Spitzel für feine Pinkel, was, Jungchen? Wollte ihm nur eine Lektion erteilen.«

»Warum? Haben Sie etwas zu verbergen? Was hätte Iggy hier beobachten können, das Sie derart erzürnt?«

»Nichts! Rein gar nichts!«

Eine weitere Ohrfeige folgte, doch Thompkins weigerte sich, weiterzusprechen.

»Für wen arbeiten Sie?«

»Für niemanden! Bin ein freier Mann und mein eigener Herr.«

Sie gingen, ohne ihn loszubinden.

»Das werden Sie noch bereuen«, brüllte Thompkins ihnen hinterher. »Ich kenne wichtige Leute, Sie haben sich mit dem Falschen angelegt!«

»Ich glaube ihm kein Wort«, erklärte Philip Iggy auf dem Heimweg. »Dieser Kerl lügt, wenn er den Mund aufmacht. Von wegen, er sei sein eigener Herr. So eine Wohnung, auch wenn sie noch so schäbig ist, zahlt sich nicht von selber. Und woher hatte er das Geld, das ihm bei seinem Vergnügungsaufenthalt ausgegangen ist? Nein, nein. Ich denke, Nigel Thompkins arbeitet für jemanden, macht die Drecksarbeit. Und diesen Jemand suchen wir.«

»Hm.« Iggy schien nicht überzeugt. »Das, oder er ist einfach nur ein verschlagener Mistkerl, der wittert, wenn irgendwo ein paar Shillinge zu ergaunern sind, und der von der Hand in den Mund lebt. Kann doch sein, dass er der Dyer selber hinterhergeschnüffelt hat.«

Ein mögliches Szenario, über das Philip grübeln musste. Ungünstig wäre das, äußerst ungünstig. Denn es würde ihm den Mörder keinen Schritt näher bringen und somit auch nicht Professor Browns Rettung.

»Sie wollen denjenigen finden, der Ihren Freund vergiftet hat.« Iggy versuchte ein Gähnen zu unterdrücken. Es war spät, und die Kutsche, die sie zurück in die Stadt brachte, ruckelte monoton über die Straße. »Was ist, wenn er Ihnen nicht verrät, was er ihm gegeben hat? Oder wenn es was ist, wofür es kein Gegengift gibt?«

»Daran mag ich im Moment nicht denken, Ignatius.«

Ein paar Minuten später war der Junge eingeschlafen. Philip fragte sich, wie er ihm jemals hatte glauben können, neunzehn Jahre alt zu sein, wo er doch sogar für einen Sechzehnjährigen erschreckend schmächtig war. Wahrscheinlich war er keinen Tag älter als vierzehn.

Limehouse

Nach einer Nacht, in der beide kaum geschlafen hatten, trafen sich Doktor Pebsworth und Crispin Fox am darauffolgenden Morgen in Chinatown. In vorweihnachtlich friedlicher Absicht zeigte sich das Wetter milde. Ein laues Lüftchen wehte den Geruch der Docks über Ropemakers Fields herauf. Crispin schwitzte in seinem warmen Anzug, wusste aber, dass es jederzeit umschlagen konnte. Von Regen bis Schnee war alles möglich.

Albert, ein Studienfreund des Doktors, Chinese und selbst Arzt für sowohl westliche als auch östliche Heilkunde, bat sie mit ernstem Gesicht ins Hinterzimmer seines Kräuterladens. Nach Übergabe seiner weithin bekannten Praxis in der Harley Street an seinen Sohn hatte er englische Maßanzüge gegen traditionelle Gewänder getauscht und betrieb nun dieses Geschäft. Stilecht gekleidet in einen langen Changshan, mit Spitzbart und geflochtenem weißem Zopf gab er den Paradechinesen, der er jahrzehntelang nicht gewesen war und in den er sich erst im Alter verwandelt hatte. Freilich lautete sein wirklicher Name nicht Albert, den hatte ihm lediglich seine Verehrung für Queen Victorias Ehemann eingebracht. Darüber hinaus war er einfacher auszusprechen.

Doktor Pebsworth hatte anfangs ebenfalls versucht, das Gift in Professor Browns Blut zu analysieren, sich aber dann auf die Analyse des Pomander-Inhaltes konzentriert, um möglichst rasch Ergebnisse zu erhalten. Seine gesamte Hoffnung ruhte auf Albert.

Die beiden Detektive traten durch den klimpernden Perlenvorhang aus dem Verkaufsraum in das Nebenzimmer, wo wie immer eine Kanne Tee auf dem Öfchen in der Ecke stand. Darüber hinaus gab es eine schmale Behandlungsliege und ein paar niedrige Holzstühle. Dominiert wurde der Raum von einem wuchtigen chinesischen Arzneischrank mit zahlreichen Schubladen, in denen Albert allerlei Heilmittel aufbewahrte, die Pebsworth bei jedem Besuch zwar brennend interessierten, die er aber leider nie gezeigt bekam.

Der Anblick des exotischen Schrankes war es, der ihn nun davon abhielt, die Fassung zu verlieren. Wer weiß, vielleicht beinhaltete er das Gegengift. Normalerweise hatte der Doktor seine Gefühle gut unter Kontrolle, doch die Sache mit Professor Brown ging ihm extrem nahe. Sie kannten einander seit Jahrzehnten. Der Vorsitzende des Sebastian Club war das, was Pebsworth als besten Freund bezeichnen würde. Ihre Lebenswege waren zunächst unterschiedlich verlaufen. Brown, das Waisenkind, das sich dank überragenden Intellekts selbst erfunden, eine universitäre Karriere gemacht und lange in Indien gelebt hatte. Durch seine von Melancholie und Verlust geprägte Vergangenheit sowie aufgrund der Tatsache, dass er unverheiratet geblieben war, repräsentierte er den als geheimnisvoll geltenden Club derart perfekt, dass die Leute bisweilen glaubten, Aristotle Brown habe ihn höchstselbst gegründet. Demgegenüber stand Pebsworth, Kind wohlhabender Eltern, gutmütig und gesellig, dem die Medizin stets leichtgefallen und der überall gern gesehen war. Zwar war die Ehe mit seiner Frau kinderlos geblieben, aber sie hatten glückliche gemeinsame Jahrzehnte verbracht. Die Psyche der beiden Männer war grundlegend unterschiedlich, ebenso wie ihr Auftreten, doch die Arbeit für den Sebastian Club einte sie, hatte sie einander nahegebracht. Selbstverständlich war Doktor Pebsworth bewusst, dass nichts ewig währte. Er weigerte sich jedoch, seinen Freund auf eine derart niederträchtige Weise zu verlieren.

»Ah«, sagte Albert, »der junge Mister Fox ist auch wieder dabei. Wie geht es Ihnen?«

Crispin bedankte sich knapp. Nach dem letzten Fall, bei dem sie ebenfalls die Hilfe des Chinesen benötigt hatten und dieser nicht ganz mit offenen Karten spielen wollte, war er nicht allzu gut auf Albert zu sprechen, das wusste Pebsworth. Er selbst hatte keine Probleme damit nachzuvollziehen, warum dieser so gehandelt hatte, aber verständnisvolle Duldung stellte sich wahrscheinlich erst mit dem Alter ein, und das würde bei Crispin dauern. Sollte er sich seine etwas hitzköpfige Sicht der Welt möglichst lange erhalten. In den Augen des Doktors war die bessere englische Gesellschaft nämlich die sicherste Option, jegliche vorhandene Leidenschaft rasch auszumerzen. Da fand er es erfrischend, wenn Crispin noch nicht konform abgestumpft war.

»Albert, mein Freund, hast du gute Nachrichten für uns?« Im Geiste zählte er langsam bis fünf, um ruhig zu werden. Dabei schloss er beschwörend die Augen, und als er sie wieder öffnete, begegnete Doktor Pebsworth einem mitfühlenden Blick.

»Leider nein, Wallace. Ich wünschte, es würde sich anders verhalten.«

»Dann konnten Sie nicht analysieren, was unserem Vorsitzenden verabreicht wurde?« Crispin klang verzweifelt. Er drehte seinen Hut in den Händen und atmete schnell.

»Doch, das ist mir gelungen. Er leidet an einer Karbolvergiftung. Ich vermute, dass ihm bei mehreren Gelegenheiten eine geringe Menge Karbolsäure zugeführt wurde, die bereits für Beschwerden wie Kopfschmerz, Übelkeit oder eine Art Sodbrennen verantwortlich war. Was aber bei einem älteren Herrn nicht zwangsläufig alarmierend ist.«

Pebsworth sank auf einen der Stühle. Dumpfe Einsicht breitete sich ihn ihm aus wie kalter Nebel. »Mit der letzten Portion wurde die tödliche Dosis erreicht, und das Ganze nahm seinen Lauf. Dann hatte es nichts mit dem Artikel in der Times zu tun, die Vergiftung hatte bereits vorher angefangen.«

»Richtig. Daher sind meine Nachrichten nicht gut, obwohl

ich das Gift kenne. Es ist schlichtweg zu spät, um dessen Wirkung noch aufzuhalten.«

»Nein!«, rief Crispin laut. »Ich weigere mich, das zu glauben.«

»Welche Zeitangabe stand in dem Schreiben?«, fragte Albert leise.

»Drei Tage«, murmelte der Doktor, »und heute ist Tag zwei.« Ein Kloß saß in seiner Kehle, und er räusperte sich. Wortlos reichte ihm Albert eine Porzellanschale mit Grüntee, die er dankbar leerte.

»Es tut mir unglaublich leid, Wallace.« Aus einer der Schubladen des Arzneischranks nahm er eine getrocknete Pflanze, aus einer anderen eine Wurzel. Er brach Teile davon ab, legte sie auf eine Medikamentenwaage und anschließend in eine Mörserschale und zerrieb sie hauchfein. Das Pulver füllte er in mehrere Briefchen. »Die Schmerzen des Professors werden zunehmen. Das hier hilft dagegen. Ich habe es in Einzelportionen abgepackt, du musst sie nur noch in Wasser auflösen. Natürlich ist mir bewusst, dass auch du über gute Schmerzmittel verfügst, aber das hier ist wirklich ganz hervorragend. Es legt sich wie ein schützender Film auf die verätzten inneren Schleimhäute. Wenn man mir Karbol verabreicht hätte, würde ich das Pulver nehmen wollen.«

Dankbar steckte Pebsworth die Arznei ein und erhob sich schwerfällig von seinem Stuhl. Auch Crispin bedankte sich bei Albert. Gesenkten Hauptes verließen sie den Laden.

»Kommen Sie, Doktor, wir fahren zu Ihnen und sehen nach, was die Analyse des Pomander-Inhaltes ergeben hat. Das ist jetzt unsere letzte Hoffnung. Wenn es kein Gegengift gibt, dann vielleicht doch ein Allheilmittel?«

Schweigend saßen sie in der Kutsche nebeneinander. Mit jedem Pflasterstein, über den sie ratterten, mit jeder Kurve, um die sie bogen, glaubte Pebsworth zu spüren, wie die Zeit verrann. Unerbittlich und unaufhörlich rückte Tag drei heran, der Tag, an dem Professor Brown sterben würde.

Es waren gute sechs Meilen von Limehouse nach Belgravia zum Chesham Place Nummer sechsundzwanzig, und die Fahrt dauerte eine Stunde im dichten Verkehr auf Londons Straßen. Bis sie sein Haus erreichten, hatte der Doktor sich wieder völlig im Griff. Mochte die Vorstellung eines uralten Heilmittels ebenso abstrus wie unwahrscheinlich sein, stellte es dennoch den letzten Strohhalm dar, den er tunlichst zu ergreifen gedachte.

Das Labor lag im Erdgeschoss am Ende eines langen Gangs. Die beiden Detektive entledigten sich ihrer Mäntel und machten sich direkt an die Arbeit. Bereits am Vortag hatten sie die restlichen zu analysierenden Lösungen angesetzt, Flüssigkeiten aufgekocht, abgefiltert, Bestandteile vermischt oder getrennt.

»Das meiste davon habe ich zwar nicht verstanden«, eröffnete Crispin dem Doktor, »also ich meine die Chemie dahinter. Das war noch nie meine Stärke, ich bin eher ein Praktiker.«

»Verwunderlich, in Ihrer Branche. Dafür sind Juristen nicht gerade bekannt.«

Der junge Mann lächelte, als wäre er dankbar für den Versuch, die Stimmung aufzulockern.

»Frisch ans Werk, Mister Fox. Lassen Sie uns nachsehen, was sich hinter der geheimnisvollen Substanz verbirgt und ob sie uns schenken kann, wonach wir uns so sehr sehnen.«

Pebsworth trat an eine Apparatur, die aus mehreren verbundenen Glasgeräten und Rundkolben bestand, in denen eine klare Flüssigkeit blubberte. Über eine Bürette ließ er exakt zehn Milliliter davon in einen Erlenmeyerkolben ab. Sodann tropfte er aus einer Pipette drei Tropfen von etwas anderem dazu, woraufhin sich alles schlagartig blau verfärbte. Stirnrunzelnd machte er eine Notiz in einem kleinen Büchlein und trat zu seiner nächsten Versuchsanordnung.

»Hier, mein junger Freund, schreiben Sie bitte auf, was ich Ihnen diktiere.«

Nach einer Stunde hatten sie sämtliche Komponenten ausgewertet, und auf dem Blatt Papier stand ein Rezept, das über Leben und Tod entscheiden würde. Eine weitere Stunde später hatten sie die benötigten Zutaten bei verschiedenen Apotheken der Stadt zusammengekauft. In einem Porzellantiegel mischte Doktor Pebsworth eine duftende Paste an, füllte sie in den gereinigten blauen Pomander und befestigte eine goldene Kette an der dafür vorgesehenen Öse.

»Wenn wir etwas machen, dann mit Stil, nicht wahr, werter Kollege?« Vorsichtig nahm Crispin das wertvolle Schmuckstück entgegen und legte es in eine mit Samt ausgekleidete Schatulle. »Beeilen wir uns. Der Professor ist im Club, die anderen ebenfalls.« Er klappte sie zu, und gemeinsam verließen sie das Haus. Mittlerweile war es Nachmittag geworden.

Im Club

»Die Gentlemen und Miss Westbrook sind oben, in der Suite des Vorsitzenden«, informierte Archie sie bei ihrer Ankunft. Crispin horchte auf. Zwar war ihm bekannt, dass es Räumlichkeiten im Haus gab, in denen Mitglieder und auch deren Gäste übernachten konnten und dass Professor Brown über private Zimmer verfügte, wenn er sich zurückziehen wollte, doch bislang hatten sie einander stets in seinem Büro, dem Besprechungszimmer oder in anderen Funktionsräumen getroffen. Dass er sich in der Suite aufhielt, konnte nur bedeuten, dass es ihm schlechter ging. Wahrscheinlich musste er liegen. Hoffentlich kamen sie nicht zu spät.

»Folgen Sie mir, Mister Fox.« Pebsworth klang ebenfalls alarmiert. Schnellen Schrittes passierten sie den Smoking Room, in dem es sich eine Gruppe von drei Herren Zeitung lesend vor dem Kamin gemütlich gemacht hatte. Im Vorbeigehen sah Crispin auch Lord Cranmore in einem Ohrensessel Pfeife rauchen. Eine Ausgabe der Times lag auf seinem Schoß, und er sah mit besorgtem Gesichtsausdruck zu ihnen herüber. Crispin glaubte, den Blick noch in seinem Rücken zu spüren, als sie bereits über das hintere Treppenhaus hinauf in den zweiten Stock gestiegen waren. Hier war er vorher nie gewesen. Erstaunlich, dass es immer wieder neue Bereiche im Club zu entdecken gab. Auf dem Boden des Flurs lag ein persischer Läufer in dunklen Rottönen, der das Geräusch ihrer Schritte verschluckte. Zu seinen beiden Seiten gingen nummerierte Türen ab wie in einem Hotel. Der Doktor klopfte an die Nummer neun.

Freddie öffnete. Sie sah blass aus, aber hübsch in einem tannengrünen Kleid, das gut zu ihren blonden Haaren passte. Sie schenkte Crispin ein zaghaftes Lächeln und drückte kurz seinen Arm, als er an ihr vorbei das Zimmer betrat.

»Wie geht es ihm?«, flüsterte er ihr zu.

»Nicht gut. Er hat Schmerzen, und nichts scheint dagegen zu helfen.«

»Wir haben etwas mitgebracht.« Doktor Pebsworth zückte eines von Alberts Pulverbriefchen und ging durch den kleinen, geschmackvoll möblierten Salon ins angrenzende Schlafzimmer.

Der Professor saß in einem breiten Bett aus Messing mit verschnörkeltem Kopf- und Fußteil und einer Vielzahl an Kissen darin. Ein großes davon im Rücken diente ihm zum aufrechten Sitzen, die Augen hielt er allerdings geschlossen. Als er seine Kollegen hereinkommen hörte, schlug er sie auf. »Wallace. Mister Fox. Was bringen Sie für Neuigkeiten?«

»Zunächst einmal etwas gegen Ihre Schmerzen, Aristotle. Hier.« Er schüttete den Inhalt des Briefchens in ein Glas und goss Wasser aus der Karaffe vom Nachttisch darüber. Brown leerte es in einem Zug. Er trug einen Hausmantel, darunter ein blütenweißes Hemd, und das Haar war ordentlich gekämmt. Es passte zu ihm, sich auch in einer derart kritischen Situation nicht gehen zu lassen. Bereits wenige Minuten, nachdem er das Mittel getrunken hatte, legte er eine Hand auf seinen Magen und bemerkte mit einer Stimme, die wie immer klang. »Ah, angenehm. Viel besser, ich danke Ihnen.«

»Danken Sie nicht mir, sondern Albert. Er sagte, es würde Ihnen sicher Linderung verschaffen.«

»Aber es wird mich nicht heilen?«

Crispin hatte das Gefühl, jemand würde ihm mit der Faust in den Bauch schlagen. Wie sollten sie es ihm sagen? Gerne überließ er Pebsworth das Wort.

»Leider nein.«

Stille senkte sich über den Raum, bis Lord Philip, der sich bisher schweigsam im Hintergrund aufgehalten hatte, fragte:

»Was hat Ihr chinesischer Freund herausgefunden? Womit wurde der Professor vergiftet?«

»Mit Karbol.«

Browns Kopf fuhr herum, und er starrte den Doktor überrascht an. »Ist das absolut sicher? Karbol?«

Der nickte betreten und erklärte weiter: »Dabei handelt es sich um ein farbloses, wasserlösliches Pulver. In der Chirurgie verwendete man es früher zur Wunddesinfektion, stark verdünnt, versteht sich. Obwohl es die Haut schlimm reizte. Ich glaube, entdeckt wurde es ursprünglich bei der Verarbeitung von Kohle. Es ist hochgiftig.«

»Wie kann es dann sein, dass mir der Unbekannte noch drei Tage zugesteht? Müsste ich nicht viel schneller das Zeitliche segnen?«

»Aristotle, ich bitte Sie, sprechen Sie nicht so. Albert vermutet, dass Ihnen mehrere kleinere Dosen verabreicht wurden.«

Von seinem Platz am Fußende des Bettes aus sah Crispin, wie es im Kopf des Professors arbeitete. Nachdenklich starrte er in die Ferne und schien alles um sich herum zu vergessen. Pebsworth wiederum bemerkte dies offenbar nicht, denn er redete weiter, spürbar um einen heiteren Ton bemüht. »Aber es besteht dennoch Grund zu Hoffnung. Mister Fox und ich haben die Substanzen analysiert, die wir im blauen Pomander gefunden haben.« Er zog die mitgebrachte Schatulle hervor und entnahm ihm das Schmuckstück. Umgehend breitete sich ein betörender, facettenreicher Duft im Raum aus. Doktor Pebsworth trat ans Bett und legte Professor Brown die Kette um den Hals, sodass der Duftapfel exakt auf Herzhöhe auf der Brust des Kranken zu liegen kam. »Atmen Sie den heilenden Wohlgeruch ein, mein Freund.«

»Sie haben nach dem alten Rezept eine neue Duftpaste hergestellt?« Tränen glitzerten in Browns Augen, rasch blinzelte er sie weg. »Sie sind wahrlich ein herausragender Wissenschaftler, Wallace, ich bin stolz auf Sie. Vielen Dank. Ihnen ebenso, Mister Fox.«

Pebsworth stand die Rührung ins Gesicht geschrieben. »Wir lassen Sie ein paar Minuten allein.« Er dirigierte die anderen in den Salon und schloss die Tür.

»Woraus besteht dieses sagenhafte Allheilmittel?«, fragte Lord Philip leise.

Sie bildeten einen Kreis und steckten die Köpfe zusammen, am hinteren Ende des Raumes, so weit weg wie möglich von der Schlafzimmertür, um nicht gehört zu werden.

»Aus Moschus, Labdanum, Ambra, Weihrauch, Nelken und Kampfer.«

»Es wird nicht helfen, oder?«

Pebsworth blickte in die Runde. »Nein«, flüsterte er dann. Die bittere Endgültigkeit dieser Aussage klang niederschmetternd.

Wem wollten sie etwas vormachen? Auch Crispin, der sich bisher an den Gedanken geklammert hatte, dass irgendetwas Unvorhergesehenes passieren würde, das den Vorsitzenden noch retten konnte, musste sich allmählich damit abfinden, dass sie gegen diesen einen übermächtigen Gegner verlieren würden. Es ging nicht um Ruhm und Ehre, nicht um Ansehen für den Club, sondern um Aristotle Browns Leben, das ein Irrer einforderte, weil er sich einbildete, mit einem duftenden Ball die Welt heilen zu können.

»Also schön.« Freddie straffte die Schultern. »Dann bleibt uns nichts übrig, als zu bluffen.«

Verständnislos sah Crispin sie an.

»Der Erpresser weiß, wir werden alles daransetzen, den blauen Pomander wiederzubeleben. Teilen wir ihm mit, wie erfolgreich wir waren. Dass Professor Brown vollständig genesen ist und wir das Schmuckstück der Wissenschaft zur Verfügung stellen, damit die ganze Welt davon profitieren kann. Ich wette, das wird ihn schnell aus seinem Versteck locken.«

»Aber es wird unseren Freund nicht retten.«

»Zu heilen steht nicht in unserer Macht, Onkel Philip. Vergeltung auszuüben hingegen schon.« Sie wischte sich eine Träne aus dem Augenwinkel und straffte die Schultern.

»Wie sollte dieser Irre unsere Nachricht erhalten?«

Crispin überlegte. Eine Erwähnung in der Zeitung würde für zu viel Aufsehen sorgen und die falschen Leute auf den Plan rufen. Wer immer Brown vergiftet hatte, musste ihn in den Tagen davor mehrfach persönlich gesehen haben, also sicherlich aus dem näheren Umfeld stammen. »Ich glaube, Lord Fitzroy und seine Gattin sind nach wie vor die Hauptverdächtigen. Wir sollten ihnen gegenüber unseren Erfolg beiläufig erwähnen.«

»Heute ist Mittwoch, da ist er für gewöhnlich im Travellers Club. Mein Cousin ist dort ebenfalls Mitglied, ich werde ihn bitten, mich zum Mittagessen als Gast mitzunehmen. Dann kann ich die Bombe platzen lassen.«

»Gute Idee, Lord Philip. Wie lange wird das Ganze dauern?« Mit einem Kopfnicken wies Crispin in Richtung Schlafzimmer.

»Ich beeile mich. Auf eine Reaktion des Mörders werden wir aber sicherlich bis nachts warten müssen.«

Sie gingen hinüber und erzählten dem Professor von ihrem Plan. Der wirkte erstaunlicherweise ein wenig frischer, als hätte der Pomander tatsächlich positive Auswirkungen auf sein Befinden. Allerdings vermutete Crispin, dass dies eher an Alberts Schmerzmittel lag. Es klopfte an der Tür, und Archie kam mit einem kleinen Silbertablett voller Korrespondenz herein.

»Zwei Telegramme, ein Brief und eine persönlich am Empfang abgegeben Nachricht für Sie, Sir.«

Lord Philip verließ zusammen mit dem Butler den Raum, der Professor überflog rasch die Schreiben und runzelte dann die Stirn. Ein Zittern durchlief seinen Körper, und er krallte die Hände in die Bettdecke.

»Wallace, dürfte ich vielleicht …«

Er musste den Satz nicht vollenden, der Doktor war bereits damit beschäftigt, das Pulver aus einem zweiten Briefchen aufzulösen. Mit zitternden Fingern griff Brown nach dem Glas, und nur mithilfe des Arztes gelang es ihm, es an die Lippen zu führen.

Betroffen warteten Crispin und Freddie, bis die Schmerzattacke vorüberging. Keiner der beiden wagte es, ein Wort zu sprechen.

»Ich bedaure, dass Sie dies mit ansehen müssen«, sagte der Professor, als das Mittel wirkte und er wieder durchatmen konnte. Kraftlos hob er die Hand, um etwaigen Protesten Einhalt zu gebieten. »Für Mitleidsbekundungen ist keine Zeit. Miss Westbrook, Mister Fox, ich bitte Sie darum, Professor Edwards einen Besuch abzustatten und ihn ebenso wie Lord Fitzroy vom Heilerfolg des blauen Pomanders in Kenntnis zu setzen.«

Verwundert trat Crispin näher ans Bett. »Weshalb Edwards?«

»Weil«, und nun gelang dem Professor sogar ein kleines Lächeln, »ich davon überzeugt bin, dass er nicht nur der Mörder von Thomas Bartley, Schwester Benita und Josef König, dem falschen Pfarrer aus Salzburg, ist, sondern auch derjenige, der mich vergiftet hat.«

Freddie sog scharf die Luft ein. »Was bringt Sie zu dieser Annahme?«

»Verschiedene Informationen, die ich in letzter Zeit eingeholt habe. Und die Erfahrung vieler Jahre als Ermittler. Er war es. Ich weiß es. Sie haben auf Lord Fitzroy gesetzt. Aber wir werden ja sehen, wer heute Nacht hier im Sebastian Club auftaucht. Gehen Sie zu Professor Edwards, sagen Sie ihm, ich wäre geheilt, der blaue Pomander befindet sich in einer Geldkassette in meinem Büro, und morgen früh geben wir ihn ans University College Hospital.«

»In Ordnung, Professor.«

»Aber bitte riskieren Sie nichts. Sollte ich recht haben – wovon ich ausgehe –, hat Edwards den Respekt vor dem Leben anderer längst verloren. Es würde ihm leichtfallen, weiter zu töten. Sie überbringen die frohe Kunde und kehren umgehend hierher zurück, versprechen Sie mir das?« Er wirkte äußerst besorgt.

Die beiden nickten und schickten sich an, das Zimmer zu verlassen. Im Hinausgehen hörten sie den Professor sagen: »Bleiben Sie bei mir, Wallace? Lassen Sie uns plaudern. Wäre es nicht unglaublich absonderlich, wenn ich meinen eigenen Mord aufklären würde?«

Professor Edwards bewohnte ein neues weißes Eckhaus in einer ganzen Reihe in der St. Maur Road in Fulham, mit einem stuckverzierten Erker im Erdgeschoss und einem kleinen umzäunten Vorgarten. Eine Bedienstete öffnete Freddie und Crispin und bat sie in den Salon, wo sie vom erstaunt, aber freundlich dreinschauenden Hausherrn begrüßt wurden.

Eine moderne Tapete in gedecktem Grün mit eingeprägten Farnwedeln passte gut zur gestreiften Sitzgruppe. Es gab einen gusseisernen Rahmenkamin, einen Spiegel darüber und einen ellipsenförmigen Tisch aus hochglanzpoliertem Holz mit Spitzendecke darauf. Offenkundig legte Edwards Wert auf ein repräsentatives Ambiente, aber auch auf Gemütlichkeit. Ein weiteres Zimmer ging vom Salon ab, doch war die Tür angelehnt, sodass die Detektive nicht hineinsehen konnten.

»Miss Westbrook, Mister Fox, was für eine Überraschung! Mir war nicht bewusst, dass Sie meine Adresse kennen. Natürlich freue ich mich, Sie zu sehen.« Edwards geriet ins Stocken.

»Hübsch haben Sie es hier. Hat Ihre Frau die geschmackvolle Einrichtung ausgewählt? Sind Sie neu eingezogen?«

»Nein und ja. Ich bin Witwer und lebe seit einem halben Jahr hier. Sagen Sie, was verschafft mir die Ehre?«

Freddie hielt sich nicht mit Floskeln auf, um den etwas peinlichen Moment zu überspielen. Sie brachte sogar einen fröhlichen Gesichtsausdruck zuwege, was Crispin lobenswert fand. »Ein äußerst freudiger Anlass.«

»Ja, ich habe davon gehört, dass Sie in den Sebastian Club

aufgenommen wurden. Ganz im Gegensatz zum bedauernswerten Lord Fitzroy. Bedauernswert für ihn, nicht für mich oder Sie«, setzte er schnell hinzu. »Verstehen Sie mich nicht falsch, ich habe nicht vor, clubinterne Entscheidungen zu beurteilen.«

»Meine Mitgliedschaft ist ein Quell täglicher Freude für mich, aber deswegen sind wir nicht hier. Wir dachten, wir sagen es Ihnen persönlich, weil Sie und Lord Fitzroy doch großes Interesse am blauen Pomander gezeigt haben. Wie Sie sicher wissen, haben wir ihn während unseres Aufenthaltes in Salzburg entdeckt und hierher nach London verbracht.«

Crispin übernahm. »Sie können sich denken, dass wir darauf brannten herauszufinden, ob das gute Stück hält, was seine Legende verspricht.«

Aus dem Nebenzimmer war ein leises Geräusch zu hören. Es klang wie ein Gurren. Edwards schien nichts zu bemerken, er hing förmlich an Crispins Lippen.

»Daher haben wir ihn geöffnet, eine Probe des Inhalts entnommen und umgehend mit der Analyse begonnen.«

Unauffällig rückte Freddie näher an die angelehnte Tür und schob sie mit der Fußspitze ein wenig weiter auf.

»Vielleicht ist Ihnen bekannt, dass Doktor Pebsworth sehr bewandert in der Chemie ist. Ihm gelang es, die Originalpaste herzustellen, die sich damals im Pomander befand.«

»Wirklich?«

»Ja. Und da bedauerlicherweise unser Clubvorsitzender derzeit unter einem Schwächeanfall leidet, haben wir beschlossen, die Heilwirkung an ihm zu testen.« Crispin klatschte in die Hände. »Es war die perfekte Möglichkeit. Und stellen Sie sich vor …«

»Ja?«

»Es hat gewirkt! Professor Brown ist innerhalb eines Tages vollständig genesen.«

»Nein!«

»Doch! Es geht ihm blendend.«

Mit weit aufgerissenen Augen fixierte Edwards Crispin,

Freddie schob die Tür noch ein klein wenig auf, da knarzte sie leider plötzlich, der Hausherr blinzelte und trat rasch auf sie zu. Mit einer nachdrücklichen Handbewegung zog er die Tür vollends ins Schloss.

»Das sind erfreuliche Neuigkeiten. Verzeihen Sie bitte, wenn ich dennoch skeptisch bin. Das liegt wahrscheinlich im Wesen eines Mediziners. Wir glauben nicht so leicht an Wundermittel.«

»Doktor Pebsworth ging es ebenso. Er war erst beruhigt, als er den Professor persönlich von Kopf bis Fuß untersucht hatte. Und es geht auf sein Anregen zurück, dass sich der Sebastian Club entschieden hat, die Heilkraft des blauen Pomanders mit allen Kranken zu teilen.«

»Was meinen Sie damit?« Bisher hatte Edwards mit leiser Stimme gesprochen, nun aber wurde sein Ton lauter.

Die beiden jungen Detektive überbrachten den Rest der Nachricht und verabschiedeten sich anschließend. Freddie hatte es besonders eilig, in den wartenden Landauer zu steigen, und sie wies den Kutscher an, schnell zu fahren, als hätte sie plötzlich Angst.

»Es behagte ihm überhaupt nicht, als er gehört hat, dass wir das Ding an die Forschung spenden wollen. Einen Moment lang dachte ich, seine Augen treten aus dem Kopf. Er wirkte regelrecht konsterniert.« Crispin musterte Freddie, die gerade in ihre Handschuhe schlüpfte. »Weshalb die Eile? Ich hatte den Eindruck, du wärst am liebsten aus dem Haus gerannt.«

»Das liegt an Edwards. Der Mann verursacht mir Gänsehaut. Ich bin davon überzeugt, dass Professor Brown richtig vermutet: Er ist unser Täter!«

»Wie kommst du darauf? Hat dich etwas erschreckt? Konntest du ins Nebenzimmer sehen?«

Sie nickte, schluckte ein paar Mal, bevor sie antwortete. »Da war ein Kind. Ein kleiner Junge. Er saß auf einer Decke auf dem Boden und spielte. Aber er, er …« Sie brach ab und schüttelte den Kopf.

Mittlerweile kannte Crispin Freddie gut genug, um zu

erkennen, wenn sie erschüttert war. Er drängte sie nicht weiter. Sobald sie sich beruhigt hatte, würde sie sich erklären.

Zurück im Club kamen sie gerade rechtzeitig zum Dinner. Es gab Lammrippchen. Zum ersten Mal speiste Freddie als Lady inmitten der Herren. Crispin fielen nur wenige missbilligende Blicke auf, die meisten der Mitglieder schienen der jungen Frau gegenüber wohlgesonnen zu sein. Das war auch das Mindeste, nach allem, was sie im Dienste des Clubs bereits geleistet hatte. Sollte nur ein einziger der Gentlemen eine unpassende Bemerkung machen, würde er es mit ihm zu tun bekommen. Glücklicherweise verlief die Mahlzeit friedlich, und nach dem Dessert gingen die Ermittler wieder hinauf zu Professor Brown, um die Vorbereitungen für die Nacht zu besprechen.

Im Club

Die große Standuhr in der Eingangshalle des Sebastian Club schlug zwei Uhr. Ihr satter Glockenton hallte durch die menschenleeren Räume, dann verschluckte ihn die Stille. Sogar Lord Cranmore, der ansonsten vornehmlich im Club residierte, schlief in dieser Nacht zu Hause. Auf ausdrückliches Anraten des Vorsitzenden. Cranmore war eines der wenigen nicht ermittelnden Mitglieder, das, über alle Vorfälle im Pomander-Fall informiert, wegen Professor Brown am Boden zerstört war.

Lediglich Archie hatte bis Mitternacht in seiner Portiersloge gesessen und sich anschließend in sein Zimmer im obersten Stock zurückgezogen. Alles wie immer. Die Straßenlaternen am Berkeley Square waren längst gelöscht, in den umliegenden Stadthäusern brannte nirgends Licht.

Auf der Rückseite des Gebäudes, am Fenster der Clubküche, war das ritzende Geräusch eines Glasschneiders zu vernehmen. Eine dunkel gekleidete Gestalt verschaffte sich Zutritt. Der einfallende helle Schein des beinahe vollen Mondes kam dem Eindringling zugute. Problemlos fand er den Weg zum Büro von Professor Brown. Er schlüpfte lautlos hinein, tastete sich zum Schreibtisch vor und kniete sich vor die schwere Metallkassette auf den Boden.

Freddie legte den Schalter der kürzlich neu installierten elektrischen Beleuchtung um, und der Einbrecher sprang mit einem Schrei auf.

»Professor Edwards. Tatsächlich«, sagte Crispin, und Freddie fand seinen Tonfall der Situation angemessen herablassend. Er und seine Kollegen hatten sich verborgen gehalten,

Freddie neben der Tür, Lord Philip und Doktor Pebsworth hinter den Vorhängen und Crispin hinter einem Sessel. Als Edwards sie erblickte, stieß er ein wütendes Schnauben aus und zog eine Pistole.

»Das würde ich lassen«, ertönte die Stimme von Chief Inspector Woodard, der hinter dem anderen Sessel hochschnellte wie eine Sprungfeder. Zudem erschienen auf sein Kommando in der Bürotür mehrere uniformierte und bewaffnete Beamte, die jegliche Fluchtmöglichkeit unterbanden.

Edwards saß in der Falle. Er warf seine Pistole auf den Boden und wischte sich mit beiden Händen übers Gesicht, als würde er aus einem tiefen Traum erwachen. »Wie, was ...«, stammelte er. Mit verwirrtem Gemurmel stolperte er hinter dem Schreibtisch hervor und ließ sich widerstandslos Handschellen anlegen. »Was mache ich hier? Was ist geschehen? Ich erinnere mich nicht.«

»Nein!«, rief Doktor Pebsworth und schüttelte eine wütende Faust in Richtung des Einbrechers. »So billig kommen Sie nicht davon! Sie werden für Ihre Verbrechen einstehen! Falls Sie meinen, es könnte Ihren Hals retten, wenn Sie geistige Verwirrung vortäuschen, begehen Sie einen schweren Fehler. Ich kenne viele Leute in Bedlam, vom Direktor über die Ärzte bis hin zu den Insassen. Sollten Sie es überhaupt hinein schaffen, werde ich persönlich dafür sorgen, dass Sie jeden Tag die Hölle im Irrenhaus erleben und sich wünschen, am Galgen baumeln zu dürfen!«

Noch nie zuvor hatte Freddie den Doktor in derartiger Rage erlebt. Am liebsten wäre er Edwards sicher an die Gurgel gesprungen. So jedoch blieb ihm nichts anderes übrig, als ihm seine Drohung entgegenzuschleudern, mit der Wucht seines gesamten Hasses in jedem einzelnen Wort. Inspektor Woodard gebot ihm keinen Einhalt. Er blickte Edwards ebenfalls mit Abscheu an, die Hände zu Fäusten geballt.

»Bringen Sie ihn weg«, knurrte er zwischen zusammengebissenen Zähnen zu seinen Beamten.

»Wohin? Wer sind Sie? Was wollen Sie von mir?« Mit einem

gruseligen Lachen sank Edwards zu Boden. Die Polizisten mussten ihn auffangen und stützen, sonst wäre er hingeschlagen. Bevor sie ihn hinausschleifen konnten, rollte er wild mit den Augen und nässte sich ein.

Eine reife Leistung, fand Freddie, als sie sah, wie er auf Professor Browns Parkett eine Urinpfütze hinterließ. Keine Sekunde glaubte sie an seine Verwirrung.

»Verloren, verloren, verloren«, zischte er. »Sie haben verloren, und ich werde gewinnen. Ich gewinne immer.«

Obwohl es sie vor ihm ekelte, näherte sich Freddie dem gefesselten Edwards.

»Da unterliegen Sie einem weiteren gewaltigen Irrtum.« Sie beugte sich ein wenig vor und flüsterte ihm etwas zu, was nur er hören konnte. Als sie damit fertig war, verfiel er in das erste ehrlich klingende verzweifelte Brüllen dieser Nacht und beruhigte sich nicht mehr, bis er endgültig abtransportiert wurde. Seine Schreie hallten durch die Gänge des Clubs und draußen von der Straße hoch, bis in den Nebengebäuden die ersten Fenster geöffnet wurden und verschlafene Gesichter neugierig herausspähten.

»Ich denke, wir sollten Archie wecken, damit er die Sauerei hier entfernt«, meinte Freddie dumpf. »Wenn ihn das Geschrei nicht sowieso schon aus dem Schlaf gerissen hat. Und dann wollen wir dem Professor Bericht erstatten, er erwartet uns sicher, nach dem ganzen Gebrülle.«

Das Krankenzimmer duftete wie ein exotischer Basar. Es war hell erleuchtet, und Brown saß im Bett, noch immer angemessen gekleidet, obwohl es stramm auf drei Uhr zuging. Wollte er seine verbleibende Zeit nicht mit Schlaf vergeuden?

»Aristotle, wir gratulieren, Ihre Vermutung war korrekt, und wir lagen mit unserem Verdächtigen falsch. Es war in der Tat Professor Martin Edwards, der sich auf Kosten des Küchenfensters heute Nacht Zugang zum Club verschafft hat und sich den Pomander aneignen wollte. Darf ich Ihnen noch mal ein Schmerztonikum anmischen?«

Dankbar nickte der Kranke Doktor Pebsworth zu. »Chief Inspector«, sagte er dann, »konnten Sie ihn verhaften?«

Woodard sah gebeutelt aus, als würde ihn die Erkenntnis erst jetzt treffen, dass es mit Brown tatsächlich zu Ende ging und sie in einem Krankenzimmer standen, aus dem er niemals wieder gesund hinausspazieren würde. »Er ist unterwegs in die Untersuchungszelle. Aber um ehrlich zu sein, kann er derzeit nur wegen Einbruchs und versuchten Diebstahls angeklagt werden. Wir haben keine Beweise, dass er auch nur einen der Morde begangen, geschweige denn Sie vergiftet hat.«

»Doch, die gibt es«, fiel Freddie ein. Professor Brown klopfte matt auf sein Bett, und sie ging zu ihm und ließ sich sanft auf der Bettkante nieder.

»Es erfreut mich, Sie als junge Dame hier sitzen zu sehen, Miss Westbrook. Sie haben es verdient, der Welt Ihr wahres Gesicht zeigen zu dürfen. Werden wir es Ihnen zu verdanken haben, dass Edwards am Galgen baumelt? Erzählen Sie, was haben Sie herausgefunden?«

»Als wir ihn in Fulham besucht haben, gelang es mir, einen Blick ins Nebenzimmer seines Salons zu werfen. Dort saß sein Sohn auf dem Boden, ein kleiner Junge von drei, vier Jahren. Er spielte mit einem geschnitzten Holzschaf, dem ein Bein fehlte.«

Brown lächelte. »Sie gutes Kind. Ich wusste, ich kann auf Sie zählen. Chief Inspector, Sie sollten umgehend einen Beamten in die St. Maur Road schicken, der besagte Figur sicherstellt. Und dann empfehle ich Ihnen, ein Telegramm an Ihren Kollegen Inspektor Brunnbauer in Salzburg zu senden. Das fehlende Holzbein befindet sich in der dortigen Gendarmerieinspektion, und ich bin davon überzeugt, es wird haargenau zu dem Schaf passen.«

»Das war also der Grund, weshalb du, äh, Sie Professor Edwards' Haus so schnell verlassen wollten?«

Freddie nickte Crispin zu. Es gab noch mehr, aber im Moment konnte sie nicht darüber sprechen.

»Wie verhält es sich mit den anderen Morden? Wenn der einzige, den wir nachweisen können, einer im Ausland ist, bin ich mir nicht sicher, ob es für Newgate reicht oder ob er dann nach Salzburg verbracht wird.«

»Das darf nicht passieren«, protestierte Pebsworth und sah Woodard an, als hätte er etwas ganz und gar Abstruses von sich gegeben.

Professor Brown nickte Lord Philip aufmunternd zu.

»Fassen wir zusammen«, begann der. »Opfer Nummer eins, Thomas Bartley. Edwards kannte ihn aus dem Gefängnis, in dem er gelegentlich zu tun hatte. Bartley hat ihm von der Pomander-Sache erzählt, und die beiden beschlossen, ihn sich anzueignen. Sie trafen sich in einem Pub im East End, wo sie gemeinsam gesehen wurden. Edwards wollte das Schmuckstück für sich allein und entledigte sich seines Helfers bei der ersten Gelegenheit in Devils's Acre. Gleichzeitig konnte er dadurch unserem Ruf schaden, weil die gute Lady Fitzroy eine verleumdende Berichterstattung von ihrem Freund bei der Zeitung einforderte. Sicher ein unerwarteter Aspekt, der Edwards frohlocken ließ. Opfer Nummer zwei, Schwester Benita.«

Nun ergriff der Professor das Wort. »Hier kommt meine Hintergrundrecherche ins Spiel. In ihrem Mutterkloster erfuhr Schwester Benita durch Schwester Remigia vom blauen Pomander. Die ältere Nonne reiste viel, und ihre jüngere Kollegin fuhr gerne mit, vielleicht weil sie hoffte, auf diese Weise noch mehr herauszubekommen. Die beiden hielten sich in England auf. Ich vermute, dass Remigia bei dieser Gelegenheit entweder selbst den Hinweis in Devil's Acre versteckte oder zumindest davon Kenntnis erhielt. Später, bei der Reise nach Salzburg, wurde sie misstrauisch. Wahrscheinlich bedrängte Benita sie zu sehr. Möglicherweise entwendete die jüngere Nonne das rote Wachssiegel von der älteren? Schwester Remigia ahnte jedenfalls, dass ihr nicht mehr viel Zeit blieb, daher versteckte sie einen weiteren Hinweis in der Gruft des Fürsterzbischofs. Tragischerweise wurde sie auf der Heimreise von Schwester Benita ermordet, der es sogar gelang, vorher noch den kryptischen Satz über Devil's Acre aus ihr herauszupressen. Zurück in London teilte sie ihr Geheimnis mit Amelia Dyer. Ich vermute, den beiden wurde das Geschäft mit den toten Kindern entweder zu riskant, oder sie strebten nach größeren Reichtümern. Ich habe herausgefunden, dass Schwester Benita Mrs Dyer mehrfach im Gefängnis besucht hat, vordergründig um mit ihr zu beten. Ich bin davon überzeugt, dass bei einer dieser Gelegenheiten der Kontakt mit Edwards zustande kam, vielleicht sogar über den Wärter.«

»Was letztendlich auch ihr zum Verhängnis wurde.«

»Richtig, Doktor Pebsworth, dennoch mangelt es erneut an Beweisen.«

»Was ist mit dem Torwächter des Waisenhauses?«

»Der hat den Herrn in der Kutsche nicht zu Gesicht bekommen. Und selbst wenn, könnte er lediglich aussagen, dass er wieder gefahren ist.«

»Teufel auch! Wir wissen doch, dass er es war!«

Woodard schnalzte bedauernd mit der Zunge. »Wie ist die Rechtslage, Mister Fox?«

»Kein Richter wird Edwards wegen dieser beiden Morde anklagen.«

»Wir sind noch nicht fertig.« Professor Brown klang müde. »Bleibt noch meine Vergiftung.« Er hustete. »In den Tagen, bevor ich den Brief erhielt, bin ich Edwards mehrfach begegnet. Hier im Club. Oder bei Lord Fitzroy. Einmal tauchte er sogar überraschend auf, als ich Tee im Wolseley nahm, und leistete mir Gesellschaft. Zu diesem Zeitpunkt hatte ich Mitleid mit ihm, weil er als Lord Fitzroys Anhängsel überall unterging, und ich wollte ihm das Gefühl geben, dass er auch ohne seinen reichen und wichtigen Freund gern gesehen war. Bei jeder Gelegenheit wurde etwas gegessen und getrunken, und es wäre ihm problemlos möglich gewesen, mir eine kleine Portion des Giftes unterzumischen.«

»Auch das ist, so leid es mir tut, lediglich eine Theorie, kein Fakt.«

»Warten Sie ab, Chief Inspector. Eine der Nachrichten, die ich vorhin erhielt, stammt von Baron Lister. Er war es, der vor dreißig Jahren damit begann, Karbol zur Wundbehandlung einzusetzen. Mittlerweile ist er im Ruhestand und berät nur noch gelegentlich die Königsfamilie in Gesundheitsfragen. Sir Joseph Lister lebt in Kent und war früher Professor Edwards' Mentor, bevor dieser sich entschloss, von der Chirurgie auf die Behandlung psychisch Kranker umzuschwenken.

Er bestätigte mir, dass ihn sein ehemaliger Schüler ganz überraschend kürzlich aufgesucht hat, gleich nachdem er aus Salzburg zurückgekehrt war. Und auf mein Nachfragen hin stellte sich heraus, dass aus alten Karbolbeständen, die Baron Lister verwahrt, obwohl er sie besser hätte entsorgen sollen, etwas fehlt.«

Freddie sank das Herz. Jeder der Anwesenden wusste, Edwards war schuldig, er hatte all die Verbrechen begangen, derer sie ihn bezichtigten. Aber auch aufgrund dieser Informationen würde man ihn vermutlich nicht verurteilen können. Sie saß noch immer am Bettrand des Professors und griff nach seiner Hand. Er ließ sie gewähren.

»Bevor Sie wieder wegen fehlender Beweise anfangen, Chief Inspector, lassen Sie mich einen weiteren Punkt hinzufügen. Ich kann Ihnen den unverrückbaren Nachweis liefern, den Sie brauchen. Lister führte Experimente mit Karbol durch, um es für seinen Einsatz noch geeigneter zu machen. Edwards hat nicht irgendein normales Karbol mitgenommen und mir verabreicht, sondern ein in seiner Struktur geringfügig verändertes. Dieser Umstand wird nach meinem Tod bei meiner Autopsie feststellbar sein, vor allem wenn man weiß, wonach man suchen muss. Und ein Vergleich mit dem vorhandenen Karbol aus Baron Listers Vorräten wird Edwards eindeutig überführen.«

Freddie ließ Professor Browns Hand los. Ihr war übel. Auch Doktor Pebsworth sah blass aus. »Aristotle, Sie wissen, ich schätze Sie über alles, aber wenn Sie von Ihrer eigenen Obduktion sprechen, verkrafte ich das nicht besonders gut. Verlangen Sie nicht von mir, dass ich derjenige bin, der Sie …« Er brach ab.

»Das wird nicht nötig sein, Gentlemen«, unterbrach Woodard. »Es gibt ja immer noch die Möglichkeit eines Geständnisses. Überlassen Sie es mir, das aus dem sauberen Professor Edwards herauszubekommen. Ich habe da so meine Methoden.«

»Die kenne ich. Normalerweise widerstreben sie mir als Mediziner, in diesem Fall würde ich allerdings der Befragung am liebsten selbst aktiv beiwohnen. Doch fürchte ich, dass diese Vorgehensweise ein gerechtes Urteil verhindern könnte. Edwards wird sich einen guten Anwalt nehmen. Und wenn der sich am Thema Misshandlung im Polizeigewahrsam festbeißt, noch dazu bei einem vermeintlich geistig instabilen und hilflosen Gefangenen, könnte sich das Blatt zu unseren Ungunsten wenden. Vor allem zu den Ihrigen, Mister Woodard. Ich vermute zudem, dass Edwards bei seinem Unfall mit der Dachlawine Verletzungen davongetragen hat, die er versuchen wird, Ihnen unterzujubeln. Seien Sie deshalb auf der Hut und niemals mit ihm allein.«

»Was schlagen Sie sonst vor?«

Professor Brown brachte alle mit einer Geste zum Schweigen. »Machen wir eine Pause. Gehen Sie nach Hause, meine Freunde. Es wird schon bald wieder hell, und uns bleibt nicht mehr viel gemeinsame Zeit. Versuchen Sie ein wenig zu schlafen. Auch ich bin müde. Denken Sie über meinen Vorschlag nach, Wallace. Ich würde mich freuen, Sie morgen erneut hier begrüßen zu dürfen, alle zusammen.«

Freddie stand auf.

»Miss Westbrook, noch eine letzte Frage. Was haben Sie Professor Edwards nach seiner Verhaftung unten im Büro zugeflüstert? Warum hat er derart gebrüllt, dass ich es bis hier herauf hören konnte? Lord Philip erzählte mir, Sie hätten das zu verantworten.«

Sie atmete tief durch. Lag es an dem betörenden Duft des Pomanders, dass ihr schwindelig war? Oder an Übermüdung? Oder war die Hilflosigkeit der Auslöser, die sie bis in die Knochen spürte. Sie hatten alles getan, um ihn zu retten. Umsonst. Sie hatten alles getan, um den Mörder zu entlarven. Ebenfalls umsonst?

»Ich sagte zu ihm, dass wir ihn angelogen haben. Dass der Pomander hübsch aussieht, aber keinerlei Heilkräfte besitzt. Auch nicht für seinen Sohn. Der kleine Junge im Nebenzimmer. Er sah entsetzlich aus. Sein Gesicht war übersät mit Pusteln, die Nase flach, als hätte man sie eingedrückt. Ich erschrak vor seinem riesigen Kopf und den milchig trüben Augen. Sicher war er blind.«

Brown atmete langsam ein und aus. »So etwas dachte ich mir. Es bestätigt, was Professor Kassowitz mir geschrieben hat, als ich ihn bezüglich seines Treffens mit Edwards in Salzburg kontaktierte. Er meinte, sein Kollege habe wissen wollen, ob es irgendeinen neuen Therapieansatz für syphiliskranke Kinder gebe.«

»Das Erbe der Sünde«, sagte Doktor Pebsworth leise. »Der arme Junge ist von seiner Mutter mit der Franzosenkrankheit infiziert worden, wahrscheinlich bereits vor seiner Geburt. Seit dem Tag, an dem er das Licht der Welt erblickt hat, ist er dem Tod geweiht.«

Professor Brown sank zurück in die Kissen und schloss kurz die Augen, bevor er murmelte: »Ah. Das Motiv. Endlich. Beruhigend zu wissen, dass ich nicht sterben werde, weil Edwards sich bereichern will, sondern weil er seinen Sohn heilen wollte.«

Unten an der Haustür des Clubs, als sich die Ermittler voneinander verabschiedeten, sagte Lord Philip zu Doktor Pebsworth: »Auf keinen Fall wird irgendjemand von Ihnen erwarten, dass Sie diesen Nachweis erbringen, von dem Professor Brown erzählte.« Und damit sprach er sowohl Freddie als bestimmt auch Crispin aus dem Herzen.

Belgravia

Nicht für eine einzige Minute fand der Schlaf Lord Philip in dieser Nacht. Im frühen Morgengrauen schickte er eine Nachricht zu Annabel. Er brauchte sie an seiner Seite. Die Verzweiflung drohte ihn zu verschlucken, raubte ihm die Fähigkeit, logisch zu denken. Er durfte sich jetzt nicht gehen lassen.

Als sie endlich kam, schloss er sie wortlos in die Arme und hielt sie fest. Barfuß auf dem kalten Boden der Eingangshalle, im Morgenmantel und mit zerzaustem Haar. Sie sagte nichts, streichelte beruhigend über seinen Rücken, und als er sie losließ, hakte sie sich unter und führte ihn die Treppe hinauf in sein Schlafzimmer. Er legte sich wieder ins Bett, während sie etwas von dem Toast abzupfte und sich in den Mund steckte, der unberührt wie das restliche Frühstück auf dem Tablett auf dem Nachtkästchen stand.

»Soll ich nach frischen Sachen für dich schicken?«

»Nein, danke.« Nachdem sie an seinem Tee genippt hatte, schlüpfte sie aus den Schuhen und legte sich neben ihn. Sie schob einen Arm unter seinen Nacken, barg seinen Kopf an ihrer Brust und hauchte ihm einen Kuss auf die Stirn.

»Es fällt mir schwer, Professor Brown gehen zu lassen.«

»Gewiss, er ist dein Freund, und alles andere wäre absonderlich. Trauer ist nichts, wofür man sich schämen muss, Philip.«

»Ich habe die ganze Nacht nachgedacht. Objektiv betrachtet hat Edwards zwar getötet …«

»Professor Edwards? Lord Ernest Fitzroys Freund? Der

große dünne Mann mit dem langen Gesicht und den traurigen Augen? Er steckt hinter alldem?«

»Hatte ich das in meiner Nachricht nicht erwähnt?«

Sie verneinte.

»Ja, er war es, aber uns fehlen Beweise, um ihn an den Galgen zu bringen. Jedenfalls, zunächst hat er nur verabscheuungswürdige Personen ermordet. Einen korrupten, gierigen Gefängniswärter. Eine Nonne, die, anstatt Unschuldige zu beschützen, mit einer Kindermörderin gemeinsame Sache gemacht hat. Und einen Dieb, der die Leute betrog und bestahl. Natürlich rechtfertige ich keine Morde, ich stelle das lediglich fest. Und dann hat er Professor Brown vergiftet. Einzig und allein, damit der blaue Pomander seine Wirkungskraft entfaltet. Er hat es für seinen Sohn getan, um ihn von der Syphilis zu heilen. Ich bin kein Vater, aber wenn ich einer wäre – wie weit würde ich gehen, um mein Kind zu retten?«

»Du würdest niemals ein Menschenleben dafür nehmen. Und ebenso wenig würdest du dich an abstruse Legenden klammern, an ein Wunderheilmittel glauben, das nicht funktionieren kann. Edwards hat eine Grenze überschritten. Für ihn gibt es kein Zurück mehr, nur noch den geraden Weg in den Tod. Er muss für seine Taten bezahlen.«

»Aus seiner Sünde sind weitere Sünden geschlüpft, wie Schlangen aus ihren Eiern. Und alles nur, weil er sich vergnügen wollte.«

»Du meinst, Edwards hat sich bei einer Prostituierten angesteckt, die Krankheit an seine Frau weitergegeben, und die wiederum an den Sohn?«

»So sieht es aus. Dabei hatte ich von ihm nicht den Eindruck, als wäre er recht umtriebig. Im Gegensatz zu Lord Fitzroy.«

»Dem ist auch so. Fitzroy ist im gesamten East End bekannt. Er ist nicht wählerisch und bekommt nie genug. Edwards begleitete ihn früher, dann nicht mehr. In meinen Etablissements waren die beiden ebenfalls zu Gast. Und meine Mädchen versicherten mir stets, was für ein Schwein der Lord wäre und was für ein Gentleman sein Freund. Er hätte sie nie angefasst. Zwar bezahlte er für ihre Gesellschaft, aber er wollte nichts dafür haben. Stattdessen war ihm wichtig, dass Fitzroy nie davon erfuhr, dass er nicht mit den Mädchen schlief. Es wird sogar gemunkelt, dass Edwards sich in eine besonders hübsche Dirne verliebt hätte und deshalb seinen Freund nicht mehr begleitete.«

Philip setzte sich auf und drehte sich zu Annabel um. »Meinst du, er hat eine Prostituierte geheiratet? So unwahrscheinlich diese Hypothese auch klingt, sie würde erklären, weshalb er Witwer ist und warum sein Sohn die Syphilis hat.«

»Ja, allein die Vorstellung, sein Leben mit einer Frau aus der Halbwelt zu teilen, noch dazu mit einer kranken, erscheint vielen unmöglich.«

»So habe ich es nicht gemeint, Annabel. Du weißt, was ich für dich empfinde.«

Er legte sich wieder hin. Vorhin hatte sie sein Haar gestreichelt, während sie sprachen. Diese Beschäftigung nahm sie nicht mehr auf.

»Ich bin absolut davon überzeugt, dass Professor Edwards gesund ist und nicht für das schreckliche Schicksal seines Kindes verantwortlich zeichnet. Falls sich einer die Franzosenkrankheit geholt hat, dann wohl eher sein hochwohlgeborener Freund.«

Philip verfiel erneut ins Grübeln. »Es fällt mir zusehends schwerer, Edwards ausschließlich als kaltblütigen Mörder zu betrachten. Er ist nicht wie Amelia Dyer oder diese herzlose Nonne. Dennoch hasse ich ihn mit jeder Faser meines Körpers. Weißt du, es gibt keine schlimmere Vorstellung für uns als die, dass er mit dem Leben davonkommen könnte. Er versucht sich als geisteskrank darzustellen, weil er lieber in eine Anstalt als an den Galgen will. Das kann er gut, immerhin ist das sein Spezialgebiet als Arzt, er weiß genau, wie er es anstellen muss. Pebsworth ist außer sich deswegen. Aber die Alternative, das, was Professor Brown vom Doktor verlangt, ist unmenschlich.«

Endlich schob Annabel ihre Finger wieder in sein Haar und spielte damit herum. Die sanfte Berührung wirkte wie Balsam auf Philip.

»Was schlägt er vor?«

»Er will, dass Pebsworth ihn nach seinem Tod obduziert und den Nachweis erbringt, dass einzig und allein Edwards ihn vergiftet haben konnte.«

Die Hand hielt inne. »Wäre das denn möglich?«

»Schon, aber man kann doch nicht einem seiner engsten Freunde etwas Derartiges abverlangen, selbst dann nicht, wenn er Arzt ist.«

»Nein, natürlich nicht.«

»Wie es aussieht, steht der Doktor vor der Entscheidung, etwas zu tun, was ihn sicherlich für den Rest seines Lebens in Albträumen verfolgen wird. Oder zu riskieren, dass der Mörder seines besten Freundes möglicherweise davonkommt.«

»Das erscheint mir eine ungerechte Wahl zu sein.«

»Ich wünschte, ich könnte sie ihm ersparen. Uns allen eigentlich.«

Draußen regnete es. Die Tropfen plätscherten monoton gegen die Scheibe, und Philip erlaubte es der Müdigkeit, ihren Tribut zu fordern. Ohne es verhindern zu können, nickte er in Annabels Armen ein.

Ihre sanfte Stimme weckte ihn wieder. »Philip, mein Lieber, wach auf.«

Er schreckte hoch. »Wie spät ist es?«

»Zehn Uhr. Ich habe dir eine halbe Stunde Schlaf gegönnt, aber nun ist keine Zeit mehr. Deine Nichte hat eben hereingesehen. Sie wäre bereit für die Fahrt in den Club. Freddie hat bestimmt genauso wenig geschlafen wie du. Sie sah unglaublich blass und übernächtigt aus, die Arme. Ich wünschte, ich könnte helfen.«

Rasch schlüpfte er in seine Kleidung und wusch sich das Gesicht im angrenzenden Badezimmer.

»Das tust du«, sagte er, während er sich die Krawatte band.

»Du bist gekommen, als ich dich brauchte, du stehst mir bei und bist für mich da. Vor dir muss ich mich nicht verstellen, denn du fängst mich sogar in meiner tiefen Verzweiflung auf. Annabel, du sollst wissen, dass auch ich für dich da sein möchte.«

Sie lächelte ihn an und küsste ihn. »Das weiß ich.« Dann korrigierte sie den Sitz der Krawatte und half ihm ins Jackett.

»Wirst du hier auf mich warten?«

»Ich kann gerne wiederkommen. Zuerst muss ich aber einige Besorgungen erledigen, wenn ich schon in der Stadt bin. Greenwich ist doch weit weg von den Annehmlichkeiten der Regent Street.«

Zusammen gingen sie nach unten, wo Freddie bereits in Mantel und Hut auf sie wartete.

Lord Philip hielt zwei Hansom Cabs auf und öffnete die Tür des einen für Annabel, die des anderen für Freddie, und stieg dann selbst ein. Im Wegfahren glaubte er zu hören, wie Annabel den Kutscher anwies, nach Embankment zu fahren.

»Mrs Arnholtz kam heute Morgen auf meinen Wunsch hin zu uns«, setzte er an, doch Freddie unterbrach ihn.

»Onkel Philip, du musst mir nichts erklären. Auch wenn sie die Nacht hier verbracht hätte oder komplett bei uns einziehen würde, wäre das allein euer beider Sache. Jeder Mensch, der dich glücklich macht, wird von mir mit offenen Armen empfangen werden. Und wenn ich im Begriff bin, irgendetwas aus den schrecklichen Geschehnissen um den Pomander zu lernen, dann, dass jeder einzelne Tag kostbar ist.«

Im Club trafen sie im Frühstücksraum auf Doktor Pebsworth. Er setzte sich gerade mit einer Tasse Tee zu Lord Cranmore an den Tisch, und Freddie und ihr Onkel nahmen ebenfalls Platz.

»Wie geht es dem Professor?«, fragte Lord Cranmore.

Pebsworth seufzte. »Zusehends schlechter, fürchte ich.«

»Waren Sie die Nacht über bei ihm?«

»Das war ich, Miss Westbrook. Ich habe es nicht über mich

gebracht, ihn zu verlassen, und ging wieder hinauf, nachdem wir uns unten an der Tür voneinander verabschiedet hatten. Ich dachte, vielleicht braucht er meinen Beistand, und tatsächlich hat er alle zwei Stunden nach einem Schmerzmittel verlangt.« Er leerte seinen Tee. »Da Sie nun hier sind, fahre ich zu Albert und hole mehr von dem Pulver. Oben auf dem Nachttisch liegt noch ein Medikamentenbriefchen, das letzte. Geben Sie es ihm, sollte es notwendig sein.«

»In Ordnung.« Freddie erhob sich. »Ich habe zu Hause gefrühstückt. Lass dir Zeit, Onkel Philip, und iss etwas. Deinen Toast daheim hast du nicht angerührt. Ich sehe in der Zwischenzeit nach Professor Brown.«

Je näher sie seinem Zimmer kam, desto schwerer wurde ihr ums Herz, und vor der Tür musste sie einen Moment innehalten, tief durchatmen und sich sammeln, erst dann konnte sie eintreten. Der Duft des Pomanders erfüllte fortdauernd jeden Winkel des Raums. Brown trug ihn noch immer um den Hals. Er saß nicht mehr im Bett, mittlerweile lag er.

»Guten Morgen, Miss Westbrook, ich freue mich, Sie zu sehen«, begrüßte er sie lächelnd. Er wirkte über Nacht um Jahre gealtert. Die Wangen waren eingefallen, tiefe Schatten lagen unter seinen Augen, und seine Haut hatte einen Farbton angenommen, der nur Todgeweihten zu eigen ist. Das Atmen fiel ihm schwer. Er bemerkte, wie Freddies Blick auf dem Schmuckstück ruhte. »Es ist seltsam. Obwohl ich weiß, dass er mich nicht retten kann, schenkt es mir Trost, den Pomander zu tragen. Irgendetwas Beruhigendes, Wohliges geht von ihm aus. Setzen Sie sich zu mir.«

Sie stellte einen Stuhl direkt neben das Bett, und dieses Mal streckte Brown die Hand nach der ihren aus und hielt sie fest. Eine Träne lief über Freddies Wange.

»Nicht doch, Kind«, flüsterte er. »Dafür gibt es keinen Grund. Ich hatte ein erfülltes Leben. Und obwohl ich mir gewünscht hätte, es würde noch ein wenig andauern, ist es mir wenigstens vergönnt, mich von den Menschen zu verabschieden, die mir wichtig sind.«

Sie blinzelte, unfähig, ihr Weinen zu stoppen. Geduldig wartete er, bis sie sich wieder einigermaßen unter Kontrolle hatte.

»Ich danke Ihnen«, sagte sie mit tränenerstickter Stimme. »Sie haben mir die Möglichkeit geschenkt, das zu tun, was ich liebe. Weil Sie an mich glauben. Das werde ich niemals vergessen.«

»Und das ist so wichtig im Leben. Lassen Sie sich auf keinen Fall anderweitig überzeugen, Miss Westbrook. Sie müssen auch an sich selbst glauben, wissen, was Sie wollen. Gehen Sie Ihren Weg, setzen Sie Ihr Zeichen in der Welt. Aber nehmen Sie sich immer Zeit für die Liebe, denn das ist es, worauf es am Ende des Tages ankommt. Dass Sie ein frohes Herz haben.«

Lord Philip betrat den Raum, und Freddie erhob sich. Sie wollte ihrem Onkel ebenfalls die Gelegenheit geben, ein paar persönliche Worte mit dem Professor zu wechseln.

Langsam beugte sie sich hinunter und küsste den Kranken auf die Wange. Als sie sich wieder aufrichtete, sah sie auch in seinen Augen Tränen schimmern. Im Nebenraum sank sie auf eines der Sofas und schlug die Hände vors Gesicht. Es war grausam, darauf zu warten, dass die Wirkung des Giftes ihren endgültigen Tribut forderte.

Später kam Doktor Pebsworth mit dem Schmerzmittel zurück. Albert hatte ihm zusätzlich noch etwas mitgegeben, um dem Professor das Atmen zu erleichtern.

Der Vormittag verging, Archie brachte eine leichte Suppe für den Kranken, doch der hatte keinen Appetit. Stattdessen verlangte er nach dem alten Whisky, den er in seinem Büro aufbewahrte, und die Freunde erfüllten ihm den Wunsch gerne.

Am frühen Nachmittag schließlich bekamen sie Besuch von einem aufgeregten Chief Inspector Woodard. Völlig außer Atem bat er darum, den Professor zu sprechen.

»Was gibt es? Hat Edwards gestanden?« Nicht nur Brown, auch Freddie, Lord Philip und Doktor Pebsworth sahen ihn hoffnungsvoll an. Normalerweise war Woodard nicht leicht aus der Fassung zu bringen, im Gegenteil. Zumeist verströmte er die Aura eines desillusionierten Beamten, den nichts mehr erschüttern konnte. Weil Freddie bemerkte, wie stark seine Hände zitterten, goss sie ihm etwas von dem guten Whisky ein.

»Vielen Dank, Miss Westbrook, das ist es, was ich jetzt brauche. Obwohl ich genau genommen im Dienst bin. Aber die Sache ist einfach zu absonderlich.«

»Was ist geschehen?«

»Professor Edwards ist tot.«

»Wie bitte?« Lord Philip sprang von seinem Stuhl auf und stürzte auf den Inspektor zu. »Reden Sie, um Himmels willen, Mann!«

»Er hat sich umgebracht.«

»In der Untersuchungshaft wird den Gefangenen doch alles abgenommen, womit sie sich selbst Schaden zufügen könnten, dachte ich.«

»Das ist es ja. Er trug nur die Kleidung auf seinem Leib, sonst hatte er nichts, es stand auch nichts herum, was er hätte benutzen können. Sogar Mrs Arnholtz hat bemerkt, wie kahl die Zelle ist.«

»Mrs Arnholtz war bei Ihnen in Scotland Yard?« Lord Philip klang alarmiert.

»Heute Vormittag. Sie wollte Edwards besuchen, meinte, sie wären alte Freunde. Der diensthabende Beamte dachte sich nichts dabei, weil ja noch keine Anklage erhoben wurde und wir ihn lediglich zur Befragung festhielten.« Er fuhr sich mit beiden Händen durchs Haar. »Die Wahrheit ist, der Kollege am Empfang ist neu, er wusste nicht, worum es bei Edwards geht. Er hätte sie nicht zu ihm lassen dürfen. Aber wie dem auch sei, ich traf sie im Hinausgehen und sprach kurz mit ihr. Danach sah ich nach Edwards, es war alles in Ordnung.«

»Wie hat er sich getötet?«

»Er hat sich an einer Strebe des vergitterten Fensters erhängt. Mit seiner Hose. Er muss sie mit seinen Händen und

Zähnen in Streifen gerissen haben, hat ein Seil daraus gefertigt und eine Schlinge geknüpft. Es ist mir absolut unbegreiflich, weshalb, wo er doch darauf spekuliert hatte, nicht einmal angeklagt zu werden.«

Freddie und ihr Onkel sahen sich an. Dachten sie beide das Gleiche? Dass Annabel Arnholtz Edwards dazu bewogen hatte, sich umzubringen? Sie war eine bemerkenswerte Frau, Freddie war davon überzeugt, dass eine derartige Aktion in ihrer Macht stünde.

»Mein Mörder hat mich also nicht überlebt, sondern ist vor mir gegangen«, murmelte Brown. »Ist es verwerflich, dass mir das eine Genugtuung ist?«

Wie sollten sie diese Frage beantworten? Natürlich verneinten sie.

»Meine Freunde, ich danke Ihnen für alles, was wir gemeinsam erleben durften. Ich glaube, es ist besser, wenn wir uns nun voneinander verabschieden, ich bin müde.«

Der Augenblick, vor dem sie sich gefürchtet hatten, war gekommen. Unter Tränen wechselten sie letzte Worte, dann schickten sich alle außer dem Doktor an, den Raum zu verlassen.

»Ich werde bei Ihnen bleiben, Aristotle«, bestimmte er.

»Gehen Sie meinen Weg mit mir zu Ende, Wallace? Bringen Sie mich bis an die Tür, sodass ich nur noch allein über die Schwelle treten muss?«

»So ist es.« Er setzte sich auf Freddies Stuhl neben dem Bett, und die anderen schlossen leise die Tür.

»Was ist mit Crispin?«, fragte Freddie draußen.

»Lord Cranmore meinte, er war heute Morgen bereits hier, bevor wir kamen. Nachdem er sich vom Professor verabschiedet hatte, ging er in die Bibliothek. Dort sitzt er vermutlich immer noch.«

»Macht es dir etwas aus, wenn ich nach ihm sehe, Onkel Philip?«

»Nein, geh nur. Wir treffen uns später zu Hause. Nehmt euch Zeit.«

Sie fand ihn im hintersten Winkel der Bibliothek. Neben dem letzten Bücherregal saß er auf dem Boden, mit dem Rücken an der Wand.

Als er sie kommen hörte, blickte er fragend auf.

»Nein«, flüsterte sie. »Noch nicht.«

Sie ließ sich neben ihm nieder, und er legte einen Arm um ihre Schulter. Aneinandergelehnt harrten sie schweigend aus, während draußen die Sonne unterging und sanfter Schneefall einsetzte.

So lange, bis Doktor Pebsworth sie fand und ihnen das Unvermeidliche mitteilte, das sie nicht hören wollten.

Professor Aristotle Brown hatte sie verlassen.

St. James

Gleich nach den Weihnachtsfeiertagen wurde der blaue Pomander bei Christies versteigert. Die Straße vor der mehrstöckigen weißen Fassade war mit Kutschen und Automobilen verstopft, aus denen reiche Leute stiegen, die willig waren, ein Vermögen für eine Legende auszugeben. Der Auktionssaal in der King Street war bis zum letzten Platz gefüllt, als das gute Stück angeboten wurde. Lord Philip Dabinott beobachtete das Spektakel aus dem Hintergrund. Einige Gesichter kannte er. In der ersten Reihe saß Clarissa Debonnaire du Bois, ein bekanntes und äußerst wohlhabendes Medium. Sie bot eifrig mit, ebenso wie zahlreiche andere, und der Preis schraubte sich zusehends in die Höhe. Die schnarrende Stimme des Auktionators ratterte ein Stakkato an Zahlen herunter, Lord Philip war fasziniert. Der blaue Pomander ruhte derweil auf einem Kissen aus dunklem Samt, goldglänzend und wunderschön. Es blieb zu hoffen, dass er seinem neuen Besitzer mehr Glück bringen würde als den Gentlemen vom Sebastian Club. Wenn Philip ehrlich war, freute er sich darauf, das Ding loszuwerden. In einer eiligst einberufenen Vorstandssitzung war beschlossen worden, was mit dem Erlös geschehen sollte. Auch damit war er einverstanden. Solange das Schmuckstück nur möglichst rasch aus seinem Leben verschwand. Philip war kein abergläubischer Mensch, doch vertrat er die Ansicht, dass die bedauerlichen Ereignisse, die zu Professor Browns Tod geführt hatten, niemals in Bewegung gesetzt worden wären, wenn keiner den blauen Pomander ins Spiel gebracht hätte. Über ihren Tod hinaus hatte Amelia Dyer Schreckliches zu verantworten. Er wünschte sich, die Zeit zurückdrehen zu können, bis zu jenem Tag, an dem Inspektor Woodard im Club aufgetaucht war und Brown gebeten hatte, die Kindsmörderin im Gefängnis zu besuchen. Doch was geschehen war, konnte nicht mehr ungeschehen gemacht werden. Allein seine Lektion hatte er gelernt, und Philip schwor sich, künftig genau zu überlegen, welchen Fall er annehmen und welchen er ablehnen würde.

Ein anonymer Bieter machte das Rennen, für eine enorm hohe Summe, die einigen den Atem verschlug. Allerdings murrten die Leute unbefriedigt, weil sie nicht erfuhren, an wen der blaue Pomander ging. Philip war es gerade recht so.

Ein Mitarbeiter des Auktionshauses kam herein, nahm den Duftapfel von seinem Samtkissen und trug ihn hinaus. Das war das letzte Mal, dass die Allgemeinheit ihn zu Gesicht bekam. Als er Christie's verließ, verspürte Lord Philip eine große Erleichterung.

Zu Hause im Wilton Crescent wartete Annabel auf ihn. Er küsste sie, kostete den Duft ihrer Haut, dann schob er sie auf Armeslänge von sich.

»Es ist vorbei.«

»Gut.«

Fasziniert studierte er die Farbe ihrer Veilchenaugen. Er wollte sie fragen, musste es tun, denn es brannte ihm auf der Seele. Wie hatte sie es geschafft, Edwards zum Selbstmord zu überreden? Welchen Einfluss hatte sie auf ihn ausgeübt, wie hatte sie ihn manipuliert? Andererseits, was, wenn er sich irrte? Hatte er nicht eben bitter erfahren müssen, wie entsetzlich etwas enden konnte, was, einmal in Bewegung gesetzt, nicht mehr zu stoppen war?

»Was ist mir dir, Philip? Geht es dir nicht gut?«

»Doch. Es ist alles in Ordnung.« Er nahm ihre Hand. »Komm, lass uns zu Freddie in den Salon gehen, dann erzähle ich euch beiden von der Versteigerung.«

In einem kleinen Zimmer hinter dem Auktionssaal wurde der Pomander verpackt und anschließend im Tresor des Hauses verwahrt, bis der Preis beglichen wurde. Der Mittelsmann des anonymen Bieters entrichtete ihn noch am selben Tag und nahm seinen Einkauf mit. Er brachte ihn zu einem vornehmen Stadthaus, wo er von seiner neuen Besitzerin, Lady Viola Fitzroy, bereits sehnlich erwartet wurde.

»Endlich«, hauchte sie andächtig, als sie das gute Stück auspackte. Zusammen mit dem Pomander hatte sie das Rezept für seine duftende Füllung sowie einen frischen Tiegel davon ersteigert.

»Hilf mir«, flüsterte sie dem goldenen Ball zu, während sie zart mit den Fingern über die vielen Saphire in seiner Hülle fuhr. »Ich weiß, dass du es kannst.«

Sie zog sich nackt aus und stellte sich vor den Spiegel in ihrem Schlafzimmer. Ein Rasen eitriger Pusteln überzog Brust und Arme. Viola hatte starke Schmerzen. Ein Jahr lang hatte sie geglaubt, gesund zu sein, doch nun war die Krankheit zurück, schlimmer als je zuvor, brandmarkte ihren Körper und quälte ihren Geist.

»Aber nun wird alles gut, denn du bist da und wirst mich heilen.« Mit einem glückseligen Lächeln auf den Lippen legte sie sich die Kette um den Hals. Als der Pomander ihre Haut berührte, erschauerte Viola und fühlte sich umgehend besser. Was ihr Gatte gegen seine eigenen Symptome zu unternehmen gedachte, war ihr völlig einerlei. Mochte er daran zugrunde gehen.

Der Sebastian Club spendete den Erlös aus der Versteigerung dem Reedham Waisenhaus. Mit zwei Auflagen. Die erste lautete, einen weiteren Trakt anzubauen und mehr Personal einzustellen, das sich besser um die Kinder kümmerte. Eine zweite Schwester Benita durfte es niemals geben. Und die andere Bedingung war, ein spezielles Kinderkrankenhaus zu errichten, in dem jene armen Wesen, die unschuldig von ihren Eltern mit Syphilis infiziert worden waren, behandelt werden konnten. Selbst wenn es nach wie vor keine Heilung für die Lustseuche gab, sollte alles für die Kinder getan werden, damit sie so wenig wie möglich leiden mussten. In ganz London gab es keine vergleichbare Einrichtung. Der Andrang würde enorm werden.

Einer der ersten Patienten im neuen Krankenhaus wurde Professor Edwards' Sohn. Annabel Arnholtz hatte ausdrücklich darum gebeten, dass das Kind einen Platz bekam, sogar angeboten, die Kosten dafür zu übernehmen. Es sollte nicht noch mehr unter den Sünden seiner Eltern leiden müssen. Philip vermutete, damit wollte sie ein gegebenes Versprechen erfüllen, das Teil eines tödlichen Handels gewesen war. Sicher konnte er sich freilich nicht sein, denn er sprach niemals mit Annabel darüber.

Epilog

Ein neues Jahr brach an. Professor Browns Tod hing nach wie vor über den Ermittlern wie eine dunkle Wolke.

An einem kalten Montag im Januar erfüllte Lord Philip Dabinott ein Versprechen, das er seinem sterbenden Freund gegeben hatte. Er trat ein großes Erbe an.

Browns Arbeitszimmer war nun das seine. Er blickte sich um, als würde er es zum ersten Mal sehen. Den wuchtigen Schreibtisch, den Stuhl, auf dem sein Vorgänger viele Stunden zugebracht hatte, das Wappen des Clubs an der Wand dahinter, mit dem prächtig verzierten Schwert darauf, dessen Knauf in der hereinfallenden Sonne glitzerte wie ein Diamant.

Ehrfürchtig setzte er sich.

»Sie können es mir nicht abschlagen, Philip«, hatte Brown in seinen letzten Stunden gebeten. »Der Sebastian Club hängt nicht von einer Person ab. Der Dienst, den wir den Toten erweisen, muss weiterhin erbracht werden, auch wenn ich nicht mehr bin. Ich hatte einen Vorgänger und benenne meinen Nachfolger, und Sie werden es einmal ebenso machen. Wir beide wissen, dass ich Sie seit Jahren darauf vorbereite. Nun bricht Ihre Zeit an.«

»Ich bin noch nicht so weit.«

»Doch, das sind Sie. Der Club kann sich glücklich schätzen, Sie als Vorsitzenden zu bekommen. Sie werden ihm viele Jahre schenken. Aber lassen Sie sich nicht aufreiben, Philip. Versprechen Sie mir das. Wahren Sie Ihre Distanz. Wenn Sie abends nach Hause gehen, schließen Sie mit der Bürotür auch die Gedanken mit ein, und knüpfen Sie am folgenden Tag wieder an. Trennen sie den Clubvorsitzenden vom privaten Philip. Und egal, welche Abarten der menschlichen Psyche Ihnen in den kommenden Jahren begegnen werden, denken Sie immer daran, dass Sie nicht allein sind. Sie haben eine Gruppe vertrauter und verlässlicher Menschen um sich, die Ihnen beim Tragen der Bürde helfen werden.«

Die Worte des Professors hatten sich in seine Erinnerung gebrannt. Er würde sie beherzigen.

Aus der oberen linken Schublade des Schreibtisches nahm er einen Schlüssel, mit dem er den Wandschrank öffnete, in dem Brown die Akten jener offenen Fälle verwahrte, die er als geeignet für den Sebastian Club erachtete.

Es lag nur eine einzige darin, ein dünner, brauner Umschlag, auf den Professor Brown in seiner markanten Handschrift geschrieben hatte: »Philip, beginnen Sie mit diesem hier.«

Ende

GLOSSAR

Alt von Altenau, Salome (* 21.11.1568 Salzburg, † 27.06.1633 Wels): Salome Alt war die Lebensgefährtin des Salzburger Fürsterzbischofs Wolf Dietrich von Raitenau. In 22 Jahren schenkte sie ihm 15 Kinder, von denen 5 früh starben. Da eine Beziehung mit einem Geistlichen damals unerhört war, verstießen ihre Eltern Salome. Sie entschied sich voll und ganz für Wolf Dietrich, der wiederum davon überzeugt war, dass eine Erlaubnis zur Priesterehe unmittelbar bevorstehen würde. Da dies nicht der Fall war, wurde Salome 1609 von Kaiser Rudolf II in den Adelsstand erhoben und ihre Kinder vom Makel der unehelichen Geburt befreit. Wolf Dietrich baute ihr eine Sommerresidenz vor den Toren der Stadt namens Altenau, die später umgebaut und in »Schloss Mirabell« umbenannt wurde. Sie bewohnte auch Gemächer in der Fürstbischöflichen Residenz, die mit denen ihres Geliebten durch eine als Schrank getarnte Tür verbunden waren. Durch zahlreiche Schenkungen wurde sie eine reiche Frau. Salome galt als die Schönste der Stadt, war groß gewachsen und hatte rotbraunes Haar. Sie war sanftmütig und wirkte ausgleichend auf den temperamentvollen Fürsterzbischof. Dabei fehlte ihr jegliches Machtstreben, was sie am Hof recht beliebt machte. Nach Wolf Dietrichs Tod trug sie ausschließlich Trauer.

Antependium: Ein Antependium ist ein Altartuch in Kirchen, das an der Vorderseite des Altarunterbaues hängt und meistens bestickt oder verziert ist. Der Name kommt vom lateinischen »ante« = vor und »pendere« = hängen.

Baby Farmer: Baby Farmer war ein im spätviktorianischen England feststehender Ausdruck für Frauen, die gegen Geld eine große Anzahl an Pflegekindern aufnahmen. Eine abfällige Bezeichnung, die für gewöhnlich implizierte, dass jene Frauen die Kinder schlecht behandelten. Oftmals wurde eine einmalige Summe von den Müttern dafür bezahlt, dass die Pflegemutter das Kind adoptierte. Der Nachteil für das Kind hierbei war, dass es für die Pflegemutter somit tot lukrativer als lebendig wurde, da keine Folgezahlungen zu erwarten waren. Amelia Dyer war nicht die einzige Baby Farmerin, die ihre Schutzbefohlenen ermordete; zahlreiche Fälle sind bekannt, in denen Frauen aus Profitgier zu Kindsmörderinnen wurden.

Bedlam: Das Bethlem Royal Hospital in London, kurz Bedlam, ist die erste und nach wie vor berüchtigtste Einrichtung für psychisch Kranke in Europa. Es wurde 1330 gegründet. In den folgenden Jahrhunderten wurden Menschen mit psychischen Erkrankungen, gegen die es lange Zeit keinerlei Therapieansätze gab, in Bedlam unter verheerenden Bedingungen weggesperrt. Die Anstalt existiert bis heute. Gerade im viktorianischen Zeitalter haftete ihr ein schrecklicher Ruf an, und Gerüchte von nackten und angeketteten Patienten, die in schlimmsten hygienischen Verhältnissen zusammengepfercht hausten, machten die Runde. Bis heute gibt es immer wieder Skandale um Bedlam-Patienten.

Brougham-Kutsche: Die Brougham-Kutsche ist ein zierliches, geschlossenes, einspänniges Modell für zwei Passagiere. Der Kutscher sitzt vorne auf dem Kutschbock. Benannt wurde sie nach ihrem Erfinder, Lordkanzler Lord Henry Brougham.

Café Tomaselli: Das Café Tomaselli am Alten Markt in Salzburg gibt es seit 1700. Es ist Österreichs ältestes Kaffeehaus, in dem seinerzeit auch Wolfgang Amadeus Mozart gerne ein und aus ging. Der Vater des Zuckerbäckers Carl Tomaselli, der Tenor Giuseppe Tomaselli, war mit der Familie Mozart gut befreundet. Damals gehörte das Café allerdings noch nicht den Tomasellis, die kauften es erst 1852, sondern der Familie Staiger, deren Wappen an der Fassade des Hauses zu sehen ist.

Ceilidh: Ein Ceilidh ist eine schottische Tanzveranstaltung, bei der traditionelle Musik gespielt wird. Ursprünglich verstand man darunter ein geselliges Beisammensein, nicht unbedingt mit Musik. Daraus entwickelte sich aber eine Veranstaltung, bei der schottischer Volkstanz im Vordergrund stand, eine gute Gelegenheit für junge Leute, sich auf dem Heiratsmarkt umzusehen, und für die älteren, um in lockerer Runde zusammenzukommen. Die Kapelle spielt dabei auf traditionellen Instrumenten, und zumeist sagt einer der Musiker die Tanzschritte an, welche die Tänzer ausführen sollen.

Christie's: Das weltberühmte Auktionshaus in der King Street, St. James's wurde 1766 gegründet. Bis heute kommen dort Kunstschätze unter den Hammer, und neben Sotheby's ist es eines der bekanntesten Auktionshäuser.

Devil's Acre: Einer von Londons schlimmsten und berüchtigtsten Slums befand sich früher in der Nähe der Westminster Abbey, also mitten in der Stadt. Das Elendsviertel war so dicht bevölkert, hauptsächlich mit armen irischen Zuwanderern, dass zumeist 10 bis 12 Personen zusammengepfercht in kleinen Zimmern hausten. Aufgrund der unvorstellbaren hygienischen Verhältnisse breiteten sich Krankheiten wie Typhus rasend schnell aus, und die Lebenserwartung in Devil's Acre (1850 von Charles Dickens so benannt) war denkbar gering. Etwa ab Mitte des neunzehnten Jahrhunderts wurden die Armenbehausungen nacheinander abgerissen und durch moderne Wohnbauten ersetzt, was man als »slum clearance« bezeichnete. Diese Gebäude stehen heute noch.

Dyer, Amelia (1837–1896): Es ist keine Übertreibung, Amelia Dyer als schlimmste Serienmörderin in der englischen Geschichte zu bezeichnen. Es gibt noch immer keine genauen Opferzahlen, man schätzt aber, dass sie zwischen

300 und 400 Babys und Kleinkinder ermordet hat. Sie betrieb Baby Farming in großem Stil und bereicherte sich am Tod ihrer Opfer, denen sie gerne beim Sterben zusah. Sie wurde tatsächlich im Jahr 1896 im Newgate-Gefängnis am Galgen hingerichtet, allerdings am 10. Juni und nicht, wie im Roman beschrieben, im November.

Esquire: In England bezeichnet Esquire einen Angehörigen des niedrigen Landadels, der Gentry. Das Wort leitet sich aus dem Begriff für Schildknappe her, squire. Esquire ist kein Titel, mit dem jemand angesprochen wird, man findet ihn aber im Schriftverkehr, wo er hinter den Namen der betreffenden Person gesetzt wird.

Karbol, Karbolsäure: Karbol oder Karbolsäure ist ein heute veralteter Ausdruck für Phenol. Früher nannte man Krankenschwestern scherzhaft Karbolmäuschen, weil Karbol in Krankenhäusern als Desinfektionsmittel und zur Wunddesinfektion verwendet wurde. Der Einsatz von Karbol in der Chirurgie geht auf den bekannten Mediziner Sir Joseph Lister zurück. Es hat jedoch eine sehr hautirritierende Wirkung. Reines Karbol bildet farblose Kristallnadeln und ist hochgiftig. Heute ist Karbol/Phenol eine wichtige Industriechemikalie in der Herstellung von Kunststoffen.

Kassowitz, Max (1842–1913): Professor Kassowitz war ein bekannter österreichischer Kinderarzt, der sich mit der Erforschung der hereditären, also ererbten Syphilis bei Kindern beschäftigte. Ein weiteres seiner Forschungsgebiete war die Therapie von Rachitis.

Makassar-Öl: Im späten neunzehnten und frühen zwanzigsten Jahrhundert wurde Makassar-Öl hauptsächlich von den Herren der Schöpfung zur Haarpflege verwendet. Die typisch eingeölten Haare auf alten Schwarz-Weiß-Aufnahmen sind in Makassar-Öl getränkt. Es war sehr populär und weit verbreitet. Allerdings befleckte die Ölfrisur natürlich Möbel, besonders Polstermöbel und Kissen, weshalb die Damenwelt sogenannte Antimakassare häkelte. Das waren Spitzendeckchen, die über die Lehnen von Sofas und auf Kissen gelegt wurden. Und auch den weißen Matrosenkragen auf dem marineblauen Oberteil der Seemänner nennt man Antimakassar. Das Öl an sich, als registrierte Marke von Rowland's and Son, bestand aus Kokosöl oder Palmöl, das mit duftenden Ölen wie zum Beispiel Ylang Ylang versetzt wurde.

Newgate-Gefängnis: Dieses Gefängnis existiert seit 1188. Es wurde in seiner Geschichte mehrfach abgerissen, vergrößert und neu gebaut, und seine Fassade wurde im achtzehnten Jahrhundert tatsächlich bewusst abschreckend gestaltet. Berüchtigt war es wegen seiner unmenschlichen Haftbedingungen und Hinrichtungen. Ab dem Jahr 1783 wurden Verbrecher nicht mehr in Tyburn, sondern im Außengelände von Newgate gehängt. Zu den Hinrichtungen erschien regelmäßig eine große Menge an Zuschauern.

Österreichischer Hof, Hotel: Der Österreichische Hof in Salzburg heißt heute Hotel Sacher. Anfang des neunzehnten Jahrhunderts gewann man am Ufer der Salzach durch ihre Regulierung Land, und an der schönsten Stelle wurde der Österreichische Hof errichtet. Aus seinen Fenstern an der Flussseite hat man einen wundervollen Blick auf die gegenüberliegende Altstadt und die Festung Hohensalzburg.

Palmer, Mary Ann (Polly): Mary Ann Palmer war die Tochter der Serienmörderin Amelia Dyer. Dyer war eine schlechte Mutter, und Polly und ihr Bruder hatten sicherlich keine angenehme Kindheit. Dennoch war Polly dazu bereit, ins Familiengeschäft des Baby Farming einzusteigen. Als man ihre Mutter verhaftete, hatten Polly und ihr Mann schon zwei Kinder adoptiert. Ob und inwieweit sie in die Machenschaften von Amelia Dyer verwickelt war, konnte nie bestimmt werden. Vor Gericht belastete sie ihre Mutter schwer. Sie sagte aus, dass diese versucht habe, sie zu töten, und gab Informationen zu den letzten der ermordeten Pflegekinder.

Paracelsus: Philippus Theophrastus Bombastus von Hohenheim, genannt Paracelsus, war ein mittelalterlicher Arzt, Gelehrter, Alchemist und Laientheologe. Er beschäftigte sich unter anderem mit der Behandlung der Syphilis durch Quecksilber. Er war der Erste, der den Krankheitsverlauf erfasste und gegen die vielfach zu hohe Quecksilberdosierung anging, welche die Patienten zuhauf umbrachte. Es wird vermutet, dass auch Paracelsus selbst an einer Quecksilbervergiftung starb, da man in seinen Knochen eine stark erhöhte Konzentration des Schwermetalls fand. Er hat auch tatsächlich Duftmischungen für Bisamäpfel zusammengestellt. Den blauen Pomander und die Legende um ein Allheilmittel, von dem im Roman erzählt wird, gab es jedoch nie.

Pomeroy, Florence Wallace, Viscountess Harberton (1843–1911): Florence Pomeroy war eine frühe britische Frauenrechtlerin und setzte sich besonders für eine Reform der Damenkleidung ein. Die erwähnte Rational Dress Society und ihre Forderung nach praktischerer Kleidung gab es wirklich. Ebenso den Vorfall im Landgasthof, in den sie mit ihren Fahrrad-Knickerbockers nicht hineindurfte, und die anschließende Klage gegen die Wirtin.

Raitenau, von, Wolf Dietrich (1559–1617): Was im Roman über den Fürsterzbischof von Salzburg erwähnt wurde, ist weitgehend historisch korrekt. Er lebte tatsächlich jahrzehntelang mit seiner Salome zusammen und gründete eine sehr große Familie mit ihr. Noch heute gibt es in der Stadt Salzburg viele Gebäude, die auf ihn zurückgehen. Er starb vermutlich durch einen Schlaganfall während seiner Gefangenschaft in der Festung Hohensalzburg.

Reedham Orphanage: Im Jahr 1844 gründete der Reverend Andrew Reed das Waisenhaus, das vaterlose Mädchen und Jungen aufnahm. Die Kinder bekamen dort bis zu einem Alter von 13 bis 14 Jahren Essen, Unterkunft und schulische Bildung.

Spilsbury, Bernard (1877–1947): Sir Bernard Henry Spilsbury war quasi der Vater der Pathologie und Rechtsmedizin in England. Er führte zahllose Autopsien durch. 1947 nahm er sich in seinem Labor mit Gas das Leben, nachdem er seine beiden Söhne, seine Frau und seine Schwester verloren hatte.

Syphilis: Die Geschlechtskrankheit Syphilis war die Geißel der viktorianischen Gesellschaft. Es wird vermutet, dass im viktorianischen England jeder fünfte Einwohner davon betroffen war. Die sexuell übertragbare Krankheit war zur damaligen Zeit unheilbar und ihr Verlauf mit extremen Schmerzen und körperlichem Verfall verbunden. Häufig steckten Ehemänner, die sich bei Prostituierten infiziert hatten, ihre unwissenden Ehefrauen an, und die wiederum ihre ungeborenen Kinder während der Schwangerschaft. Die Doppelmoral der damaligen Zeit, ausschweifende Freiheiten, die sich Männer nahmen, und übertriebene Prüderie seitens der Ehefrauen trugen maßgeblich zur explosionsartigen Verbreitung der Lustseuche bei.

The Star: 1788 wurde The Star als erste täglich erscheinende Abendzeitung der Welt gegründet. Sie existierte bis 1960.

Thurnhof: Der Ansitz Thurnhof steht bis heute neben dem Bauernhof Thurnhof in Flachau. 1611 suchte Salome Alt von Altenau darin Zuflucht vor den Bayerischen Truppen. Der Turm ist jedoch viel älter. Er sieht so aus, wie im Roman beschrieben. Der Bauernhof bietet heute Zimmer und Appartements für Feriengäste an.

Workhouses: Das Workhouse war die soziale Endstation im viktorianischen London. Der Poor Law Amendment Act aus dem Jahr 1834 schrieb vor, dass kein arbeitsfähiger Armer Zuwendungen erhalten durfte, wenn er nicht selbst etwas dafür tat. Die Armen mussten also für Essen und Unterkunft arbeiten. Außerdem fanden Kinder ohne Eltern, Behinderte, Alte und ledige Mütter dort ein Dach über dem Kopf. Die Lebensbedingungen waren hart – das war von der Regierung so gewollt, um »Faulheit« und »Schmarotzertum« Einhalt zu gebieten, und jeder fürchtete sich davor, einmal im Workhouse zu landen.

DANKSAGUNG

Ich danke von Herzen meiner Familie für ihre Geduld und Nachsicht mit mir. Wenn ihr mir die Zeit nicht schenken würdet, könnte ich nicht schreiben. Nur mit eurer Unterstützung gelingt es mir, meine Ideen vom Kopf aufs Papier zu bringen.

Herzlich bedanken möchte ich mich bei Sandra Thoms, der Verlegerin des Dryas Verlags, die mir nun schon zum dritten Mal die Gelegenheit gibt, von meinen Gentlemen aus dem Sebastian Club zu erzählen.

Die Charaktere sind mir mittlerweile stark ans Herz gewachsen, und bei diesem dritten Fall war es wie ein Treffen alter Freunde. Ich habe jeden Arbeitsabschnitt, von der Recherche über das Schreiben bis hin zum letzten Korrekturlesen, sehr genossen.

Vielen Dank an Andreas Barth, der auch beim blauen Pomander wieder mein Partner in Crime war, für das sehr angenehme und fachmännische Lektorat.

Ich danke für das Korrektorat, die Covergestaltung, das Setzen des Buches, die PR und Werbung und einfach allen lieben Menschen, die sich mit ihrer Zeit und ihrem Einsatz um das Entstehen dieses Buches bemüht haben.

Ein Dankeschön an die Agentur Ashera für die Vermittlung dieses Titels.

Und last, but not least tausend Dank an die Leser. Ohne Leser keine Bücher – und dass ich nun schon drei Fälle mit den Gentlemen vom Sebastian Club schreiben durfte, ist für mich die größte Freude, die ihr möglich gemacht habt.

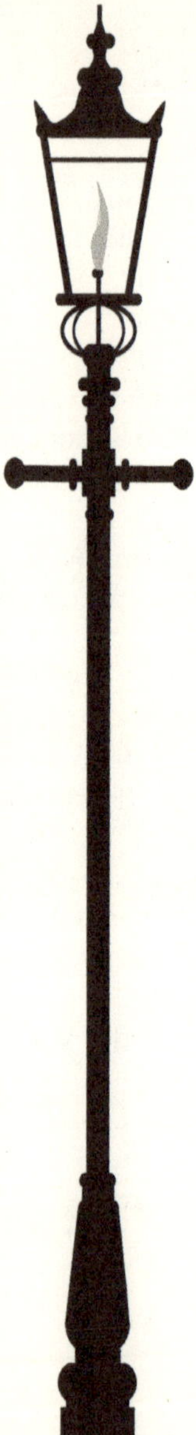

Sophie Oliver

Die Gentlemen vom Sebastian Club

Ein viktorianischer Krimi mit den Ermittlern des Sebastian Club

Dryas Verlag, Taschenbuch,
280 Seiten.
(Baker-Street-Bibliothek).
ISBN 978-3-940855-75-6

London, 1895.
Eine Mordserie erschüttert die Stadt. Die Opfer gehören verschiedenen Gesellschaftsschichten an und werden scheinbar zufällig ausgewählt. So zufällig, dass die Metropolitan Police nicht an einen Einzeltäter glaubt. Ein Fall für die Ermittler des Sebastian Club, eines vornehmen Londoner Herrenclubs, der sich zum Ziel gesetzt hat, Verbrechen aufzuklären, an denen Scotland Yard scheitert.
Die Gentlemen entdecken ein Muster hinter den Gräueltaten: Um an ein wertvolles Juwel zu gelangen, setzt der Täter mittelalterliche Foltermethoden ein.
Für die Detektive ist die Sache klar: Der Mörder muss schnellstens zur Strecke gebracht werden. Um jeden Preis. Auch mit Hilfe einer schlauen jungen Frau, die sich als Mann verkleidet, um ermitteln zu dürfen.

Ein Muss für alle Anne-Perry-Fans!

DRYAS